KB150659

夢글 夢글

夢글夢글

초판 1쇄 인쇄_ 2018년 5월 4일 | **초판 1쇄 발행_** 2018년 5월 10일
지은이_ 권가현 외 6인 | **엮은이_** 이주양 | **펴낸이_** 오광수 외 1인 | **펴낸곳_** 꿈과희망
디자인 · 편집_ 김창숙, 박희진 | **마케팅_** 김진용
주소_ 서울시 용산구 백범로 90길 74, 대우이안 오피스텔 103동 1005호
전화_ 02)2681-2832 | **팩스_** 02)943-0935 | **출판등록_** 제2016-000036호
e-mail_ jinsungok@empal.com
ISBN_979-11-6186-028-2 43810
※ 책 값은 뒤표지에 있습니다.
※ 새론북스는 도서출판 꿈과희망의 계열사입니다.
ⓒPrinted in Korea. | ※ 잘못된 책은 바꾸어 드립니다.

한 권의
책에는
한 사람의
온 우주가
담겨
있습니다

夢글 夢글

권가현 · 김희정 · 배근영 · 배다은 · 백화진 · 한지인 · 황수빈 지음 | 이주양 엮음

꿈과희망

반 백 년 넘게 학교를 지켜온 목련과 벚꽃이 일 년 중 가장 예쁜 봄이 오면 학생들은 점심밥을 먹자마자 너도나도 꽃나무 그늘 아래로 모여듭니다. 꽃보다 아름다운 것이 본인들이라는 사실을 모른 채 학생들은 흐드러진 꽃망울을 사진으로 남기려 분주한 한때를 보냅니다.

늘 이맘때인 것 같습니다. 지난해의 책쓰기수업 농사를 마무리하는 학생저자 출판기념 도서에 엮은이의 소감 한마디를 적을 때는 늘 꽃이 한 가득 피어 있는 봄의 한가운데였습니다.

우리 학교는 2010년부터 1학년 전교생을 대상으로 매주 한 시간 책쓰기와 토론 수업을 진행했습니다. 그 결과 매년 200명 가까운 학생들이 자신만의 꿈과 끼를 담은 한 권의 책을 완성했으며, 현재 학생저자의 수는 무려 2,000명이 넘습니다.

한 권의 책에는 한 사람의 온 우주가 담겨 있습니다. 그 진리를 아는 까닭에 학생들은 힘들지만 나의 우주를 책 한 권에 온전히 담기 위해 일 년 동안 기꺼이 고민의 시간을 감내합니다. 고민의 결과는 시, 소설, 포토에세이, 만화, 동화책 등 학생들의 모습만큼이나 다양한 책으로 만들어지는데 올해는 유독 소설이 많았습니다. 그중 몇 권을 선택하는 것은 너무나 힘든 일이었지만 이번에는 현재와 미래의 꿈을 소설로 형상화한 것만을 골라 한 권의 책으로 만들었습니다. 비록 출판되지는 못했지만 일 년 동안 책을 쓰기 위해 함께 고민해 준 360명의 아이들에게도 응원과 축하의 박수를 보냅니다.

이주양

차례

티라미수 심리학

_ 권가현

어릴 때부터 소설책을 좋아해서 도서관에 박혀 살다시피 했
다. 중학교 때부터 문예창작영재원에서 소설쓰기를 본격적
으로 배웠으며, 소설이라 부를 만한 것을 이때부터 쓰기 시
작했다. 현재는 경북여자고등학교 2학년에 재학 중이며, 학
교 도서관을 들락거리며 하루하루를 살아가고 있다.

집에서 오백 미터, 모퉁이를 두 번 돌면 나오는 좁다란 골목 끝에 위치한 작은 카페는 언제나 한산했다. 동네 자체가 고요하게 입을 다물고 있긴 하지만 그 근방은 특히 조용했다. 카페에 들어서면, 나는 그날의 처음이자 유일한 손님이 되었다.

호두까기 인형의 분위기를 본뜬 인테리어의 카페는 내가 가장 자주 들르는 곳이었다. 이제는 다른 카페를 가면 원인 모를 죄책감이 들 정도로. 카페 주인은 갈 때마다 나를 알아보지 못했지만, 나는 눈을 감고도 카페에서 제일 정교하고 아름다운 병정 인형이 어디에 있는지 더듬어 찾아낼 수 있었다.

대부분은 녹차나 아이스티 같은 것을 시켜놓고 노트북을 열어 할 일을 하지만, 아주 가끔은, 오늘 같은 날에는 티라미수를 주문했다. 혼자 생각하기에 안성맞춤인 카페의 볕 잘 드는 구석 자리에 퍼질러 앉아 티라미수를 작은 티스푼으로 떠 입에 넣으면서, 불면의 밤을 예감한다.

의사 말로는 카페인에 민감한 체질이라고 했다. 한 컵도 안 되는 코코아 가루 조금에 든 미량의 카페인만으로도 충분히 영향을 받는. 그래서 커피는 입에 대지도 않았다. 아주 예전에 쓰디쓴 맛을 보고는, 한 모금 만에 질려 버렸다. 그런데 이 티라미수만큼은 도저히 끊을 수가 없는 것이다.

사실 도통 알 수가 없는 노릇이다. 그다지 초콜릿을 좋아하지도 않는데. 어째서 티라미수만큼은 예외인 건지 누구도 설명하지 못했다. 그런 것에 관심을 갖고 조언해 줄 사람도 애초에 없었지만. 이건 열렬한 사랑이 아니라, 그래. 머리가 지끈거릴 때 습관적으로 찾는 아스피린과 같은 맥락이었다. 저도 모르게 길들여져서 정신을 차리고 보면 손에 쥐고 있는, 그런 부류의 집착과 애정이 티라미수와 나 사이에 있었다.

그러니까 오늘 내게 아스피린이 필요했다는 소리다.

대학, 그 수많은 사람과 관계가 뒤섞여 회오리치는 곳에서 유일하게 친하게 지내던 친구가 자퇴를 하겠다고 선언했다.

정말로 혼자가 될 수도 있었다. 그 끔찍하게 복잡하고 어지러운 사회적 장소에서 홀로 동떨어져 이질적인 존재로 취급받았을 가능성이 농후했다, 이 말이다. 나를 그 어쭙잖은 동정심을 받는 자리에서 끌고 나온 게 내 친구였다. 수천 명의 타인들 중에서 딱 한 명, 내가 제대로 된 관계를 맺은 사람. 나는 아무도 없을 때 혼자 행동하는 건 잘 했지만 짝을 지은 무리 속에서 그러는 건 견디지 못했다. 그런 의미에서 나는 그녀에게 진심으로 감사해왔다. 적어도 어제까지는.

친구는 나를 대학가 카페로 데려갔다. 쓸데없는 죄책감에 시달리고 있는 내 손을 가볍게 잡으며 그녀가 속삭였다. 자퇴하기로 결정했어. 그 말이 던진 충격에서 헤어나오지 못하고 방황하는 동안 친구는 친절하게 설명했다. 대학 공부가 자신과 맞지 않은 것 같으니 다른 길을 찾으려 한다고. 사실 그동안, 함께 웃으며 학과 건물 사이를 거니는 그 시간들 사이에도 여러 방법을 알아보고 있었다고 한다. 그리고 오늘 자퇴 절차를 밟았다고. 지나치게 친절했다.

잘 가라고 인사했다. 앞날에 축복을 빈다고 미소 지었다. 뭘 더 할 수 있었겠는가? 그저 미리 언질을 주지 않아 서운하다고, 거대한 지구에서 자그마한 바위섬 하나만큼만 감정을 내비치는 게 전부였다.

나는 그녀의 입 속에서 금방 녹아 사라지는 사탕처럼, 잠시 스쳐 지나가고 말았다. 찝찝한 단맛만을 남긴 채로.

그러는 사이에 카페에는 변화가 생겼다. 나는 바나나-딸기 주스를 좋아했다. 중간의 하이픈이 핵심이었다. 시원한 우유에 신선한 바나나와 딸기를 조각내어 넣고, 꿀을 조금 섞은 후에, 믹서에 넣고 거품이 날 때까지 갈아냈다. 길쭉한 유리잔에 따른 뒤 중간에 앙증맞은 젤리를 하나 얹으면 완성이었다. 나는 그걸 매일같이 주문해서, 베이컨 넣은 짭짤한 샌드위치와 함께 식도에 욱여넣곤 했다.

그런데 점심이나 때울 겸 카페에 들어가 주문대 앞에 섰을 때, 칠판처럼 생긴 메뉴판에는 그 이름이 없었다. 평소처럼 주문할 것만 말하고 자리로 가 앉으려던 나는 뻣뻣하게 굳어서 메뉴판을 다시 훑었다. 없었다. 대신 처음 보는 멜론-망고 주스라는 게 적혀 있었다.

나는 이 카페에서 두 번째로 주문과 상관없는 질문을 해야만 했다. 첫 번째는, 자연스러운 것처럼 슬쩍 말을 건넸다가 무시당한, 날씨에 관한 물음이었다. 어쨌든 두 번째로 다른 이야기를 했다. 바나나-딸기 주스는 없나요?

카페 주인은 나를 흘끔 쳐다보더니, 다시 닦고 있던 유리컵으로 시선을 돌리며 메뉴에서 없앴다고 대답했다. 나는 결국 주문과 상관없는 세 번째 질문을 했다. 왜요? 인기가 너무 없고, 찾는 사람도 전혀 나타나질 않아 메뉴에서 삭제해 버렸어요. 그러고선 새로 등재한 멜론-망고 주스가 아주 인기가 많으니 그걸 대신 먹어 보라고 조언했다.

아이스티를 주문했다. 샌드위치는 생각할 겨를도 없었다. 아니, 떠올랐다 해도 입 밖으로 내진 않았을 터다. 그 샌드위치는 바나나-딸기 주스와만 조합을 이뤘다. 나는 커다란 컵에 가득 담긴 아이스티를 빨대로 빨았다. 반투명한 분홍색 빨대가 짙어졌다 밝아졌다를 반복했다.

멍하니 아이스티를 혀로 빨아들이다 충동적으로 일어서서 멜론-망고 주스를 주문했다. 여전히 손님은 나뿐이었고, 주스는 곧 테이블에 놓였다. 나는 그것도 빨대로 마셨다. 한 입. 다시, 두 입. 다시, 다시. 여섯 모금을 빨고는 그만뒀다. 그 정도면 충분하다. 기회는 많이도 줬다. 새 메뉴는 내 입에 전혀 맞지 않았고 당연히 맛있지도 않았다. 대체 이게 어떻게 바나나-

딸기 주스를 제치고 메뉴판에 오를 수 있었는지 이해할 수 없었다.

내가 좋아하는 건 인기를 얻지 못했다. 반대로 내가 원하지 않는 것은 사람들의 인기를 얻는다. 그래서 언제나 나는, 내가 원하는 걸 제대로 얻지 못했다. 좀 가져보려 하면 주류에 밀려 사라지고 말았으니까. 윤리 교과서에는 샐러드 볼 이론이 나온다. 비주류도, 주류도 없이 공존하는 세상. 그러나 사람들은 그 샐러드 속에서도 자신이 좋아하는 것만 골라 먹기 마련이고, 남겨진 것들은 여전히 볼 안에서 말라비틀어진다. 그게 여러 번 지나고 나면, 결국은 요리사도 샐러드에서 남겨지는 것들을 빼고야 말 것이다.

아무도 나를 신경 쓰지 않는다는 사실을 증명당한 것이나 마찬가지였다. 나는 이 카페에서 바나나–딸기 주스를 적어도 여든 잔은 마셨을 텐데. 카페 주인은 그 누구도, 전혀 그 메뉴를 찾지 않는다고 했다. 전혀. 그 단어가 마음을 찔렀다. 그가 내게 부여한 의미가 그것뿐이라는 이야기였으니까. 카페 주인이 여전히, 그리고 앞으로도 영원히 날 기억하지 못한다는 걸 깨달았을 뿐이다. 그게 유일한 전리품이었다.

그날은 아이스티도, 멜론–망고 주스도 비우지 못했다. 어느 것 하나 제대로 마시지 못한 채, 어정쩡하게 남기고 떠났다. 그리고 어느 날 다시 카페를 방문했을 때는, 베이컨 샌드위치도 내용물 모를 이름의 빵 요리로 바뀌어 있었다.

바로 그 카페에서 쓴 글이 하나 있다. 분량이 애매한 중편소설로, 주위 환경 때문에 힘든 일을 겪지만 의젓하게 성장하는 소녀에 대한 이야기였다. 카페의 볕 잘 드는 구석 자리에서 거의 세 달 동안 쓴 작품이었다.

나는 내 작품에 대한 애정이 엄청나다. 몇 달 동안이나 쓴 것이니 그럴 만도 했지만, 정말로 사랑하는 건 글 속에 등장하는 소녀였다. 사실상 그 아이가 이야기를 힘겹게 끌어가는 것이었다.

소녀가 힘겨워 할 때 스트레스가 치솟았고, 기운을 차린 것처럼 보이면 만족스러운 웃음과 함께 좋아하는 요리를 할 계획을 세우고, 그 아이가 반쯤 미쳐서 침대에 죽은 것처럼 누워 스스로 만든 생각의 길만 돌려 할 때는 아메리카노를 주문하려 했고, 거의 그럴 뻔했다.

나는 그 애와 너무 깊이 공감했고, 정서를 공유했다. 소녀의 감정은 무지개 털실과 철사와 물컹한 아크릴 물감을 섞어 굳힌 것보다 훨씬 역겹고 환상적이었다. 내가 그걸 조금이라도 맛볼 때면, 끔찍하고 황홀한 기분에 휩싸였다. 그 극단적인 양면성은 사람을 미치게 하는 종류의 것이었다. 그래서 소설 내내 소녀와 나는 당장 정신병원에 처박혀도 할 말이 없는 상태였다. 어쩌면 카페 주인이 내게 관심을 갖지 않아 다행이었다. 그가 조금만 더 친절한 사람이었다면 당장에 위험인물로 어딘가에 신고했을 테니까.

아이스티와 녹차, 그 밖의 음료 수십 잔과 티라미수 세 접시가 오간 뒤, 결국 소설은 끝을 맺었다. 손가락을 꽤 큰 각도로 벌려야 원고지 다발을 움켜쥘 수 있었다. 흡족한 한숨이 그동안의 피로감과 함께 몸에서 스르르 빠져나갔다. 소설을 완결 지은 직후의 감미로운 충족감이 빈 공간을 넉넉히 채웠다.

적기에 마음에 쏙 드는 공모전 하나를 발견했다. 내가 쓴 소설의 분량에도 알맞고, 상금도 입이 반쯤 벌어질 정도로 근사했다. 작가로 발돋움하기에도 손색없는, 적당하면서도 상당한 권위를 가진 공모전이었다. 후원사마저 내가 특히 좋아하는 출판사로 기재되어 있었다.

망설일 필요도 없었다. 인터넷에서 공모전 포스터를 읽자마자 소설을 주소로 보냈다. 우체국 담당자에게 넘긴 지 며칠 만에 원고가 제대로 도착했다는 공모전 주최 측의 문자가 도착했다. 아무런 결과도 보여주지 않는, 확인 절차 이상의 의미를 가지지 않는 그 문자 한 통에 심장이 저릿하게 떨렸다. 뭔가 엄청난 일을 저지른 것 같은 은밀한 쾌감이 손끝에 맴돌았다.

수상자 발표까지 한 달이 남아 있었다. 그동안 막연한 기대감에 젖어 지냈다. 이번에는 될 것 같아. 왠지, 하고 불확실한 어투의 부사를 덧붙이며 몇 번이고 그런 생각을 했다.

정말 그럴 것 같았다. 공모전에 보낸 소설은 여태껏 써온 것들 중 가장 깊은 인상을 남길 정도로 아주 마음에 드는 작품이었다. 그 소녀는 이야기를 훌륭하게 마무리지었다. 할 수만 있다면 소녀를 끌어안아 주고 같이 주스를 마시고 싶을 정도로. 그 정도이니 이번 공모전에서 꽤 좋은 기회를 잡을 수 있지 않을까 예상하는 것도 당연했다. 분명 괜찮은 평가를 받을 수 있으리라.

한 달간, 매일같이 공모전 홈페이지를 드나들었다. 좀 그만하자 싶으면서도 손은 컴퓨터 전원 버튼 위로 기어갔다. 결과가 예정보다 일찍 나오지는 않았을까, 가능성 적은 일을 바라며 여러 차례 공지사항 란을 들여다보았다. 언제나처럼 그곳엔 아무것도 새로울 게 없었지만, 그 행동이 헛수고처럼 여겨지지는 않다. 오히려 곧 올라올 새로운 공지를 생각하며 텅 빈 홈페이지를 매우 흥미롭다는 듯이 바라볼 뿐이었다.

안달이 나 몸이 달아 안절부절 못하던 삼십 일. 그토록 길게 느껴졌으면서, 막상 마지막 날이 되자 시간이 쏜살같이 나를 지나쳐갔다. 기다리는 일에만 익숙해 있다가 갑작스레 그 기다림의 끝자락을 마주하게 되었다.

한 달 동안 적어도 일흔 번은 접속했던 홈페이지 주소가 유난히 복잡해 보였다. 암호라도 해독하듯 주소를 입력하자, 너무 빠르게 새로운 창이 나를 맞이했다. 공지사항이라는 작고 굵은 회색 글씨 옆에는 빨간 동그라미 하나가 붙어 있었다. 새로운 글이 올라왔다는 표시였다.

이 분 전에 등록된 새 공지사항은 새파랗고 딱딱한 글씨로 되어 있었다. 누구나 제일 먼저 들어가 볼 법한, 주목을 끄는 데 특화된 글꼴이었다. 나는 열기가 싸하게 빠져나간 손가락을 움츠렸다. 땀조차 사라진 손가락 마디는 막 피어난 대추 꽃잎이 내려앉은 것마냥 희게 물들어 있었다.

손이 제멋대로 움직이려 한 탓에 얇은 공지사항 칸을 클릭하는데 세 번의 시도가 필요했다. 마우스에서 삐긋해 미끄러져 내려가는 검지를 도로 올려 스크롤을 내렸다. 맨 위, 커다랗게 입력된 '수상을 축하합니다.'라는 문장이 눈길을 잡아끌었다. 그 밑으론 수상자 목록이 기다란 표로 첨부되어 있었다. 손끝만 움직여 밑으로 내려갔다.

표는 보기에 좋고 한눈에 파악하기도 쉬웠다. 그런 표를 한참이나 살피다가, 내 이름을 발견했다. 맨 밑에서 두 번째였다. 더 간략하게, 통상적인 단어로 정확히 말하자면 입선이었다.

수상 목록은 대상으로부터 시작했다. 그렇게 서너 개의 단계를 거친 후, 특선과 장려 밑으로 내려오면 거기 입선이 있었다. 당연하게도, 그 아래로는 표가 끝났음을 알리는 진한 줄만 길게 그어 있었다.

내 눈이 모든 걸 제대로 보고 있는 게 맞다면, 입선자는 오천 원을 상금으로 받는다. 도서문화상품권으로. 공지사항 끝에는 사람들이 헷갈리지 않도록 특선 이하의 수상자들은 시상식에 올 필요가 없다는 요지의 알림이 붙어 있었다. 응모자와 수상자의 수가 그리 차이 나지 않는 것으로 봐서, 입선이란 참가상과 다를 바 없다는 추측은 어긋나지 않은 듯했다. 아주 솔직해지자면, 사실이었다.

소녀를 생각했다. 벌써부터 그리워지는 그 아이의 이야기를 입선이라는 낱말 위에 겹쳐 떠올렸다. 그러다 금방 그만두었다. 더 이상 비참해지기도 어려웠다. 그래, 그 형용사 그대로였다. 비참했다.

컴퓨터 모니터를 끄고 의자를 밀어 침대에 부딪쳤다. 얇은 이불 깔린 매트리스 위로 위태로이 떨어진 뒤, 두상과 유사한 모양으로 패인 베개에 퍼즐 맞추기 하듯 머리를 내려놓았다. 눈꺼풀을 곧바로 내렸다. 눈동자는 어둠만을 바라보았다. 그러다 결국, 의식마저 어둠 속으로 서서히 잠겨들었다.

오랜 시간 잠을 잤다고 생각했는데 방은 형광등을 켜지 않아도 될 정도의 비스듬한 햇빛을 담뿍 받아내고 있었다. 여전히 밤은 아니었다. 맞은편의 시계에서는 아직 분침이 한 바퀴도 채 못 돈 상태였다.

습기로 젖은 베개에서 뺨을 들어올렸다. 본체를 끄지 않은 컴퓨터가 윙윙거리며 작동하는 소리가 났다. 유난히 눈곱이 많이 끼인 눈을 다시 감고 애써 어둠을 찾았다.

그런 일들은 유독 낮에 일어난다. 해는 점점 위로 올라가고, 하늘은 햇빛과 섞여 연한 푸른빛을 띠는 그런 낮에. 사실상 하루의 대부분을 차지하는, 그래서 어쩌면 마땅히 많은 사건을 품고 있을 그 시간에.

나는 밤을 사랑한다. 그건 화려하게 치장한 노을을 넘어, 사방이 검푸른 빛, 혹은 완전히 컴컴한 검은색으로 뒤덮이는 시점이었다. 세상이 그렇게 채도를 낮추고 나면, 하늘과 지상엔 별이 뜬다. 언제적의 반짝임일지 모르는 빛나는 점이 달 주위에 불규칙하게 늘어서고, 그 밑에선 빛을 낼 수 있는 온갖 것들이 표현 가능한 모든 색깔로 발광하기 시작했다.

나는 짙게 내려앉은 농도 깊은 어둠 안에 숨어 그 모든 광경을 지켜보기만 하면 되었다. 암흑과 한 몸인 양 스며들어 아득히 주변을 밝히는 등불을 바라보고 있노라면, 기묘한 충족감이 밀려왔다. 나는 밤 속에서 편안했다. 돌출되지 않고 그 공간에 속해 있을 수 있었다. 어디든 홀로 머물러도 안락한 기분을 느끼는, 그런 시간이었다. 고요한 침묵과 함께, 밤이 만들어낸 아름다운 장면을 감상하다 보면 나도 그 정경의 일부라는 생각이 들었다. 딱 그만큼, 즐거웠다. 이 시간대가 영영 이어졌으면, 하고 무의식적으로 바랐다.

그러나 낮은 끈질기게 돌아왔다. 아침부터 시작되는 낮은 너무 밝았다. 햇빛은 놓치는 구석 없이 비집고 들어와 그곳을 자신의 빛깔로 물들였다. 햇빛 아래 서고 싶지 않았다. 그러나 그게 언제든 일단 낮이 되고 나면, 별다른 방도 없이 유리마저 아무렇지 않게 지나치는 햇빛에 잡히고 말았다. 그것은 나를 환하게 노출시켰다. 나는 그 과정이 거의, 두려웠다.

낮의 지배 아래, 무력감을 느꼈다. 어디든 낮의 흔적을 피해 쉬고 싶었지만, 그러려면 옷장에라도 하루 종일 은신해 있어야만 했다. 그렇게까지 하더라도 문틈으로 가느다란 햇빛이 기어코 침범해오리라. 결국 매번 낮을 마주해야만 했다. 그리 자주 만날 필요는 없는데도.

나는 낮 속에서 공허했다. 공중에 부유하는 먼지마저 선명히 드러나는 낮은 햇빛을 넘칠 정도로 흩뿌렸다. 그런 행위는 좁은 방을 텅 비어 보이게 했다. 면적이 훨씬 넓게 느껴졌으니 공짜로 방을 확장한 셈으로 쳐야 할까. 하지만 나는 그런 방 안에서 안정감을 찾지 못했다. 방이 넓어진 만큼의 허전함이 도사렸다.

바로 그런 이유로, 낮의 식사를 좋아하지 않았다. 밤의 저녁식사는 혼자여도 안온했다. 젓가락으로 집을 만한 반찬 몇 가지를 사기 접시에 담고, 엊그제 지어 냉장고에 넣어 둔 밥을 꺼내 데우는 것으로 충분했다. 과일 너덧 조각에 음료 한 캔이라도 좋았다. 낮은 탁자 밑으로 다리를 밀어 넣어 앉아, 쟁반 위에 차려진 음식을 입에 담으며 반쯤 열린 창밖의 야경을 멀거니 바라보고 있으면 꽤나 흡족한 것이었다.

빛이 쏟아져 들어오는 낮의 식사는 그와 사뭇 달랐다. 아침이든 점심이든, 그 명칭과는 상관이 없었다. 허술한 블라인드 틈새로 내려오는 햇빛을 고스란히 받으며 보내는 식사는 어려운 과제처럼 여겨졌다. 탁자 나뭇결 위에 특별한 때에나 먹는 요리가 놓여 있어도 선뜻 손을 움직일 마음이 들지 않았다. 밝은 방이 식욕과 기력을 동시에 앗아간 듯이, 무기력감을 느끼며 수저를 제대로 들어올리지도 않은 채 시간을 죽였다. 비로소 미지근하게 식은 음식을 느릿하게 씹을 때면, 피로하고 성가신 기분이 입 안에 가득 찼다. 정말이지 그리도 공허한 낮의 식사를 일상으로 삼고 싶지 않았다.

그렇지만 해가 떨어진 뒤에만 식사를 할 수는 없는 노릇이었다. 결국 낮에도 뭔가를 먹고, 생각하고, 깨어 있어야 했다. 그런 일들을 무사히 치르도록 도와줄 무언가가 필요했다. 어딘가 흐리멍덩하고 몽롱한 정신으로 빛의 세상을 견디게 해줄 그런 것이. 특히나 낮의 시간대에 울울한 사건을 겪어 내가 그 속에 들어 있음을 생생히 자각하게 만드는 이런 날에는.

그러니까 나는 지금도 여기, 이 아름다운 병정 인형 아래에 앉아 있는 것이다.

나를 기억하지 못하는 카페는 언제나처럼 고요했고, 나는 유일한 이방인으로 머물러 있었다. 한낮의 빛깔이 카페 바닥을 먼지처럼 뒤덮었다. 나는 거기에 발을 담근 채로, 노트북을 올려놓곤 하던 자리를 얌전히 차지한 티라미수 접시를 내려다보았다.

나는, 티스푼을 드는 순간부터 다가올 밤은 잠 없이 지새워야 한다는 사실을 잘 안다. 분명 울렁거리고, 충분치 못한 수면으로 머리가 지끈댈 것임을 단언할 수 있었다. 그러나 그 모든 문제를 정확히 인식하고 있으면서도, 주저하지 않고 자그마한 은빛 숟가락을 손가락으로 집었다.

오목한 바닥에 무스와 크림 덩어리가 안착했다. 찔러 넣은 티스푼을 그대로 들어올렸다. 커다란 조각이 허공에, 낮의 시간 한가운데 자리했다. 나는 그것을 밤을 감상하듯 물끄러미 쳐다보다, 차분히 혀를 내밀었다.

잠잠한 만족감이 입안을 맴돌도록 내버려 두었다. 느긋하게, 익숙한 움직임으로 입술을 닫고 뺨을 움직였다. 우울과 불면이 한데 뒤섞여 혀 위로 녹아내렸다. 그러다 마침내, 그 모두가 티라미수와 함께 흘러 목뒤로 넘어갔다.

우리는 충분히 빛나

_김희정

대구에서 태어나 외동으로 부모님의 큰사랑을 받으며 자랐
다. 아직까지 한 번도 군인이 되어본 적은 없지만 언젠가 군
인이 되기를 소망하는 마음에 꿈을 담아 소설을 창작하였다.

첫 만남, 우리 잘 지낼 수 있을까

"엄마 나 잘 할 수 있겠지? 교문 봐 엄청 크다. 근데 나 막 여기서 왕따당."

"헛소리하지 말고. 힘들게 공부해서 들어왔으니 열심히 이 악물고 생활해라. 그리고 왕따가 뭐 대수가? 니 외동이라가 혼자 다니는 거 익숙하잖아. 카고 네가 왜 왕따고 지호 있잖아. 듣는 지호 섭섭하겠다. 맞제, 지호야."

볼이 발그레한 지호가 손을 호호 불며 엄마의 물음에 대답했다.

"네, 걱정 마세요. 저도 희정이 없으면 혼자인데 다행이죠."

지호는 대구로 발령받은 아버지를 따라 우리 학교로 전학을 왔다. 워낙 부끄럼이 많아서 친구들에게 먼저 다가가지 못하는 까닭에 이사 온 이후로 쭉 나를 의지하며 따라다녔다. 그 덕에 초등학교에서 고등학교까지 같이 다닌 것도 모자라 육군사관학교에 입학원서를 같이 냈다.

중학교 때 학생회 활동으로 군대 캠프에 간 적이 있다. 그곳에서 본 군인 언니 오빠들은 늘 절도 있는 모습으로 우리를 지도했다. 아직도 초록과 카키색이 섞인 훈련복을 입은 모습, 남자와 여자를 차별하지 않고 훈련하던 모습이 선명하게 떠오른다.

"아아. 잠시 후 9시 정각에 있을 입학식을 위해 287명의 간부후보생들은 화랑 연병장으로 모여주기 바란다."

꿈만 같은 육군사관학교 입학식.

287명의 간부후보생 중 하나라는 사실과 이 예복.

모든 게 꿈만 같다. 식의 첫 시작은 육사의 자랑, 군악대 공연이다. 화려하고 웅장하게 울려 퍼지는 북소리, 날카롭지만 무거운 트럼펫 소리가 심금을 울렸다. 입도 다물지 못하고 감탄하던 내게 앞줄에 서 있던 바가지 머리를 한 학생이 말을 걸어 왔다.

"입 쫌 다물어라. 거미가 줄치겠다."

깜짝 놀라 얼른 입을 닫고 멋쩍게 웃었다.

"너 어디서 왔어? 아까 말하는 억양 보니까 서울 사람은 아닌 것 같은데 대구? 부산? 아, 그리고 나이는?"

"부산 말고 대구, 대. 대구에서 왔어! 음 어 그리고 나, 나이는."

뜬금없는 질문 세례에 당황한 나머지 버벅거리며 말했다.

"갑자기 말 걸어서 놀랐지? 미안. 아까부터 너 봤는데 귀여워서 말 걸어 보고 싶었어."

아이는 방긋 웃으며 다정하게 말을 걸었다. 그리고 앞으로 친하게 지내자 며 악수를 청했다. 나는 그 손을 바라보며 남자애가 왜 여기에 줄을 섰을까 궁금해했다.

"거기 떠드는 입학생 가입학식날인데 조용 안 하나 기합 받을래."

어디선가 들리는 조교의 쩌렁쩌렁한 호통소리에 우린 머쓱한 눈웃음을 지으며 다시 공연을 관람했다. 입학식이 끝난 뒤 간단한 기념 촬영을 하고 지호네 가족과 우리 가족은 앞으로 생활하게 될 육사 충무관 생활관으로 이동했다. 입구에는 선배님들의 환영 플래카드가 달려 있었다.

생활관은 기대한 것보다 괜찮았다. 푹신한 침대 매트리스와 그 위 노란 침대 커버, 반듯반듯하게 정리된 관물대 등을 보니 들어오기 전부터 했던 생각들이 다 사라졌다. 모든 것이 다 기대 이상이었다.

"자, 훈련병들은 지금 입고 있는 예복이 아닌 관복으로 환복 후 정확히 오후 4시까지 가족들과 작별 인사 및 기념사진 촬영을 하며 가족들과 시간을 가지길 바란다."

관복으로 갈아입은 후 조그마한 벤치에서 지호네 식구와 같이 점심을 먹었다. 새벽부터 입학식 준비를 한 탓에 배가 너무 고팠다.

"엄마 너무 오버해서 싸온 거 아니야! 오징어무침, 잡채, 불고기, 그리고 전복까지. 오늘 어디 잔치해?"

"참 나. 먹기 싫으면 먹지 마라. 지호야, 니는 많이 먹구 힘내. 김희정, 너는 젓가락 내려놔. 먹기 싫다는 말을 뭐 돌려서 하냐."

엄마의 말에 뚱한 표정을 지으니 지호는 어쩔 줄 몰라 하며 불고기를 집었다.

"지호야, 쪼금 섭섭하려고 그러네. 너희 아빠 음식은 안 보이냐. 아침, 아니 새벽부터 일어나서 얼마나 힘들게 싼 건데 어떻게 희정이네 음식부터 먼저 먹니. 이거 봐라 김밥부터 시작해서…… 음."

"아버지 당연히 알지~ 일단 아빠 먼저 잡숴."

지호는 급히 아저씨의 입을 김밥으로 막으며 이집 저집 음식을 번갈아가며 맛있게 먹었다. 그런데 갑자기 아빠가 고개를 숙인 채 훌쩍거리기 시작했다.

"아빠, 설마 울어."

"아니다. 무신 소리고 그냥 눈이 조금 아파서."

쿨하게 보낼 거라고 가기 전부터 귀에 딱지가 앉도록 말하던 아빠는 외동딸인 내가 걱정이 됐는지 눈물을 글썽이기 시작했다.

"아빠, 뭐 이런 걸로 우냐. 딸내미 씩씩하고 힘 좋고. 걱정할 필요가 전~혀 없어. 밥도 잘 나오지, 방 따시지."

나는 일부러 더 씩씩하게 말했다. 그런데 이게 웬일? 아빠를 시작으로 지호 어머니, 아버지, 그리고 엄마가 펑펑 우시기 시작했다. 지호와 나는 당황해서 어찌할 바를 몰랐다. 눈치만 보다가 지호가 입을 먼저 뗐다.

"엄,…… 엄마 아빠 그리고 아저씨 아줌마. 우리가 어디 팔려가는 것도 아닌데 왜들 이러세요. 그리고 이거 가입학식인데 차라리 입학식날 우세요."

나는 지호의 말에 얼른 맞장구를 쳤다.

"엄마 아빠 그리고 아줌마 아저씨, 지호 말 틀린 거 하나도 없어요. 팔려가는 것도 아니고 진짜 입학식도 아닌데 왜들 이러시나. 안 그러니 지호야."

"그만 우세요. 다들."

교문까지 배웅해 드리고 지호와 벤치에 앉았다. 집에서 하던 행동이 무의식중에 나오면 어떡하지. 이제 남자, 여자 생활관이 분리되면 지호랑은 많이 못 보는데.

"자, 4시 정각이 될 때까지 3분 23초 남았다. 운동장 앞 조회대에 각자의 방 배정표를 붙여 놓았으니 확인 후 4시 20분까지 입실하기 바란다. 1분이라도 늦을 시 엄격한 얼차려가 기다리고 있으니 기대하도록. 신속하게 움직여 주길 바란다."

지호와 작별인사를 마친 후 조회대 앞에서 방 배정을 확인해 보니 생활관 3관 207호 맨 끝자리였다. 친구를 못 사귈까 걱정했던 마음은 금세 사라지고, 옆자리에 누가 앉을까 설레기 시작했다. 생활관에 입실 후 곧은 자세로 앉았다. 하지만 점심 때 너무 과하게 먹은 탓인지 잠이 솔솔 오기 시작했다. 다리도 꼬집어보고 눈도 크게 떠보는 둥 발버둥쳤지만 히터의 따뜻한 바람에 눈이 살살 감겼다. 꾸벅꾸벅 졸기 시작할 때쯤 어디선가 익숙한 목소리가 들려왔다.

"어, 너 아까 걔지? 나랑 같은 방이구나. 너무 좋다. 자는 모습 엄청 웃기다. 하하 쫌 일어나 봐. 곧 4시야."

시끄러운 소리에 목을 거북이처럼 빳빳이 세우고 소리가 들리는 방향으로 고개를 돌렸다. 입학식에서 만난 바가지 머리 남자아이다.

"너. 너 남자가 여자 생활관을 막 드나들어도 되는 거야? 미, 미안하지만 쫌 나가줄래."

"하하. 나 여기로 배정받았는데 어딜 나가냐. 나 여자야, 여자. 짧은 머리 때문에 그런 오해 많이 받아. 자세히 봐봐 립밤만 발랐을 뿐인데 핑크빛이 도는 입술, 사슴같이 반짝거리는 눈동자. 어때 여성스럽지 않아?"

"아…… 아하, 그. 그렇구나. 정. 정말 여성스러워. 자세히 보니까 남자 말고 여자 같아 미안."

여성스럽다고 말하긴 했지만 아무리 생각해도 남자 같았다. 하지만 자세히 보니 짙은 쌍꺼풀, 불그스름한 입술. 머리만 길면 남자 여럿 울렸을 것 같다는 생각도 든다.

"너 이름이 뭐야? 나는 강한별. 이름 유치하지. 그렇다고 비웃진 마. 부모님이 연애시절에 100년마다 보이는 슈퍼별 보러 가셨다가 거기서 눈이 맞으셔서 그때 추억을 살려서 지은 이름이래. 정말 성의 없지."

"어, 아니, 아니. 성의 없긴 무슨. 내 이름은 김희정. 어…… 나는 특별한 일화는 없고, 고모할아버지께서 지어주셨고 계집 '희'에 정할 '정' 여자답고 바르게 살라고 지어주신 이름이야."

"오, 김희정. 이름 예쁘네. 근데 여자다운 게 뭐야 그게 좀 미스…… 아, 아니야! 아 뭐 뜻은 그렇게 중요하지 않으니까! 넌 여기 혼자 왔어?"

"응, 혼자 왔어. 아, 아니다 친구, 친구랑 같이 왔어. 뭐 부랄 친구라고 해야 하나. 하하."

"엇 보통 드라마 보면 부랄 친구는 다 남자던데. 남자야? 잘생겼어? 이름은 뭐야? 몇 중대야."

"한별아, 제발 하나씩. 일단 남자 맞고 이름은 한지호. 생긴 거는 뭐 보통 남자애처럼 생겼어. 그리고 3중대 4소대더라."

"헐, 그럼 남사친이랑 같이 온 거네. 완전 부럽다. 난 혼자 왔는데. 그러니까 네가 나 더 잘 챙겨줘야 한다. 알겠지."

"응, 그래그래 ㅋㅋ."

한별이와 화기애애하게 이야기를 나누고 있던 중 복도에서 쾅 소리가 들려 나가보니 어떤 아이가 넘어져서 끙끙거리고 있었다. 한별이는 뛰어가 아이를 일으켜 주었다.

"야, 너 뭐야 괜찮아."

"어, 괜찮아!! 정말 고마워. 엇 미안해."

"야, 뭐가 미안해. 네가 넘어진 건데."

멀리서 보기만 하다가 살며시 다가가 아이의 떨어진 물건을 챙겨주었다.

"너무 미안해. 내가 주울게. 미안해."

"엥 네가 주워달라고 한 것도 아니고 내가 그냥 줍는 건데. 아까 한별이 때부터 왜 자꾸 미안하라고 해. 생활관 몇 호야? 이 떨어진 물건들 챙겨서 가져다줄게."

"아니야, 내가 할게. 나는 음 어디더라 207호야."

"어, 뭐야. 우리랑 같은 생활관이네. 내가 들어줄게. 가자."

한별이는 넘어진 친구의 짐을 들어 207호로 씩씩하게 들고 갔다.

"혹시 모르니까 의무실에 가봐. 우리 같은 호실인데 통성명도 못했네. 난 김희정. 넌 이름이 뭐야?"

"어? 난 설이야, 최설."

"아, 그래 난."

"야, 최설이라고 했나? 짐 들어주는 내 이름부터 물어야지. 뜨거운 물도 위아래가 있는데 넌 읍."

"설이야, 미안해. 놀랐지. 얘 이름은 강한별이야. 우리 셋 다 친하게 지내자. 야, 강한별. 멍청아, 뜨거운 물이 아니라 찬물이겠지."

"읍. 이 손 쫌. 이 씨, 찬물이든 뜨거운 물이든 위아래는 나뉠 걸."

한별이와 아웅다웅하며 207호로 향하였다. 설이의 짐을 대충 정리해 주고 앉아 있는데 어디선가 무겁고 날카로운 발자국 소리가 들리기 시작했다. 터벅터벅. 쿵쿵.

"자, 훈련병들 다들 조용. 학생들, 반갑다. 나는 조교 김다정이라고 한다. 앞으로 4년간 이끌어 나갈 것이니 서로 목소리 커질 일 안 만드는 게 좋겠지? 잘 따라와 주기 바란다. 알겠나."

"네! 예, 알겠습니다!" 등의 다양한 답변이 나왔다.

"자, 간부후보생들. 앞으로 대답은 다들 '네 알겠습니다'로 힘차게 해주기 바란다. 알겠나."

"네, 알겠습니다."

"간단한 오리엔테이션이 실시될 예정이다. 관물대 안을 보면 생활복이 있으니 갈아입고 5시 20분까지 강당 앞으로 모여주기 바란다. 조금이라도 색조 화장한 사람들은 깨끗이 지우고 모이도록 한다. 알겠나."

"네, 알겠습니다."

"이상이다. 신속한 준비 바란다."

준비를 빨리 하라는 말 한마디를 남기고 조교는 귀신같이 한순간에 사라졌다. 얼굴에 바른 선크림과 눈썹을 지우고 있자니 갑자기 한별이가 내 얼굴을 클렌징 티슈로 박박 문질렀다.

"아, 왜 이래."

"야, 니 이거 다 지운 거 맞나?"

"응. 왜? 얼굴 박박 문지른 건데 덜 지워진 곳 있어?"

"아니, 그게 아니라 너 피부 되게 좋다."

"엥 뭐야 ㅋㅋ 전혀 아닌데? 너야말로 화장 안 지워? 입술하고 얼굴 다 바른 거 아니야?"

"하, 이거 다 자연이지 자연. 신이 날 너무 완벽히 만드셔서 넘 피곤해."

"ㅋㅋ 야, 뭐야 죽을래. 나 말고도 하얀 애. 야, 설…… 설이 봐."

"왜? 설이도 피부 좋…… 야, 저거 애기 피부 아니야."

설이는 클렌징 티슈로 열심히 얼굴을 지우고 있었다. 얼굴이 벌게질 정도로 문질렀는데도 여전히 하얗고 보드라워 보이기까지 했다. 우린 설이의 피부에 감탄하며 재잘재잘 수다를 나누다 얼른 강당으로 이동했다.

강당에는 남자들이 엄청 많았다. 지호도 있었다. 부끄러움을 많이 타는 성격이라 그런지 아직 친구를 사귀지 못한 거 같았다. 땅만 쳐다보고 있던 지호는 나를 보자 방긋 웃으며 아는 척을 했다.

"엇, 김희정. 쟤 누구야. 혹시 그 부…… 랄 친구?"

"응, 맞아 ㅋㅋ. 쑥쓰럼이 많아서 그런지 아직 친구를 못 사귄 듯하네. 어휴 멍청이."

"야, 그럼 쟤 지금 너 말고 친구 없겠네."

"음. 아마 그럴걸. 근데 왜?"

"가자."

"응?"

"가자고 내 친구 저렇게 둘 거야?"

"야, 설이야 잠시만 여기 있어."

"어, 어? 조심히 다녀와."

한별이는 다짜고짜 내 손목을 잡고는 지호가 있는 곳에 가더니 인사했다.

"안녕. 난 희정이 친구 강한별이야. 희정이가 너 친구 없다기에 내가 친구 해 주려고 왔어. 뭐 만날 일은 거의 없을 수도 있겠지만 잘 지내보자."

"어, 고, 고마워 근데 나……."

"여~ 한지호, 벌써 여자 사귄 거냐. 헉 예쁜이 두 명씩이나."

"한지호 뭐냐."

어디선가 나타난 남자애 두 명이 지호에게 어깨동무를 하며 말했다. 친구를 못 사귈까 봐 걱정했는데 친구가 벌써 두 명이나 생기다니 다행이다.

"엇 지호야 네 친구니? 대박이다. 아무도 못 사귈 줄 알았는데 ㅋㅋ."

"야, 김희정. 내가 혼자 있을 줄 알았냐. 친구 사귀었어. 걱정하지 마, 인

마. 그리고 너 강한별이라고 했나? 반가워 나는 한지호라고 해.”

지호의 말이 끝나자 친구들도 연이어 인사했다.

“엇, 그럼 나도 소개할래. 나는 최 강! 키는 작아도 다른 모든 것들은 최강이데이. 잘 부탁한다. 시훈이 너도 소개해라. 뭐 뚱하니 보고만 있냐.”

“어. 어. 반가워. 난 민시훈.”

최강이라는 친구는 활발하게, 민시훈이라는 친구는 무뚝뚝하게 소개를 했다. 뭐 잠깐 봤지만 나쁜 애들은 아닌 거 같아 다행이다. 교관이 우릴 향해 강당이 떠나가도록 버럭 소리를 질러서 황급히 눈인사만 하고 각자의 자리로 돌아갔다. 레크리에이션 시간에는 자기소개를 하고, 육사의 기본 방침에 대한 설명을 들었다. 레크리에이션이 끝난 후 육군사관학교에서의 첫날밤을 맞게 되었다. 잠들기 전 여러 생각이 들었다. 아직 하루밖에 생활하지 않았지만 모든 게 신기하고 재미있었다. 앞으로도 이런 기분이 들었으면 좋겠다.

다른 환경, 우리 견딜 수 있을까?

교육 첫날이다. 활동 여러 개를 돌아가면서 훈련을 일주일 동안 진행한다고 하는데 '도대체 뭘 하는 걸까' 궁금한 마음에 기상 나팔소리보다 먼저 일어났다.

첫날은 가볍게 뜀걸음을 한다기에 가볍게 뛰려 했으나 뜀걸음은 개뿔, 뜀걸음이 맞나 싶을 정도로 빨리 뛰었다. 가볍다고 하기엔 너무 힘들었던 뜀걸음 20바퀴가 끝나고 헉헉거리며 쉬고 있는데, 조교는 우릴 보며 아무것도 아닌데 왜들 그러느냐며 핀잔을 주었다. 한별이, 설이, 나는 아무 말도 하지 않고 교관을 노려보았다. 교육기간 동안 뜀걸음, 제식훈련, 체력검정, 군인 기본자세 확립을 배웠다. 지옥 같은 일주일이 드디어 지났다.

스피커가 터질 듯 '빰빰 빰빰빰 빰빠라 빰빰빰~' 경쾌한 나팔소리에 모두 짜증을 내며 일어났다. 하지만 나는 가입기 교육기간이 끝나고 앞으로 무엇을 하게 될까 하는 기대감에 나팔소리가 흥겨웠다. 흥얼거리며 배식을 받았다. 아침을 먹는 동안 한별이에게 말을 걸었다.

"한별아, 우리 오늘 무슨 훈련을 받게 될까? 이제 가입기 교육기간이 끝났으니까 새로운 걸 배우지 않을까? 태권도? 유도? 아, 너무 설렌다."

"야. 무슨 ㅋㅋ 일주차부터 태권도 유도냐? 아빠가 그랬는데 중대별로 돌아가면서 화생방, 수류탄, 구급법, 편제화기, 군사학 수업 한댔어."

"아, 그렇구나. 아버지도 육사 나오셨어? 되게 잘 아시네."

국을 뜨면서 혹시나 하는 마음으로 한별이에게 물었다.

"응, 나오셨어. 지금도 조교로 활동 중이셔. 첫 날에 떠든다고 지적한 사람 기억나? 기억 안 나려나. 그럼 음. 그 지호랑 떠들 때 뭐라 하신 분 있잖

아. 스포츠머리에 선글라스 끼시구.”

“뭐여. 그게 너네 아버지셨어?”

“아, 깜짝야.”

한별이는 너무 놀라 먹던 국을 뿜었다. 그러자 어디선가 큰 호통이 들렸다.

“강한별, 입학식 날부터 그렇게 떠들더니 배식장에서도 친구랑 이렇게 크게 떠들어? 뭐 하는 거야.”

한별이는 고개만 까닥거리고 다시 밥을 먹기 시작했다. 어, 자세히 보니 입학식날 우릴 혼냈던 한별이 아버지 같았다. 벌떡 일어나서 죄송합니다를 여러 번 외치고 앉았다. 한별이네 아버지는 ‘잡담 없이 먹도록 한다’는 말을 남기고 다른 곳으로 가셨다.

“미안해, 한별아. 괜히 나 때문에. 와, 아버지 카리스마 짱!”

“그래. 그렇게 보였다면 다행이네. 근데 밥 든든히 먹어라. 우리 화생방 훈련한다고 하는 거 같더라.”

“뭐 화생방?”

헐. 화생방 훈련이 왜 가입기 교육기간이 끝난 바로 다음 날이지? 그거 텔레비전 보니까 콧물 줄줄 나오고 눈물 줄줄 나오던데. 아, 그거 하면 흉해질 텐데. 수만 가지 근심을 안고 화생방 훈련에 참가하기 위한 준비를 한 후 훈련병들과 함께 열을 맞춰 갔다. 지호의 1소대가 먼저 훈련을 받고 있었다. 지호네 소대가 끝날 동안 기다렸다. 우당탕탕! 요란하게 문이 열리는 소리 바로 뒤에 강이의 모습이 보였다. 나오자마자 콧물, 눈물을 축 늘어뜨리고는 헉헉거렸다.

“아, 시바 존나 코 아파. 아, 눈 간지러워 악! 눈 비벼버렸다 으악.”

무의식중에 욕을 내뱉은 강이는 담당 조교에게 눈도 못 뜬 채 혼났다. 게슴츠레 눈을 뜨고 혼나는 모습이 너무나 웃겼다. 강이가 혼나는 모습을 보며 웃고 있는데, 지호와 시훈이가 예상외로 괜찮은 상태로 나와 얼굴을 씻었다. 드디어 우리 소대 차례가 되었다. 문을 박차는 소리와 함께 하나 둘씩 비틀거리며 줄줄이 소시지처럼 나오기 시작했다. 무섭다는 생각이 덜컥 들었다.

"자, 훈련병들. 앞 사람 어깨에 손을 올리고 들어가길 바란다. 입장 실시."

"한, 한별아, 설이야 우리 화…… 화이팅."

"뭘 화이팅씩이나 후딱 하고 나오자."

"희정아, 한별아. 잘, 잘 할 수 있겠지? 무서워 너무너무."

한마디씩 주고받은 후 한별이 어깨 위에 손을 올리고 보니 한별이가 바들바들 떨고 있었다. 방독면을 쓰고 들어갔지만 퀴퀴하고 매운 냄새가 방독면을 뚫고 들어 왔다.

"자, 훈련병들. 앞사람 어깨에 올린 손을 내리고 날 보고 선다. 주의 사항을 이야기해 주겠다. 방독면을 벗어도 손으로 얼굴을 비비지 않을 것. 그리고 다른 훈련병들을 버리고 먼저 튀어 나가지 않을 것. 알겠나. 자, 그럼 지금 쓰고 있는 방독면에 공기 정화통을 뺀다. 처음 해보는 화생방이니 오늘은 간단히 앉았다 일어났다 열 번만 실시하도록 한다. 실시."

드르륵 드르륵 공기 정화통을 빼고 앉았다 일어나기를 하려고 숨을 들이쉬었는데 그 순간 태어나서 처음 맡아보는 냄새가 코를 찔렀다. 비유하자면 후추 20개를 코에 넣거나, 식초를 강제로 맡고 있거나, 눈에 청양고추를 갈아 넣은 그런 기분이었다. 겨우겨우 눈물 콧물을 빼면서 앉았다 일어났다를 다하고 나갈 준비를 했다.

"자, 아주 잘 했다. 훈련병들, 이제는 방독면을 벗고 애국가 2절까지 완창하길 바란다. 박자, 음정, 정확히 지켜서 불러라. 그러지 않을 시에는 앉았다 일어나기 50번, 애국가 4절까지 부를 것이다. 자, 다들 방독면을 벗어라."

부들부들 떨리는 손으로 방독면을 벗기 시작했다. 반쯤 벗었을 때에 직감했다 이걸 다 벗게 된다면 바로 튀어 나갈 것 같다는.

"흠. 다 벗었군. 애국가 1절 실시."

조교의 목소리가 희미하게 들렸고, 애국가를 부르는 친구들의 목소리도 들리기 시작했다. 다른 사람에게 피해를 줄 수 없다는 마음에 젖 먹던 힘을 짜내서 더듬더듬 애국가를 불렀다. 2절까지 부르고 나니 희미하게 들리던 소리가 갑자기 또렷하게 들렸다.

"아주 잘 했다. 왼쪽에 있는 훈련병의 어깨에 손을 올린 채 밖으로 나가라."

정신이 바짝 들었다. 우리는 빠른 속도로 어깨에 손을 올리고 뛰어나가기 시작했다. 살 것 같았다. 눈도 못 뜬 우리를 씻기며 조교는 손으로 얼굴을 비비지 말라고 버럭 소리 질렀다.

"엄마 어떡하면 좋아."

어느 정도 진정이 되어 눈을 뜨고 소리가 나는 곳을 쳐다보니 소리를 지른 사람은 바로 설이었다. 주변에서 웅성거리는 걸 들어보니 나오자마자 눈을 비빈 모양이다. 조교는 진정하라고 막 호통을 치며 설이를 물로 씻겼다. 설이가 괜찮아질 때까지 한참을 바라보다가 한별이가 생각나서 주위를 둘러보니 한별이가 덤덤하게 얼굴을 씻고 있었다.

"요~ 강한별. 뭐 아무렇지도 않아 보이네. 괜찮아? 설이는 지금 난리야 난리."

"닥쳐. 존나 따가우니까. 조교가 잘 생겨서 흉한 모습 보이기 싫어서 덤덤한 척하는 거야. 어때 콧물 다 닦였어?"

오늘은 화생방이 아닌 구급법을 배웠다. 중학교 때 열린 응급처치법 대회에서 대상을 탄 경험이 있어 자신만만했다.

"야. 강한별, 최설이, 나 저거 중학교 때 대상도 타고 그랬어. 이건 껌이지 뭐."

"우와, 희정아 너 멋있다."

"오. 그렇단 말이지. 김희정."

"뭐지? 강한별 왜 무섭게 그러냐. ㅋㅋ."

한별이는 웃기만 했다. 조교가 들어오고 정숙한 상태로 응급처치법에 대해서 설명해 주셨다. 중학교 때 한 실습법이랑 조금 다른 것도 있어서 경청했다. 근데 조교가 갑자기 이거 시범 보일 훈련병이 있냐고 물으셔서 누가 시범을 보일까? 라는 생각으로 주위를 두리번거렸다. 이때 한별이가 오른손을 번쩍 들었다.

"조교님, 추천 됩니까?"

"그래. 훈련병 누굴 추천하려고 하나."

"제 옆에 있는 김희정 훈련병이 학창시절 교내에서 열린 응급처치 대회에서 대상을 탔다고 하기에 대상의 응급처치법이 보고 싶습니다. 어떻게 생각하십니까."

"아주 좋다. 음 이름이…… 김희정 훈련병! 앞에 나와 시범 바란다."

아, 아까 강한별이 씩 웃던 이유가 이거였던가 보다. 중학교 때 한 거라서 기억이 자세히 안 나는데. 일단 해보자라는 마음으로 나가서 시범을 보였다. 그래도 한 번 해봐서 그런지 막힘없이 술술 진행해 나갔다.

"사고발생! 현장은 안전합니다. 현장은 안전합니다. 도와주세요. 도와주세요."

시범을 끝내고 떨리는 마음으로 주위의 반응을 기다렸다. 설이는 초롱초롱한 눈을 한껏 뜬 상태로 박수를 쳤다. 한별이는 내심 뿌듯한 표정으로 앉아 있었다. 조교는 잘 했다는 말과 함께 상점 카드를 스윽 내밀었다. 기분이 너무 좋았다.

"김희정 훈련병. 아주 훌륭한 시범을 보여주었다. 박수! 다른 훈련병들도 이제 교육에 참여해라. 모르는 게 있으면 조교 또는 김희정 훈련병에게 물어보며 진행하도록 해라."

"네, 알겠습니다."

훈련을 받는 동안 여러 명의 후보생들이 말을 걸어왔다. 무섭기만 했던 조교에게 인정을 받으니 하늘을 날 것만 같았다.

"오, 김희정. 내가 너 추천 안 했으면 상점 카드도 못 받았다. 고마워해라 나한테~"

"응, 충분히 고마워!! 아, 기분 너무 좋아 지금."

"희정아, 너무 멋있었어. 최고야 최고!!"

"흠, 멋있었던 거 인정. 설이야 고마워 ㅋㅋ"

훈련을 마칠 때까지 입꼬리가 내려오지 않았다. 점심을 먹을 때도 입꼬리는 내려오지 않았다. 어쩐지 밥맛이 좋아 싹싹 긁어 먹었다. 오후에 있는 육사 관련 교육 설명도 열심히 들었다. 열심히 필기를 하고 있는데 졸고 있던 한별이가 교수님께 혼이 났다. 옆 책상에는 지호네 생활관 식구들이 앉아 있다. 같은 생활관 친구였지만 교육 듣는 자세가 달랐다. 강이는 지호의 오른쪽 어깨에 기대 책을 가림막 삼아 열심히 자고 있었고, 지호는 강이가 오른쪽 어깨에 기대어 자고 있어서 왼손으로 삐뚤삐뚤하게 필기를 하다가 포기하는 것 같았다. 반면에 시훈이는 초롱초롱하게 눈을 뜬 채 열심히 필기했다.

교육을 마치고 저녁을 먹고 조금 시간이 남아 운동장을 돌고 있는데 앞에 강이랑 시훈이가 걷고 있었다. 한별이와 설이의 손을 잡고 다가가 인사를 건넸다.

"안녕! 나 기억하지. 지호 친구 김희정!!"

"난 김희정 친구 강한별. 나는 기억하냐."

"엇 계집애들!! 당연히 기억하지. 예쁘장한 희정이, 보이시한 한별이 옆에는 샤이걸 설이. 엇 뭐야 근데 너네 밥 벌써 다 먹었어?"

"응. 근데 지호가 안 보이네? 지호 어디 갔어."

"지호 절친이라고 지호부터 찾는 것 쫌 봐. 지호 지금 의무실 갔어."

"뭐여? 왜 어디 다쳤어? 다친 거야?"

"아이 깜짝이야. 계집애 조용히 쫌 이야기해. 그냥 지 혼자 걷다가 자빠졌어 병~신"

"아 ㅋㅋ 다행이네. 아까까지만 해도 멀쩡했는데 갑자기 왜 의무실에 갔나 했네."

이런저런 이야기를 강이랑 나누었다. 말투가 엄청 여성스러웠다. 강이랑은 쫌 편해진 느낌이 들었다. 하지만 시훈이랑은 한마디도 하지 않았다. 오늘은 점호 전에 가족, 친구에게 편지 쓰는 시간을 가졌다. 누구에게 쓸까 한참을 고민하다가 입학식 전날 펑펑 울면서 전화 통화를 했던 외할머니께 편지를 썼다.

'To. 의성 최고 멋쟁이 외할머니께

할머니 저 희정이에요. 들어온 지 얼마 되진 않았지만 너무 힘들어요. 할머니가 입학식 전날 전화하셔서 펑펑 우시며 뭘 해도 다 좋으니까 다치지 말고 조심히만 다녀오라고 하셨던 말씀이 훈련할 때마다 선명하게 귀에 맴돌아요. 강의 들을 때마다 교수님께서 좋은 이야기를 많이 해주시는데 교수님 가족 이야기해 주실 때 유독 쫑긋해서 들어요. 교수님은 어렸을 때 부모님이 맞벌이여서 외할머니 손에 컸다고 해요. 그거 듣고 할머니 생각났어요. 저도 엄마 아빠가 맞벌이여서 할머니께 주로 맡겨지곤 했잖아요. 그땐 시골의 냄새나 엄마 아빠와 떨어져 지내는 게 싫어 할머니께 떽떽거리나 하고 말썽 피우고 했는데 너무 죄송해요.'

편지 위로 눈물이 뚝뚝 흘렀다. 다른 훈련병들이 볼까 싶어 급하게 눈물을 닦으려고 일어서 보니 다들 주위의 눈치를 보며 훌쩍거리고 있었다. 할머니도 그렇고 엄마 아빠와 지낼 때는 보고 싶다는 생각이나 죄송스럽다는 생각이 안 들었는데 이럴 때만 꼭 드는 거 같다. 편지 쓰기를 마무리 하고 내일 있을 훈련을 위해 잠을 잤다.

오늘은 편제화기(K-201) 훈련을 받았다. 쉽게 말하면 이건 총쏘기이다. 처음 실탄을 만진다고 생각하니 설레기도 하고, 군대 생활을 예능으로 만든 푸른거탑이나 군대 관련 만화책을 보면 훈련병들이 탄피를 잃어버리고 소대가 뒤집어지는 상황이 일어나기도 하고, 훈련 중 잘못 쏴서 동료 훈련병을 죽였다는 뉴스기사도 들은 까닭에 조금 겁이 나기도 했다. 덜덜 떨고 있는데 어디선가 시끄러운 소리가 들려 고개를 돌리니 옆 칸에 지호 훈련관 훈련병들이 교육을 받고 있었다. 강이는 조교의 찌릿 거리는 시선에도 불구하고 쉴 새 없이 떠들고 있었다.

"지호야, 시훈아. 와, 존나 신기하네."

"시훈아, 쟤 입 쫌 막아. 조교님 오면 우리도 같이 혼나니까."

"한지호, 네가 막아봐. 쟤 흥분하면 입 안 다물어지는 거 알면서."

시훈이와 지호는 강이를 한심하게 보며 말했다.

"아니 행님들 섭섭하게 왜 이러시나. 우리 마 탄피 잃어버리고 여기 함 뒤집을까!!??"

"야!!"

시훈과 지호는 눈을 동그랗게 뜬 채 강이에게 소리를 질렀다. 그 덕분에 셋은 나란히 얼차려를 받았다. 셋의 우스꽝스러운 모습을 보니 저절로 긴장했던 마음이 풀렸다. 우리 차례가 되었다. 조교의 설명이 귀에 들어오지 않았다. 드디어 내 차례가 되었다. 부들부들 떨리는 손끝이 조교의 '발사!'

소리에 갈고리 같은 방아쇠를 눌렀다. 탕! 소리와 함께 총알이 날아갔다. 쐈다는 생각에 뿌듯한 마음이 들었다. 옆에서 훈련받고 있던 지호와 강이는 따봉을 날려주었다. 다음 차례인 한별이는 씩씩하게 들어가 자세를 잡고는 표적을 정확히 맞추었다. 설이는 말라서 그런지 작은 총의 반동에 몸이 튕겨나갈 듯 움찔거리곤 했다. 다사다난했던 1주차 교육이 지나갔다. 다음 주부터 드디어 장교화 단계에 따른 교육을 받는다.

오늘부터 2주차 교육을 실시한다. 한별이, 설이, 내가 바라고 바라던 충성클럽, 즉 PX 사용이 가능하게 되었다. 평일에는 열심히 훈련과 수업을 받고 주말에는 2주차부터 가능한 종교 생활도 하게 되었다. 박수랑 노래만 열심히 치고 불렀을 뿐인데 목사님은 우리에게 초코파이를 하나씩 주셨다. 평소에는 맛없는 마시멜로 때문에 안 먹던 초코파이가 여기선 왜 이리 달콤한지 모르겠다. 황금 같은 토요일에 우리 1소대는 체조 시험에서 우수한 성적을 낸 덕분에 황금 같은 토요일. 분대장님이 삼겹살 파티를 제안했다. 나와 설이는 분대장님이 주신 카드를 들고 PX로 갔다. PX에 도착하고 과자와 삼겹살을 주섬주섬 고르다 가격을 보고 깜짝 놀랐다. 바깥보다 가격이 무려 4배 정도 더 쌌다. 가격을 보고 흥분한 탓인지 설이와 나는 정신없이 담기 시작했다.

"설아, 다 넣자 다."

"희정아. 우리 너무 많이 사면 분대장님이 혼내는 거 아닐까?"

"야! 분대장님이 쏜다 하셨잖아. 그냥 담아. 내가 혼날게."

"거지새끼마냥 왜 저렇게 흥분해."

설이와 내가 과자를 막 담고 있을 때쯤 어디선가 날 선 말이 들렸다. 어이없어하며 뒤돌아보았다.

"저기 저 아십니까? 초면에 그게 무슨 말 버릇입니까?"

"내가 널 몰라도 거지새낀 걸 딱 알 수 있겠다. 조용히 고르면 어디 덧나니? 격 떨어진다. 정말."

화가 머리끝까지 치밀어 올랐지만 무서워 바들바들 떨고 있는 설이를 생각해서 꾹 참고 차분히 말했다. 자세히 보니 2소대 훈련병 같았다.

"격식 없는 건 당신 아닌가요. 육사에서는 서로 존중해야 하는데 당신은 초면에 비속어 사용, 반말 사용. 조교님께 말씀 드리면 벌점 어마 무시할 텐데. 바로 조교님 앞으로 갈까요?"

"어, 어머! 별꼴이야 정말."

"어딜 가시려고 합니까? 이전에 했던 행동에 대해 사과는 안 하시나요?"

그냥 가려는 재수탱이의 팔목을 잡고 말했다.

"걸리려니까 별 지랄 같은 새끼한테 걸리네. 정~말 미안합니다."

"뭐가 미안하죠? 상세히 설명하지 않을 시 바로 조교님께 가도록 하겠습니다. 그리고 그게 사과하는 태도인가."

"아 씨…… 반말 쓴 거랑. 당신을 존, 존중하지 않고 말한 거요. 미안합니다. 정말."

재수탱이는 얼굴이 시뻘개진 채로 PX를 빠져나갔다. 설이는 멋있다고 박수를 치며 난리를 쳤다. 괜히 민망해진 나는 설이에게 어서 가자고 재촉했다.

어느덧 군인화 단계 마지막 주인 5주차가 시작되었다. 5주차에는 독도법과 개인화기를 배운다. 독도법은 지도와 나침반을 들고 조끼리 지도를 해독하며 원하는 곳을 찾아가는 방법을 배우는 훈련이다. 한별이와는 한 조가 되었지만 설이는 아쉽게도 다른 조로 배치되었다. 이번에는 다른 소대와 함께 한다기에 신났는데 한순간에 짜증이 났다. 설이 뒤에서 날 죽일 듯이 노려보는 저 사람 때문이다. 저 사람이 누구냐고? 저번에 PX에서 마주

쳤던 재수탱이가 설이와 한조였다. 설이한테 무슨 해코지를 할까 봐 걱정
이 되었다. 독도법 훈련을 다 받고 나서 한별이와 나는 설이에게 후다닥 달
려갔다.

"야!! 설아. 재수탱이가 해코지 안 했어?"

"어 별아, 희정아! 나도 사실 조금 걱정했는데 엄청 잘 해주던데. 하나하
나 세세하게 가르쳐주고."

"음. 쫌 이상한데. 안 괴롭혔다니 다행이다."

"생각보다 착한 앤 거 같아. 개인화기 수업도 듣는댔어. 걱정하지 말고 너
네도 가서 열심히 들어. 쟤 이름 류민혜래. 재수탱이라고 부르지 말자."

"음, 알겠어. 그래도 방심하지 말고."

"그래그래ㅋㅋ."

재수탱이 아니 류민혜의 예상밖의 행동이 조금 수상했지만 어쩔 수 없이
우린 조로 돌아왔다. 개인화기 수업까지 마치고 생활관으로 돌아와서 저녁
을 먹은 후 8시부터 10시까지의 자습을 한 뒤 하루를 마무리했다. 잠자리
에 누워 많은 생각을 했다. 육사에 입학해서 이제 막 화랑기초훈련이 끝났
을 뿐인데 너무 힘들다. 그만 두고 싶다. 벌써 퇴소자가 4명이나 된다는데
나도 그냥 나가버릴까. 그런데 오늘따라 침대는 왜 이리 푹신한지.

화랑기초훈련은 생각보다 재밌었다. 물론 재미있는 만큼 힘든 것도 많았
다. 다만 어느 순간 우리 생활에 먼지처럼 끼어 버린 류민혜가 한 번씩 우
릴 째려보는 것이 맘에 안 들었다. 그는 별이와 나를 싫어했지만, 설이를
지독히 챙겼다. 마치 무얼 바라는 것처럼.

삼일 뒤면 우리는 진정한 육사인이 된다. 오랜만에 부모님 얼굴을 보면
눈물이 왈칵 쏟아지겠지. 저번 가입학식날처럼 바리바리 도시락을 싸오시
려나.

드디어 본입학식날이다. 진정한 육사인이 되는 것인가. 설이, 별이, 지호, 강이, 시훈이랑 모여서 입학식에 대해 이야기를 나누었다.

"야, 민시훈. 진정한 육사인이 되는 기분이 어때?"

"강아 닥쳐라. 제발 부끄러우니까."

"시훈아 그러면 강이 솝솝해융 힝!"

시훈이에게 애교를 부리던 강이는 시훈이에게 꿀밤을 3대나 맞았고, 우린 그 모습을 보며 박장대소를 터뜨렸다. 그때 어디선가 나타난 류민혜가 시훈에게 상냥하게 말을 걸었다.

"어머, 시훈아 안녕~ 이렇게 장난스러운 모습이 있었는지 몰랐네. 옆에 친구들이야? 어머 안……."

류민혜는 똥 씹은 표정으로 자길 쳐다보고 있던 별이와 나를 발견하고는 표정이 굳어졌다.

"아, 어디서 구질구질한 냄새 나지 않냐. 재밌게 이야기하는 중인데 기분 다 잡쳤다 정말."

"별이 넌 어쩜 옳은 말만 하니. 너무 멋있어."

나와 별이는 류민혜가 최대한 잘 들리게 큰 목소리로 말했다. 설이는 류민혜와 우리 얼굴을 번갈아 보았다. 남자애들은 얘네가 왜 이러나 싶은 표정으로 우릴 보았고, 류민혜는 남자애들 앞이라 그런지 특별히 대꾸하지 않았다.

"어, 어머 우리 설이두 있었네, 하하하."

"어, 그래. 민혜 안녕 반가워."

"어이구 나는 저기 엄마가 와서 가…… 가야겠네. 시훈아, 나중에 보자. 난 이만……."

류민혜가 급하게 자리를 떴다. 시훈이가 물었다.

"야, 뭐야. 너네? 쟤랑 사이 안 좋냐?"

"야, 그걸 말이라고 해? 쟤가 얼마나 쓰레긴지 아냐. 앞으로 친하게 지내기만 해라. 우리 손에 죽는다."

"그, 그래. 생각보다 괜찮던데 말하는 것도 착하구."

"야!!!"

별이와 나는 시훈이에게 버럭 소리를 질렀다. 시훈이가 홀린 건가. 걔를 착하다고 하는지 모르겠다.

입학식이 시작되었다. 강이 아버지께서 우리를 지도하셨다. 저 멀리 오른손에는 꽃, 왼손에는 조그마한 디카를 손에 쥔 엄마, 아빠가 눈에 띠었다.

"엄마."

"말썽쟁이 우리 딸 김희정! 아빠는 안 보이냐."

"아빠, 무슨 그런 섭섭한 말을 하시나. 아빠를 젤루 먼저 봤지~"

"허허. 그럼 됐다. 지호야 오랜만이네. 잘생긴 얼굴이 반쪽이 된 것 같다야."

"아저씨 저 완전 힘들었어요. 밥도 쪼꼼 주고 훈련도 힘들구요."

오랜만에 부모님을 뵙게 되어서 기분이 좋았다. 엄마랑 수다도 엄청 떨고 가족들에게 시훈이, 강이, 별이, 설이를 소개했다.

드디어 1학기 시작이다.

가입기 교육을 시작할 때처럼 두근거렸다. 1학기 때는 화랑기초훈련 때 했던 훈련을 했고, 추가로 전문적인 군사 용어를 배웠다. 선배라는 개념이 확실히 생긴 것은 덤이다. 4월에는 중간고사를 쳤고, 5월에는 개교기념일과 육군사관학교 생도의 날이 있었다. 생도의 날에는 외부 강사를 초대해서 특강을 들었는데 뭔가 이상했다. 육사에서 특강이라고 하면 우리보다 한참 선배가 와서 육사에 대해 이러쿵저러쿵 조언 같은 걸 할 줄 알았는데, 이름마저 생소한 '연애특강'을 들었다. 별이, 설이와 함께 특강을 들으러 갔는데 강의실은 세상 남자들을 다 모아 놓은 듯 엄청나게 많은 남학생들이 있었다. 물론 여자들도 엄청 많았다. 우리는 떨떠름하게 의자에 앉아 주변을 두리번거렸다. 두리번거리는 지호, 시훈 그리고 강이를 발견하자마자 웃음이 터졌다. 걔들은 우리의 빵 터진 모습을 보자 자신들의 행동이 우습다고 생각했는지 같이 웃었다. 어, 근데 옆에 못 보던 얼굴이 하나 보였다. 날카롭게 생기고 삐쩍 마른 사람이었다. 웅성거리다 강이, 시훈이보다 한 발 앞장서 우리에게 다가오던 지호에게 물었다.

"야, 저 뉴페이스 누구냐. 존잘인데?"

"우리랑 동갑?"

"우와 잘생겼다. 지호야, 저분 누구?"

나, 별이, 설아는 지호에게 질문을 퍼부었다.

"어휴, 얘네 왜 이러냐. 선배야, 선배. 우리보다 한 살 많아. 잘 생겼지? 남자인 나도 반할 뻔했다야."

"한 살 오빠? 오, 대박. 아주 좋은 전우를 사귀었군."

지호보다 한두 걸음 뒤에 선배가 우리에게 말을 걸어왔다.

"어, 안녕! 강이랑 지호한테 이야기 자주 들었어."

"선배는 성함이 어떻게 되십니까."

"나? 나는 차수혁. 반가워. 친하게 지내자. 숫기가 없어서 그런지 내 또래 애들이랑은 친해지기 어렵더라. 믿을 건 요놈들 밖에 없어서. 나이 먹고 사교성 없는 게 뭐가 자랑이라고 너네한테 이야기하는지 모르겠지만 하하."

순수한 사람인 것 같았다. 강사가 키스나 성관계 이런 이야기를 하면 부끄러워서 얼굴이 빨개지기도 하고, 여자 친구 사귀어 봤냐는 질문에 한 번도 없다고 얼굴이 빨개졌다. 특강을 마친 후 우리는 PX에 가서 과자를 먹으며 담소를 나누었다. 이 날 이후 우리는 선배까지 7명이 함께 다니며 두터운 우정을 쌓았다.

기말시험을 마치고 군사훈련까지 끝낸 후 하계휴가를 보내게 되었다. 우리들은 예전부터 가고 싶었던 일본으로 떠났다. 강이랑 별이가 일본 원숭이 옆에서 깔짝대다가 원숭이들한테 엄청 맞기도 하고, 지호가 가위바위보에 져서 이상한 벌레 과자를 먹기도 하고, 선배가 비싸디 비싼 회를 코스로 쏜 일 하며 재미있는 일이 너무나 많았다. 그리고 수혁 선배와 설이 간에 수상한 기류가 흘렀다. 시간가는 줄도 모르고 하루하루 바쁜 방학을 보내고 난 뒤 우린 2학기를 맞았다.

위기, 설이야 괜찮아

치타의 달리기처럼 방학은 빨리 지나갔고 어느덧 2학기가 시작되었다. 우리는 중간고사를 바삐 치고 난 후 2학기의 하이라이트인 화랑제만을 기다렸다. 화랑제는 10월에 4박 5일간 실시되는데 1일, 2일차에는 체육대회, 3일에서 4일차에는 작품전시회, 공연 등이 실시되고 다른 대학들처럼 이벤트존과 먹거리 장터를 운영한다고 들었다. 연극부였던 설이는 연극 준비로 하루하루를 바삐 보냈고, 태권도부였던 나와 지호 그리고 시훈이, 수혁 선배는 3~4일차에 있을 태권도 시범 대표가 되어 열심히 연습했다. 강이랑 한별이는 뭘 했냐고? 강이와 한별이는 고등학교로 따지자면 학생회활동, 즉 학년별로 동기회를 구성해서 축제를 준비했다.

드디어 축제 당일이 되었다. 첫날은 체육대회였다. 청팀과 백팀 그리고 홍팀으로 나뉘어 경기를 진행한다. 나와 지호는 청팀, 수혁 선배와 설이 그리고 별이는 홍팀, 나머지 강이랑 시훈이는 백팀이 되었다. 둘째날 체육대회의 꽃이라고 할 수 있는 계주가 우릴 기다리고 있었다. 계주에는 우리 팀에는 지호가, 상대 팀에서는 수혁 선배가 선수로 뽑혔다. 펑! 공기탄이 터지는 소리가 나자마자 청팀, 홍팀, 백팀의 계주 주자들은 미친 듯이 뛰었다. 마치 미친 개 같았다. 계주의 결과는 수혁 선배의 마지막 스퍼트로 홍팀이 승리를 거머쥐었다. 수혁 선배는 승리한 기쁨을 팀원들을 안으며 나누었는데 설이를 안을 때는 유독 뭔가 느낌이 달랐다.

설이는 다른 때 같으면 스킨십을 해도 그냥 웃어넘겼는데 요샌 어딘가 모르게 싫은 티를 냈다.

"엇! 설이 뭐야. 너 수혁 선배랑 내꺼인 듯 내꺼 아닌 썸~ 같은 기류가 둘 사이에 공존하지 않았나? 왜 수혁 선배 밀쳐내는 것인가. 이게 바로 밀당인가?"

"아, 밀당 그런 거 아니야 ㅋㅋ. 희정아, 나 예전에는 수혁 선배가 나 막 챙겨주고 하는 모습 보면 감사하구 그랬거든? 근데 요즘은 선배가 나 막 챙겨준답시고 더듬는 것 같기도 하고…… 아, 내가 예민한 건가?"

"에이 야, 선배가 들으면 섭하겠다. 말을 왜 그렇게 하냐? 선배 입장에서는 너 챙겨준다고 그러는 건데 뒤에서 이런 말 나오면 선배가 섭섭해 하시는 거 알지?"

"아, 그…… 그렇겠지? 내가 너무 예민했나 봐. 선배한테 죄송하네."

"그래그래. 우리 축제나 즐기자. 나 배식 줄 서고 있을 테니까 애들 데리구 와!!"

"아, 알겠어. 그리고 수혁 선배는 조교들이랑 먹는데. 나머지 애들만 챙겨서 갈게."

"응, 그래그래. 빨리 와."

훈련이 힘들어서일까 선배의 행동에 예민하게 반응하는 설이가 이해되지 않았다. 애들을 기다리며 배식 줄을 서던 중 뒤에서 들리는 이상한 이야기에 귀를 기울였다.

"오빠 봐봐. 걔 단순해서 꼬시기 쉽다 그랬지?"

"니 말이 다 맞더라. 그리고 요새 내가 걔한테 스킨십을 시도 중인데 자꾸 쳐내. 아, 존나 기분 나쁘다 그럴 때마다."

"오빠 스킨십을 쳐낸다고? 누군 이렇게 받고 싶어서 안달인데 부럽다. 그년은 참 부럽네."

"민혜야, 조금만 참아. 오빠가 그년 딱 따먹고 너 더 챙겨줄게."

"어머 몰라!! 부끄럽게. 정말 ㅎㅎ 빨리 먹고 와. 언제 맛볼 생각이야?"

"음, 축제 막날 불꽃놀이날? 그날 팡팡 터지는 불꽃들을 배경 삼아 그 애를 한올 한올."

"아, 뭐야. 부끄럽게 오빠두 참 하하."

이렇게 질 떨어지는 대화를 하는 사람들이 누군가 싶어 나도 모르게 뒤돌아보았다. 수혁 선배와 류민혜였다. 나는 너무 놀라서 입을 틀어막았다. 그 소식을 설이에게 전해야 할지 나만 알고 있어야 할지 고민하던 중 설이가 해맑게 뛰어왔다.

"김희정~ 나 왔어. 점심 맛있겠다. 우와."

설이가 류민혜와 선배가 같이 있는 모습을 보게 되면 놀랄지도 몰라서 점심이 맛없다는 핑계를 대며 설이를 데리고 황급히 급식실을 빠져 나왔다.

화랑제의 하이라이트인 불꽃놀이가 우리를 기다리고 있었다. 우리는 삼삼오오 모여 폭죽이 터지기만을 기다렸다. 근데 설이의 모습이 보이지 않았다.

"야, 수혁 선배랑 설이 어디 갔어?"

"아, 그 두 사람? 아까 둘이 저쪽 깊숙한 곳으로 가던데? 드디어 사랑이 시작된 거 아닐까. 부럽다 정말?"

"뭐? 둘이만 따로 어디 갔다구? 너넨 그걸 그냥 보고만 있었어?"

"당연히 보고만 있지 우리들이 둘 사이에 끼어서 훼방이라도 놓으리?"

"아, 어디로 갔다고? 자세히 말해 봐."

"야, 김희정. 너 왜 이래. 너 뭐 수혁 선배 좋아하냐. 둘이 냅둬."

"그래 그러게 말이야. 둘이 잘 어울리기만 하드만 뭘."

"김희정 혹시 질투 중?"

"아, 얘들아 그게 아니라 아까 점심시간에 수혁 선배……."

점심때 수혁 선배가 했던 말을 애들에게 조심스럽게 전했다. 애들은 하나같이 경악을 금치 못했다. 함께 설이와 수혁 선배를 찾아다녔다. 불꽃놀이가 시작된 후라서 그런지 불꽃이 터지면서 나오는 빛들이 우리 시야를 밝혀주었다. 이곳저곳 아무리 찾아도 둘은 보이지 않았다. 나는 혹시나 하는 마음에 불꽃놀이가 시작한 후 문을 잠갔던 태권도 부품실로 갔다.

어디선가 말소리가 들려왔다.

"선배, 진짜 왜 이러세요. 한번만 살려주세요. 이런 거 너무 싫어요."

"싫어? 그럼 나한테 왜 웃어주고 왜 잘 해준 거야? 지금 당황하는 니 모습도 너무 귀엽다. 자세히 보니 은근 큐티 글래머러스한 면도 있네? 류민혜 말대로 자세히 보니 아주 섹시하구나? 민혜 역시 안목 있다니까."

"민, 민혜요? 민혜 이야기가 왜……."

"아, 류민혜? 걔가 너한테 잘 해줬지. 그거 다 내가 시킨 거야. 잘 해주면서 너 나한테 넘어오게 쫌 해달라고 부탁한 거야. 멍청하긴. 너 챙겨주는 줄 알았니?"

"네…… 네……? 민혜가 그럴 일 없어요. 저한테 얼마나 잘 해줬는데."

"우와, 이 하얀 피부 쫌 봐."

"아악!! 하지 마세요. 제발 부탁이에요. 선배가 이렇게 한 거 애들한테 아니 모두에게 소문 안 낼 테니까. 여기서 제발 멈춰주세요. 제… 발…."

"멈춰달라고? 에이 그럼 쓰나 가만히 딱 있어봐. 잠깐이면 너도 기분이 좋아질 거야."

태권도 부품실 안에서 들리는 소리를 따라가 보니 수혁 선배가 설이의 옷을 하나씩 벗기기 시작하고 있었다. 설이는 너무 무서워서 발버둥치며 도와달라고 힘들게 소리쳤지만 수혁 선배는 설이의 고통스러워하는 모습에 더욱 흥분해서 성폭행을 시도했고, 설이가 소리를 지르자 선배가 설이의 뺨을 때렸다.

"설이한테 손…… 손 떼세요. 선배, 뭐하시는 거예요. 이런 사람 아니잖아요."

선배는 당황하지 않았다.

"내가 어떤 사람인데? 순수하고 착했던 이미지? 그거 개나 줘버려. 아, 연기한다고 힘들었네. 불꽃 아래 희미하게 비치는 니 모습도 설이만큼 아름답구나. 일로 와봐 너도."

"선배, 하, 하지 마세요 아악!"

"야, 차수혁. 이 또라이 새끼야!! "

위기의 순간에 강이, 시훈이, 지호, 한별이가 나타났다.

"야, 너 미쳤냐? 이러려고 우리 무리에 들어와서 친하게 지내자는 거였어? 어디다가 여자 몸에 손을 함부로 대. 너 진짜 쪽 한번 당해볼래? 아니 당하자. 이 개새끼야."

시훈이는 태권도 부품실 앞문에서부터 우다닥 뛰어와 수혁 선배의 멱살을 잡았다. 별이는 시훈이가 말할 동안 설이를 담요로 감싸며 밖으로 나갔고, 강이는 내 옷을 여며주었다. 그 순간 나는 의식을 잃었다.

"야, 내가 2학년 사이에서 따 당한 널 챙겨줬으면 적어도 미안해서라도 이런 몹쓸 짓은 안 해야지. 넌 대가리가 뭘로 차 있는 거야. 어, 망할 놈."

애들은 폭주하는 지호를 억지로 끌어냈다. 수혁 선배는 부품실 바닥 한가운데에 누워 허탈하게 웃었다.

"너네 중에 아무나 담당 조교님이나 눈에 보이는 쌤들 불러 와. 경찰이면 더 좋고. 최대한 빨리 그리고 별이 넌 설이 가릴 옷 좀 챙겨와."

애들은 시훈이의 말을 듣고 얼른 밖으로 나가 조교님과 경찰을 불렀다. 이후 차수혁은 퇴학 처분을 받게 되었고, 숨은 공조자인 류민혜는 정학 3개월과 사회봉사 30시간을 채워야 했다. 설이가 당한 나쁜 짓에 비하면 어림 반푼어치도 되지 않았지만 설이는 그거라도 받은 게 어디냐며 감사해했다. 두 사람에 대한 소문이 퍼지면서 당연하게 설이의 이름도 애들 사이에서 자주 오르락내리락 했다. 설이는 정신적 충격을 이기지 못해 소리 소문 없이 휴학을 결정했다.

고등학생 때 라디오에서 우연히 군대 내 성폭력에 대해 들은 적이 있다. 가장 많이 발생하는 곳은 육군, 그 다음이 해군, 그리고 공군이라고 한다. 이 말을 들으면서도 내겐 이런 일이 안 일어날 거라고 생각했는데 그게 아니었다.

우리 중 누구도 한동안 태권도 부품실에 가지 못했고 누구든 그 일에 대해 이야기할까 봐 늘 불안했다. 우리가 이런데 설이는 얼마나 힘들까. 설이는 휴학한 후 폰 번호를 바꾸고 잠수를 탔다. 섭섭했지만 설이가 그렇게 해서라도 그 일을 잊을 수만 있다면. 언제든 좋으니 설이가 다시 웃으며 학교에 돌아왔으면 좋겠다.

적응, 우린 잘 할 수 있어

　화랑제 때 있었던 불미스러운 사건을 계기로 학교는 더욱더 남자와 여자 간의 접촉에 예민하게 반응했다. 그동안 남녀가 같이 받던 훈련과 수업을 3달 동안 따로 들었다.

　힘들었지만 1학년 기말 시험이 끝났다. 1학기 때 쳤던 시험보다 성적이 잘 나오고 리포트는 다 A를 받았다. 시험 마지막 날 우리들은 육사 근처 카페에 모여 겨울방학에 놀러갈 곳을 정했다.

　"안…… 녕……."

　류민혜였다. 정학기간과 봉사시간을 다 채우고 학교에 복학한다는 소문이 있던데 복학 신청을 하려고 온 건가.

　"꺼져라. 얼굴 쳐다보기 싫으니까."

　"역겹다. 정말 넌 무슨 낯짝으로 학교에 오니? 애 하나 병신 만들어 놓고, 너무 뻔뻔하게 다시 학교에 나온다고 해서 다들 깜짝 놀랐다."

　"하…… 그 점에 대해서는 반성하는 중이야. 미안하다. 정말 진심이야."

　"설이한테 사과해. 물론 받아줄지 안 받아줄지는 모르겠지만."

　"너네가 전해 줄 수 없을까? 아무리 수소문해도 설이 번호 아는 사람이 없길래. 너네 번호 있으면 나한테 쫌 줄 수 있니?"

　"우리가 너 코 닦아 주길 원하는 거니? 정말 미안하면 니가 알아서 설이한테 연락해."

　"하…… 정말 미안해. 제일 미안한 건 설이고……. 아, 그리고 나 복학 안 해. 자퇴서 내러 온 거야. 나도 양심이란 게 있는데 어떻게 얼굴 들고 학교 다니겠니. 대구에 내려갈 것 같아. 이런 말해도 되는지 모르겠는데 나 너네랑 친해지고 싶었어. 사이좋은 모습을 보면 항상 부러웠어. 하, 내가 뭔 이야기를 하고 있지. 미안해. 너네끼리 카페 놀러왔는데 시간을 너무 뺏었네. 놀다가 가. 그럼 이만."

예전에 류민혜에 대해 들어본 적이 있다. 류민혜 부모님들은 어릴 때부터 그녀가 어디서나 1등을 하지 않으면 사랑도, 칭찬도 해주지 않았다고 한다. 그래서일까 민혜는 남이 잘 되면 배 아파하고, 남을 끌어내리려고 한다. 미워하면서도 불쌍한 마음이 드는 것은 어쩔 수 없었다. 한참 정적이 흘렀다. 침묵을 깬 건 강이였다.

"가시나. 철 좀 들었나 보다. 자자, 지나간 일은 우리 그만 잊고 겨울방학 때 어디 갈지 정하자. 6명이니까 짝수라서 좋고……."

"강아, 우리 지금은 5명. 설이……."

"아…… 하…… 하하!! 맞다 맞네. 우리 5명이네. 아, 설이 보고 싶다."

"뭐야 최강, 뜬금없이. 혹시 설이 좋아하냐 ㅋㅋ."

"그건 아니고 그냥 너무 안 본 거 같아서. 6명일 때가 제일 멋지고 빛났는데. 하, 설이는 뭐하고 지낼까. 연락되는 사람 아직 없지? 너무 보고 싶다."

우리 중 누구도 설이와 연락이 닿는 사람이 없었다. 이번 겨울방학에는 설이의 집이 있는 포항에 가기로 했다. 포항에 가면 어쩌면 만날 수도 있지 않을까 싶어서인지 다들 만장일치로 그곳으로 가기로 했다. 포항에 있는 여러 펜션을 검색하던 중 설이의 이름이 들어간 '설이네 펜션'이라는 곳을 발견하게 되었다.

보고 싶은 설이의 이름이 들어간 펜션을 예약했다. 당일이 되었다. 며칠 전에 운전면허를 딴 강이가 아버지가 사주신 차를 운전해서 가기로 했다. 서울에서 포항까지 조금 먼 거리였지만, 혹시나 설이를 만날지도 모른다는 생각에 다들 들떠 있었다. 강이는 '포항까지 편안하게 모시겠습니다'는 말을 하고는 곧 운전에 집중했다. 땀을 뻘뻘 흘리면서 말이다. 그 모습이 웃겨서 깔깔대다가 어느 순간 모두 잠이 들었다.

드디어 포항에 도착했다. 펜션 입실 시간이 아직 2시간 정도 남아서 우리들은 바닷가에 들러 먼저 발을 담그며 놀았다. 펜션 입구에서 사장님이 우릴 반겨주셨다. 사장님과 간단한 인사를 나누고 짐을 풀었다. 짐을 풀던 중 펜션 사장님은 과일을 가져다주시며 어디서 왔냐고 물으셨다. 우리들은 육사에서 애들끼리 놀러온 거라 하니 사장님은 깜짝 놀라시면서 자기 딸도 육사에 다녔다고 하셨다. 우리들은 혹시나 하는 마음에 설이의 부대명과 입학년도를 물어보니 사장님은 놀라면서 우리 딸이라고 말해 주시며 호탕하게 웃으셨다.

"아빠, 203호 이불 2개 모자라다 했나? 여기…… 어 얘들아."

"헐, 설이야."

우리들은 반가워 서로 부둥켜안았다. 곧 그동안 쌓였던 이야기를 나누었다. 어느덧 저녁 먹을 시간이 돼서 돼지고기로 바비큐를 해먹었고 어머니께서는 설이 친구가 왔다며 횟집에서 회를 4접시나 준비해 주셨다. 드디어 우리는 완전체가 되었다. 설이에게 복학할 거냐고 물으니 아직 고민 중이라고 말했다. 설이와 함께 한 2박 3일이 흐르고, 설이는 포항에 남고, 우리는 서울로 왔다.

동계 휴가가 끝난 후 우리는 화랑기초훈련을 받는 예비 1학년들을 보며 잔소리도 하고, 자세도 지적하는 어엿한 육사인이 되었다.

마지막, 앞으로 잘 할 수 있어

우리들은 겨울방학이 끝난 후 진학식을 준비했다. 진학식날에는 오랜만에 학교를 방문한 설이가 우리를 축하해 주었다. 진학식이 끝나고 고기집으로 향하던 중 신호등 건너편에서 익숙한 실루엣이 우릴 보고 움찔거리더니 횡단보도를 건널지 말지 고민하는 눈치였다. 신호가 바뀌고 우리들은 그 사람이 건너기를 기다렸다. 그 사람은 바로 차수혁이었다.

"안녕. 다들 오랜만이네."

"아, 안녕하세요 선배가 웬일루 여긴 다."

"어…… 그…… 그냥 볼일이 있어서. 설이야 안녕 잘 지냈어?"

"아, 안녕하세요. 선배 전 뭐 그……."

수혁 선배의 질문에 바보처럼 착하게 대답하는 설이를 대신해 한별이가 말했다.

"잘 지내든 말든 무슨 상관이세요? 또 그 짓 하시려고요? 저희 밥 먹으러 가는 길인데 좀 비켜주실래요?"

"아, 밥 먹으러 가던 길이었구나. 아, 그래 맛있게 먹어."

우리들은 선배에게 까딱 목 인사를 한 후 지나쳐왔다. 우리들은 설이에게 괜찮냐고 물었다. 설이는 웃었다.

"설이야, 최설이!"

고기집으로 가던 중 우리 뒤에서 설이를 애타게 부르는 소리에 뒤를 돌아보니 수혁 선배였다. 인상을 쓰고 왜 왔냐고 으르렁거리려고 하는 한별이를 설이가 막았다.

"왜 부르셨어요?"

"아, 다름이 아니라 제대로 사과한 적이 없는 거 같아서……."

"아, 네……."

"미안하다, 설이야. 그땐 정말 미쳤었나 봐. 반성하고 있어. 정신과 상담도 받는 중이구. 이미 퇴학당해서 효도하기는 글러 먹었지만 기술 배워서 기업에 취직하려고."

"네, 알겠어요. 선배 열심히 사는 거 보기 좋네요."

"아, 그래? 고…… 고맙다 설이야. 그리고 이거."

"어, 이 상자랑 봉투는 뭐예요?"

"어, 봉투는 니들 아까 고기 먹으러 간다길래 조금 넣었구. 이 상자는 너 목걸이 하나 사주고 싶어서 그냥 사봤어. 별로면 거기 영수증 있으니까 환불해. 안 그러면……."

"선배, 목걸이 이쁘네요. 감사해요. 선배도 잊어요. 전 이제 쫌 아물었어요. 그리고 너무 미안해하지도 마세요. 덥석 선배 손 잡은 제 잘못도 있죠. 어쨌든 목걸이랑 돈은 잘 쓸게요. 행복하세요. 그럼 이만."

"어, 그래. 설이야 미안했다."

수혁 선배는 그 한마디를 남기고 뒤도 안 돌아보고 뛰어갔다. 설이는 선배가 가자마자 자리에 주저앉아 펑펑 울었다.

"어, 흑흑, 사실 너무 무서웠어, 흑흑."

우리들은 설이를 달래고 선배가 보태준 돈으로 고기를 사먹었다. 어느새 어둑어둑한 저녁이었다. 다시 기숙사에 들어가 하루를 마무리했다.

이제 곧 2학년 생활이 시작된다. 끝나지 않을 것만 같았던 1학년 생활도 오늘로 막을 내렸다. 2학년 때는 좀 더 성숙했으면 좋겠다. 설이도 복학 신청을 했으니 2학년을 같이 보낼 수 있다.

1년 동안 좋은 일이든 나쁜 일이든 많은 일들이 있었다. 지호는 입학식날 보다 남을 더 챙길 줄 아는 사람이 되었다. 강이는 입학식날부터 지금까지 여전히 시끄럽다. 아니다 생각해 보니 한결같지 않다. 더 시끄워진 것 같다. 남자애들 중에서 제일 많이 바뀐 애는 시훈이다. 시훈이는 처음에는 우리랑 말도 섞지 않더니 지금은 자기가 먼저 장난을 걸기도 한다. 대단한 발전이다. 설이와 한별이는 입학식날부터 지금까지 똑같다. 아, 그나마 나아진 게 있다면 당당하게 할 말을 한다는 점이랄까. 1년 밖에 지나지 않았지만 어쩌면 몇 년 후에 우리들은 애벌레가 나비가 되듯이 변화하지 않을까? 우리들은 언제나 충분히 빛나고 있다.

메이트 : 경영 동아리 활동일지

_ 배근영

대구에서 나서 현재 경북여고에 재학 중이다. 마케팅에 관심을 가지게 되어
경영학과 진학을 희망하고 있다. 미래 마케팅 분야에서 명성을 떨칠 예정이다.

경영 동아리, 메이트로 오세요.

고등학교 진학 후 한 달이 지났다. 중학교와 별다를 것 없다고 생각했던 고등학교 생활에 이제야 슬슬 적응이 되어가는 중이다.

'경영 동아리 〈메이트〉 경영학과 진학이 목표인 학생들, 경제에도 관심이 있는 학생들은 언제나 환영입니다.'

"경영학과에 가면 유정 같은 선배가 있으려나?"

"글쎄, 그 대신 나는 있을 텐데. 어때, 신청하고 싶지?"

내 이름은 이연.

신록고등학교 1학년 3반 25번. 열심히 동아리를 홍보하는 중이다. 시내에 있는 여고 진학을 목표로 했는데 너무 멀다는 이유로 부모님이 반대하셨다. 지금은 남녀공학도 괜찮다고 생각한다. 내 꿈은 한국대학교 경영학과 20학번이 되는 것이다. 하지만 이 학교에는 경영 동아리는 무슨 경제 동아리도 없단다. 역시 원래 가려고 했던 그 여고에 갔어야 했어.

"선생님, 정말로 경영 동아리가 없어요? 경제도 없다니."

"그러게, 우리 학교에는 없네."

"아, 저 꼭 하고 싶었는데. 선생님 방법이 없을까요?"

"네가 만들면 되지?"

"저 1학년인데요?"

"그럼, 못하는 거지."

"아닙니다. 선생님 어떻게 만들면 되죠."

담임 선생님께 여쭈어 보았더니 동아리를 직접 개설해 보라고 하셨다. '1학년인 내가?'라는 생각이 들어 당황하던 참인데 선생님의 '그럼 경영 동아리 활동은 못하는 거지'라는 말씀을 듣고 무슨 자신감인지 해보겠다는 선언을 해버렸다. 그래서 동아리 개설 계획서를 제출한 후 열심히 홍보 중이다. 지금까지 모은 부원들은 나까지 포함해 총 3명. 월요일까지 적어도 7명을 모아야 한다. 다음 주 월요일까지 주말을 제외하면 3일 밖에 남지 않았다. 그래서 이 친구들도 나와 함께 고군분투 중이다.

"이연, 너 이 동아리 책임질 수 있냐."

"날 뭘로 보고. 날 그렇게 못 믿는 거야? 이 누나 한번 말한 건 책임지고 끝까지 해낸다고. 어떻게 해서든 동아리 개설할 거다."

내 옆에 있는 이 친구는 나와 같이 초등학교, 중학교를 다녔던 한강우란 아이다. 초등학교 2학년 때 같은 반이었던 한강우는 나보다 키도 작고 말수가 적었던 아이였다.

반에서 신나게 뛰어놀던 중에 어떤 남자애가 한강우를 괴롭히고 있었다. 무슨 용기가 생겼을까. 그 순간 강우를 놀리던 남자애를 신발주머니로 때려 주었다. 그 이후로 종종 한강우를 괴롭히는 애들은 내가 상대해 주었고 그러다 어느 순간 같이 다니게 되었다.

그렇게 함께 초등학교를 졸업하고 중학교까지 함께 다니게 되었다. 한강우는 남고, 나는 여고를 지원했지만 결국 둘 다 이 학교로 배정을 받게 되었다. 그는 나와 다르게 항상 차분하고 조용하지만 나는 그에 비해 덤벙거리고 자존심이 세며 하고 싶은 말은 다해야 하는 성격이다. 그리고 나머지 한 명은 김수연. 나랑 같은 반으로 첫날 옆자리에 앉게 되어 친해졌는데 서글서글 웃는 모습이 정말 예쁜 친구다. 이 친구의 꿈은 공기업 입사고 한강우는 경영 컨설턴트이다. 그래서 내가 다른 동아리에 들어가려는 이 친구들을 데려왔다.

"이제 마지막으로 4반이 끝이야. 다음은 2학년."

"네 반인데 네가 해주면 안 될까? 남자 반은 네가 홍보 좀 해주지."

"부장님께서 책임지시겠다면서요."

"내 입이 방정이지."

한강우와 나는 4반에 들어가면서까지 말씨름을 했다.

"저희는 경영 동아리 메이트로 경영학과에 진학하고 싶어 하는 학생들, 경영, 경제에 관심이 있는 학생들을 모집하고 있습니다."

지금까지 계속 홍보를 했지만 수많은 시선을 마주할 때면 긴장된다. 다시 호흡을 가다듬고 마저 홍보를 했다.

"또한 아직까지 꿈을 확실히 정하지 못한 분들에게 이야기를 해드린다면 경영학과에 진학하게 되면 직업을 선택할 수 있는 폭이 넓어집니다. 또한 동아리에서의 다양한 활동을 통해 생활기록부를 자신이 원하는 직업과 연계하여 기재할 수 있습니다. 문의할 사항이 있으신 분이나 동아리 가입 신청을 하려는 분들은 홍보지에 적힌 연락처로 부장인 저와 부부장인 한강우란 학생에게 연락을 해주시기 바랍니다."

홍보가 끝나고 나가려는데 남학생 한 명이 다가와 한강우에게 어깨동무를 했다.

"한강우, 나 할게, 그 동아리. 경영 동아리 할 거면 나한테 먼저 말해야 하는 거 아니냐?"

"아, 잊어버리고 있었다."

"와, 실망. 나 너무 섭섭해."

"누구야?"

"나는 백성현. 얘랑 같은 반. 나도 그 동아리 들어갈래."

"나도 들어가. 나는 정찬우."

갑자기 인원이 5명이 되었다. 저 남자애들 정말 활발하다. 한강우에게 저런 친구들이 있었다니. 이제 5명만 더 모으면 된다. 1학년은 4반까지 있다. 4반까지 홍보를 끝낸 우리는 이제 2학년 교실을 돌아다녀야 했다. 3학년

학생들은 3학년 내에서 동아리를 개설해 활동하지만 1학년과 2학년은 함께 동아리 활동을 한다. 한 명이라도 인원을 모으겠다는 심산으로 2학년 교실로 이동했다. 점심시간이라 그런지 학생들이 반에 많이 남아 있지는 않았다. 2학년 교실을 다 돌고 나서 한강우와 나는 각자 수업을 들으러 갔다. 오후 수업과 방과 후 보충수업까지 다 들었는데 석식 시간인 지금까지 추가 가입 신청 연락이 오지 않는다. 괜찮다. 내일 또 홍보하지 뭐. 그때 문자가 왔다.

'경영 동아리에 관심이 있어서 그런데 어떤 활동을 하는지 알려 줄 수 있어요?'

사실 동아리 활동 계획서를 작성할 때 꽤 고생을 했다. 당연히 경영 동아리에서 어떤 것을 해야 하는지도 모르고 경험해 본 것도 없으니. 그래서 수연이, 강우와 함께 셋이서 머리를 굴리며 열심히 계획서를 작성했다.

'경영, 경제 신문 스크랩하기, 대학교수님과의 만남, 경영, 경제와 관련된 책 읽고 독후감 작성하기, 경영 성공 사례 조사하기 등을 할 예정입니다. 아직 완전히 정해진 계획이 아니기 때문에 원하는 방향으로 바꿀 수 있어요. 동아리 꼭꼭 들어와 주세요!'
'그럼 신청은 어떻게 해요?'
'문자로 보내셔도 됩니다. 혹시 하실 건가요?'
'네 2학년 1반 성연지, 2반 이현승입니다.'
'앞으로 잘 부탁드립니다. 그리고 선배님 말 놓으세요!'
'그래 나도 잘 부탁해~'

저녁식사를 하느라 제대로 문자를 확인 못했는데 또 동아리 신청 문자가 도착해 있었다. 괜히 기분이 좋아져 옆에 있는 수연이를 안아 주었더니 이상한 눈빛으로 본다.

다음날도 우리는 화장실과 학교 복도 게시판에 홍보지를 붙이고 교실을 돌아다니며 열심히 홍보를 했다. 그런데도 지금까지 아무런 연락이 없다. 딱 3명만 더 모으면 되는데 이 학교에는 경영학과 갈 사람이 그렇게나 없단 말인가. 그래서 수연이와 함께 급식실 줄을 서는 곳에서 홍보 중이다. 이렇게나 부끄러울 수가 없다. 다들 우리를 이상한 눈으로 쳐다보고 있다. 그렇게 금요일 하루도 신청하겠단 사람 없이 지나가 버렸다.

주말이 되고 토요일이 되었다. 2학년 김윤후 선배님과 1학년 한유진과 김승주라는 학생이 신청을 했다. 이렇게 10명을 다 모았다. 정말 예상치 못했다. 오늘 아침까지만 해도 동아리 개설을 하지 못할 것 같다는 생각에 우울했는데 역시 노력한 보람이 있다. 이제 월요일에 경영 동아리 메이트의 담당 선생님께 최종 계획서를 제출해야 했다.

동아리 담당 선생님은 우리 학교의 경제 선생님이시다. 사실 내가 경제 선생님을 찾아갔을 때 선생님께서는 많이 놀라신 듯한 눈치셨다. 경제는 1학년 교과목이 아니기 때문에 한 번도 뵌 적이 없을 뿐더러 1학년이 경영 동아리를 개설하기 위해 찾아왔다는 것도 드문 경우였기 때문이다. 나도 우리 학교에 경제란 과목이 있는 줄도 몰랐다. 담임 선생님께서 경제 선생님을 찾아 뵙는 게 어떻겠냐고 조언을 해주셔서 경제 선생님께 부탁을 드리게 되었다.

"그래서 경영 동아리를 만들겠다고?"

"네, 선생님. 선생님께서 지도교사를 해주실 수 있는지 여쭙기 위해 왔습니다."

"나야 얼마든지 환영한다지만 1학년인데 책임지고 동아리를 이끌 수 있겠니?"

"선생님, 그런 걱정은 안 하셔도 됩니다!"

이렇게 해서 경제 선생님 섭외도 마쳤고 동아리 인원도 다 모았으니 경영 동아리 메이트 지금부터 시작이다!

메이트, 새로운 시작

   동아리는 둘째, 넷째 주 수요일 8, 9교시에 활동한다. 우리 동아리가 배정받은 동아리실은 1학년 4반이다. 4월 첫째 주 수요일 7교시 동아리 활동을 시작한다는 설렘을 가지고 교실에 들어갔다. 들어가자마자 '부장!'이라며 인사하는 한강우의 친구들이 보인다. 곧이어 나머지 1학년 부원들이 전부 모이고 선배님들도 오셨다.

   경제 선생님께서는 처리해야 할 업무가 있어서 8교시에 오겠다고 말씀하셨다. 월요일에 간단하게 인사했지만 여전히 서먹하다. 그래서 오늘 7교시 활동은 자기소개이다! 사실 이 말을 들은 강우는 무슨 자기소개를 한 시간이나 하냐고 했지만 수연이는 마음에 들어 하는 눈치다. 첫 시간부터 활동하면 좋아하겠냐며 반박하자 강우는 더 이상 말하지 않았다. 사실 한강우는 낯가림이 심하다. 아마도 그 때문이리라.

   "안녕하세요, 저는 1학년 3반 이연입니다. 동아리 부장이고 제 꿈은 한국대학교 경영학과에 진학하는 것입니다. 앞으로 잘 부탁드립니다. 지금부터 한 사람씩 자기소개를 하는 시간을 갖도록 하겠습니다. 그 다음은 부부장이 해주시죠."

   "저는 1학년 4반 한강우이며, 제 꿈은 경영 컨설턴트가 되는 것입니다. 잘 부탁드립니다."

   부부장부터 소개를 하란 말에 한강우는 내게 엄청난 눈총을 보냈다. 하지만 그런 것에 아랑곳할 내가 아니지. 그렇게 한 사람씩 소개를 하는데 한강우와 같은 4반인 백성현과 정찬우는 정말 활발한 성격으로 보였다. 처음 보았을 때랑 변함이 없었다. 백성현은 나와 같은 한국대학교 경영학과 진학이, 정찬우는 무역사무원이 꿈이었다. 김수연은 공기업 입사가 꿈이라고 소개했고, 한유진이란 친구도 공기업 입사가, 김승주는 회계사가 꿈이라고 했다. 성연지 선배는 은행에 취직하기를 원했으며, 이현승은 HB기업에 입사, 김윤후 선배는 창업을 할 것이라며 자기 회사에 들어와도 좋다고 했다. 다들 자신만의 꿈을 가지고 이 동아리에 모이게 되었다. 한 사람씩 자기소개를 하고 나니 시간이 많이 지났다. 간단히 동아리 활동 계획을 설명해야겠다.

"동아리에서는 경영, 경제와 관련된 신문기사를 매달 스크랩하기, 경영, 경제와 관련된 책을 읽고 독후감 작성하기, 경영 성공사례 조사해 소개하기 등 다양한 활동을 할 것입니다. 혹시 하고 싶은 활동이 있으시다면 의견을 내주시면 됩니다."

"그럼 우리 이번 시간에는 뭐 해?"

"이번 시간은 친해지는 시간!"

"한마디로 놀자는 거구나, 부장?"

"에이, 아직 서로 모르는 사이인데 친해져야지. 혹시 첫 시간부터 활동하고 싶으면 뭐 미리 뽑아놓은 기사들 가져올까?"

"무슨 말이 그래, 난 좋다는 뜻이었는데."

"그치?"

백성현이 내 의도를 파악해버려 하마터면 말을 더듬을 뻔했다. 아니, 첫 시간부터 활동을 한다고 하면 다들 좋아하지 않을 거면서. 저는요 그런 야박한 부장이 아니랍니다. 그렇게 한 명씩 얼굴을 알아가면서 얘기를 나누었다. 선배들도 후배들에게 편하게 말을 놓으며 학교생활에 대한 조언을 했다. 연지 선배의 말에 의하면 예전에 경영 동아리는 아니지만 경제 동아리가 있었다고 한다. 그런데 경제 동아리마저 인원이 줄어들어 폐부 위기에 처했다고 한다. 그때 경제 동아리를 지키려던 선배들은 홍보도 열심히 하면서 선생님들께 말씀을 드려보았지만 결국 폐지가 되었다고 한다. 선배는 경영학과를 전공하고 싶었지만 동아리를 개설해 볼 생각은 차마 해보지 못했다고 한다. 그런데 경영 동아리를 모집한다는 소식을 듣고 한번 해보자는 마음으로 신청을 했는데 개설이 되어 기쁘단다. 학교에 경영학과를 전공하고 싶어 하는 학생들이 이렇게 적을 줄은 예상치 못했다. 그래도 이렇게 동아리를 개설하게 되어 엄청 기쁘다. 그때 유진이가 말을 걸어왔다.

"이연이라 했지. 나 기억나?"

"어? 음 당연하지 우리 동아리 부원님이신데!!"

"모르는 거 같은데? 기억 안 나지? 우리 입학식날 만났잖아."

"아, 혹시 너 나랑 같이 강당 갔지?"

"빙고! 기억하네. 섭섭할 뻔했어."

유진이가 자신을 기억하냐는 질문에 식은땀이 흐를 뻔했다. 그러다 입학식이란 말에 기억이 났다. 같이 강당 갔던 사이지!

입학식날 나는 친구들과 집 방향이 달라 한강우에게 같이 가자고 일방적으로 통보했다. 야속하게도 한강우는 학교에 도착하자마자 바로 친구들을 만나러 가겠다며 나보고 먼저 강당으로 가 있으라고 했다. 화장실에 갔다가 강당에 가려는데 어떻게 내 마음을 알았는지 '강당은 별관이야'라며 옆에서 말하는 여자애가 있었다. 그리고 1학년인지 물었다. 그렇다고 하니 자신도 1학년이라면서 같이 가자고 했었다.

"우리 그때 이름도 안 알려 준 거야?"

"그러게. 그때 정신이 없긴 했어."

유진이는 웃으며 말했다.

서로 이름도 물어보지 않고 헤어졌는데 이렇게 다시 만나다니 신기했다.

"경영학과에 관심이 있었는데 확신이 없었거든. 그런데 네가 열심히 홍보하는 모습을 보고 이 동아리에 들어와야겠다는 생각이 들었어."

"열심히 홍보하긴 했지. 지금 생각하면 그때 홍보하고 다니던 내가 진짜 나 맞는지 의문이 생긴다니까. 그래도 덕분에 네가 들어왔으니까 잘한 것 같다. 동아리 들어온 거 후회하지 않도록 열심히 해야겠다."

"부장님 파이팅."

이렇게 동아리 첫 번째 활동을 시작했다. 부원들과 둘러앉아 이야기하며 서로에 대해 알아갔다. 특히 1학년 남학생들은 금방 친해진 것 같았다. 선배들 중 여자는 연지 선배 하나로 이미 1학년 후배들에게 언니라는 호칭을 듣게 되었다. 연지 선배에게 동아리 신청할 때 왜 이현승 선배랑 같이 신청했냐고 물어보았더니 둘은 소꿉친구로 서로 경영학과에 가기로 정했다고 한다. 선배는 고등학교 생활에 대해 궁금한 점을 다 얘기해 보라며 후배들의 질문에 친절하게 답해 주셨다. 그렇게 1교시를 보내고 남은 1교시는 동아리에서 어떤 활동을 하고 싶은지 의견을 냈다.

"다들 친해진 것 같은데 이제 동아리 활동 얘기를 해봅시다. 동아리 활동하면서 해보고 싶은 활동이 있으면 의견을 내주시기 바랍니다."

엄청난 정적이 흘렀다. 아까 전과 같은 반응이라 몹시 당황했다. 서로 눈치를 보고 있는데 한 명의 구세주가 나타났다.

"나는 마케팅 종류에 대해 조사해 보고 싶어."

김윤후 선배가 먼저 얘기를 시작하니 하나둘씩 의견이 나오기 시작했다. 한강우는 한 사람당 한 기업을 선택해 어떻게 발전하게 되었는지 조사해 보자고 하고 연지 선배는 은행을 방문해 보는 것은 어떻겠냐는 의견을 냈다. 여러 가지 의견이 나오기 시작하고 나는 칠판에 받아 적었다. 열심히 의견을 내는 부원들이 고마웠다. 그때 동아리 담당 선생님이신 경제 선생님께서 뒷문을 열고 들어오셨다.

"다른 동아리들은 첫날이라고 놀던데 우리 동아리는 열심히 하네."

그 말씀에 차마 방금 전까지 웃고 놀던 중이었다고 말씀드릴 수가 없어,

"당연하죠. 선생님."이라고 말했다. 이연, 아주 양심이 없구나. 부원들도 내 말에 동조하며 어떻게 놀 수가 있냐는 말들을 했다. 역시 우리 부원들 척하면 척이다. 선생님께서는 웃으시면서 폐지 안 되게 열심히 하라고 하셨다.

　동아리 첫 활동을 끝낸 기분은 어떠냐고? 동아리가 개설된다는 것이 아직 믿기지 않는다. 내가 동아리 부장으로서의 역할을 잘 해낼 수 있을까라는 걱정도 조금 들었는데 동아리를 통해 성장하게 될 우리들의 모습이 기대된다. 메이트 동아리 활동이 고등학교 생활의 좋은 경험과 추억이 되면 좋겠다.

신문 스크랩

"무슨 활동 하지."

"기사 스크랩 하자며."

"그렇긴 한데 다들 바쁘지 않을까. 기사 고르는데 시간도 걸릴 텐데."

야간자율학습을 마치고 집에 가는 길에 강우에게 걱정 아닌 걱정을 늘어놓았다. 첫 번째 동아리 활동을 한 후 내가 좋은 부원들을 만났다는 생각이 들었다. 열심히 해야겠다는 동기 부여가 확실히 생겼다. 또한 부원들이 동아리에 들어온 것에 후회하지 않도록 해야겠다는 생각이 들었다. 그래서 무슨 활동을 하면 좋을까라는 고민이 계속 끊이질 않았다. 사실 기사 스크랩 활동을 하기로 정하긴 했지만 기사를 하나 선정해 활동을 할 것인지 아니면 각자 자신이 가져온 기사로 활동할 것인지에 대해서는 의견을 공유하지 않았다. 그래서 부부장인 강우에게 의견을 물어보는 중이다.

"기사 하나로 활동하면 편하긴 한데 그래도 다양한 내용의 기사들을 접해 보고 원하는 내용을 선택해서 하는 게 좋을 것 같기도 하고."

"그럼 각자 가져오라 그래. 시험기간도 아니고 첫 활동인데 기사 하나 못 가져오겠냐."

역시 강우는 해결사다.

난생 처음 동아리 단체 채팅 방을 개설하고 공지까지 올리니,

"와, 나름 부장 같은데?"

"부장 맞거든요."

괜히 뿌듯해 혼잣말을 하고 있으니 수연이가 옆에서 말을 거들었다. 주말을 맞아 수연이 부모님께서 여행을 가신 까닭에 수연이와 금요일 밤을 함께

보내게 되었다. 나 쉬운 여자 아닌데. 하지만 치킨이라면 어쩔 수 없지 뭐.

두 번째 동아리 활동 날 동아리 부원들은 다시 교실에 모였다. 이젠 얼굴도 익숙해져서 스스럼없이 인사를 주고 받게 되었다. 교실에 들어섰을 때 연지 언니가 나와 수연이를 반갑게 맞아주셨다. 하나둘씩 부원들이 모이고 김윤후 선배를 마지막으로 모두 모였다.

"오늘 기사 다 챙겨왔죠?"

교탁에 나가지 않고 의자에 앉아서 얘기를 하니 백성현, 정찬우는 자신이 가져온 기사를 번쩍 들어 올리며 펄럭거렸다. 다들 준비를 했는가 보다.

"연아, 내 기사는······."

"가방 속에 잘 있어. 지금 줄게."

유진이가 주말에 연락을 했다. 기사를 골랐는데 집에 프린트기가 없어 뽑지 못해 대신 프린트해 줄 수 있는지 물어보는 것이다. 그래서 유진이가 이메일로 보내준 기사를 대신 프린트 해오게 되었다. 유진이에게 신문 기사를 건네주고 교탁에 나가 칠판에 신문 스크랩 형식을 쓰고 설명했다.

"각자 기사 가져왔으면 교탁에 있는 종이 가져가세요. 가져온 기사는 잘라서 종이에 붙이고 칠판에 보이는 기본 형식이 있는데 이 형식을 바탕으로 자신이 원하는 방식으로 만들면 돼요. 모르는 단어를 정리하거나 다른 내용들을 결합해도 좋아요."

내가 말한 그대로 솔직히 신문 스크랩에 형식은 상관이 없었다. 다만 기본 틀을 제공해야겠다는 생각이 들어 주말에 신문 스크랩 형식을 구성해 월요일에 경제 선생님께 찾아가 괜찮은지 여쭈어보았다. 자신만의 방식으로 신문 스크랩을 만드는 게 중요할지라도 기본적으로 들어가야 할 내용들이 있다는 생각에 주말 동안 형식을 구성해 보았다.

"오늘은 신문 스크랩 처음 하는 거니까 이번에만 선생님이 가져가서 보고 조언해 줄게. 열심히 만들어."

선생님의 말씀에 경악을 하는 모습을 보이는 부원도 있는 반면 반색을 띠는 부원들도 있었다. 여기저기서 목소리가 들려왔다.

"선생님, 괜찮습니다. 저희가 알아서 할 수 있습니다!"

"저희가 무슨 초등학생도 아니고……."

김윤후 선배와 김승주가 얘기를 했다.

"농땡이 피우지 말고 열심히 해. 다 너네한테 도움이 된다."

선생님께서는 우리를 쓱 둘러보시더니 말씀하셨다.

다들 각오를 다지며 종이를 가지고 갔다. 사실 선생님께서 신문 스크랩을 확인하시게 된 것은 내가 부탁드렸기 때문이다. 월요일에 여쭤보았는데 흔쾌히 수락해 주셨다. 신문 스크랩도 하는 것으로 끝나지 않고 부족한 부분이나 잘한 부분에 대한 피드백을 받으면 좋겠다는 생각을 했다.

집에서 따로 신문을 구독하지 않아 인터넷 기사를 골랐다. 경영 신문이라고 딱히 정의되어 있지도 구분되어 있지도 않아 어떤 기사를 골라야 할지 한참을 고민했다. 그래서 경제 신문을 먼저 살펴보았다. 매일경제, 헤럴드경제 등 인터넷 기사를 2시간 넘게 읽다가 눈길을 끄는 기사를 발견했다. 그리고 내 기사와 함께 유진이가 부탁했던 기사를 프린트했다.

다들 기사를 가져와 주어서 기분이 좋다. 솔직히 몇 명 정도는 가져오지 않을 것 같았는데 한 명도 빠짐없이 기사를 가져온 걸 보니 역시 부원들을 잘 모았다는 생각이 들었다. 역시 우리 메이트.

고심한 끝에 선정한 기사는 마케팅과 관련된 것이다. 한 기업의 의류 브랜드가 매달 새로운 캐릭터와 협업해 사람들의 소비를 불러일으킨다는 내용이었다. 나는 본격적으로 활동을 시작했다. 기사를 읽고 알게 된 점과 이에 대한 생각을 정리해 보았다. 30분쯤 지났을까 부원들도 마무리를 하는 것 같았다.

"다 썼으면 이제 발표할까요?"

"그러자."

"부장부터 합시다."

"그게 좋을 것 같은데? 그 다음은 부부장."

백성현과 정찬우 때문에 결국 내가 먼저 해야 할 분위기가 조성되었다. 이럴 때는 부장 대우 안 해줘도 되는데. 발표를 하기 전 책상을 이어 붙이고 앉았다. 그 후 내가 먼저 기사에 대한 소개를 했다.

"이 기사는 마케팅과 관련된 것으로 ○○○그룹의 의류 브랜드들이 캐릭터와 협업을 해 캐릭터의 인기에 의지해 소비자들의 소비를 불러일으키는 것입니다.

예를 들면 ○○○○브랜드는 요즘 유행하는 주머니 몬스터라는 캐릭터와 협업하고 있어 소비를 불러일으키고 있습니다. 어릴 적부터 봐온 캐릭터라서 그런지 친근하기도 하고, 몇몇 어른들은 향수에 젖기도 하면서 사람들의 소비심리를 자극하고 있습니다. 또한 외국의 유명한 캐릭터와 협업을 하게 되면 외국 소비자들의 소비를 이끌어낼 수도 있습니다. 하지만 이러한 캐릭터 사업들은 단기간에 시행되고 있기 때문에 매번 새로운 캐릭터를 제시해야 한다는 문제점이 있습니다. 또한 수익 창출을 위해 캐릭터와 협업을 하다 보면 그 브랜드만의 특색을 잃어버릴 수도 있습니다.

그렇기 때문에 저는 브랜드 고유의 이미지를 유지하며 캐릭터를 활용한다면 좋을 것 같습니다."

（「"뻔하지만 또 통한다." … '캐릭터'에 빠진 이랜드」. 매일경제/2017.5.11./김규리 기자）

내가 가져온 기사 내용 소개와 기사에 대한 생각을 발표했다. 발표를 끝내니 부원들이 박수를 보내주는데 왠지 부끄러운 기분이 들었다.

"이렇게 기사에 대한 소개와 자신의 생각을 발표하면 돼요. 언급된 기사 중에 좀 더 많은 의견을 나누고 싶다거나 인상이 깊었던 기사를 선택해 다수의 선택을 받은 기사는 토론할 겁니다."

"부장이 발표를 너무 열심히 해서 비교당할 것 같아. 부부장은 그러면 안 돼."

정찬우가 장난스러운 목소리로 얘기했다.

"나 발표할게.

저는 기업의 인사와 관련된 내용인데 ○○○기업의 정규직 비율이 높다는 사실과 식품업계의 비정규직 근로자 비율이 낮은 이유에 대해 분석한 기사입니다.

식품업계의 비정규직 근로자 비율이 낮은 이유는 식품은 안전과 위생이 중요해 근로자가 회사에 애정을 갖는 게 큰 효과로 나타나며 판매 현장에서도 대형마트 시식 코너에서 직원들의 능력이 매출과 직결되는 특징이 있어 식품업계는 사원들이 소비자를 직접 응대하는 마케팅을 합니다. 또한 식품회사는 근로자가 정기적으로 위생과 건강 점검을 받는데 기간제 근로자를 채용해 근무 인원이 자주 바뀌면 비용이 더 들어가게 됩니다. 그러므로 비정규직 활용으로 얻는 비용 감소 효과는 적고 고용안정을 통한 효과는 커 전체 효율성을 따져도 정규직이 유리합니다.

그러나 IT기업들은 근로자들의 아이디어와 성과가 중심이기 때문에 새로운 인재들을 채용해야 하므로 비정규직 노동자의 비율이 높습니다. 이렇듯 기업의 업종 특성에 따라 인사를 조직해야 한다는 점을 알 수 있습니다."

(「비정규직 비율 4%대…식품업계 유독 '갓뚜기'가 넘치는 이유」, 한국경제/2017.6.8./김보라 기자)

"나 저기로 취직할까 봐."

"요리에 '요'도 모르는 애가 무슨."

백성현과 김윤후가 장난을 치며 얘기했다.

"이 기사를 토론 주제로 정하면 기업들의 다양한 인사 조직 방법이나 조건 등을 조사해서 의견을 공유하면 좋을 것 같아."

"좋은 생각인데."

내가 토론의 주제에 대해 얘기하니 옆에 앉아 있던 유진이가 말했다. 그 다음은 백성현이 발표를 시작했다.

"저는 지역 경제와 도시재생 뉴딜사업을 연결했습니다. 먼저 도시재생 뉴딜사업은 동네를 완전히 철거하는 재건축, 재개발 등 현행 도시개발 정비사업과 달리 기존 모습을 유지하면서 낙후된 도심 환경을 개선하는 사업입니다. 예를 들어 노후 주거지와 마을 개선, 일자리 창출, 전통시장 지원, 주거문제 해결, 농어촌 지역 지원 등의 사업을 추진하는 것입니다. 아시다시피 저희 지역이 다른 도시들과 다르게 그렇게 뛰어나게 활성화되어 있지 않습니다. 직장을 나갈 때나 물건을 사러 가야 할 때도 등 우리 지역이 아닌 다른 지역에서 경제활동을 하며 학생들도 다른 지역에서 여가 생활을 보내거나 시간을 보내는 것으로 보아 우리 지역에서의 경제 활동을 장려하는 전통시장 되살리기, 복지관, 카페와 같은 여가 장소, 어린이집 지원 등 도시재생 뉴딜사업이 이루어져야 한다는 생각이 들었습니다."

(「문재인 공약 '도시재생' …50조원 사업 시동」, 한국경제/2017.5.19/이해성 기자)

나는 백성현의 의견에 동의를 했다. 우리 지역 대부분의 어른들은 다른 지역에 있는 직장에 다니며 차를 타고 이동해 대형마트에서 장을 보시곤 했다. 우리 동네에는 샛별 시장만 존재했다. 또한 학생들은 놀거나 여가 생활을 즐기려면 버스를 타고 다른 지역으로 이동을 해야 했다. 마땅히 놀 곳도 없으며 그나마 학교 근처에는 분식집과 작은 서점이 있을 뿐이다. 또한 도서관이 없어 지역 사람들은 우리 학교에 있는 도서관을 이용했다. 그래서 백성현의 발표를 들으며 많은 공감을 했다. 전통시장, 카페 등 지역을 더 활성화시킬 수 있겠다는 생각이 들었다.

"그 흔한 카페도 없네. 진짜."

"떡볶이 집 있잖아."

"그것도 한 곳 밖에 없잖아."

연지 선배가 울상을 지으며 얘기를 하니 김윤후 선배가 대답한다.

"이 주제는 할 얘기가 너무 많다."

"나도 동의한다."

김승주가 심각하게 얘기를 하니 다들 고개를 끄덕였다. 모두들 돌아가며 기사를 다 발표하고 마지막으로 이현승 선배가 발표를 할 차례가 되었다.

"요즘 1인 가구가 늘고 있다는 건 다들 잘 알고 계시죠? 싱글족의 소비가 증가하면서 편의점과 온라인쇼핑이 지속적으로 증가하고 있습니다. 하지만 백화점, 슈퍼와 같은 전통적인 오프라인 쇼핑에서는 소비가 감소하고 있습니다. 1인 경제를 뜻하는 '1코노미' 시장은 지속적으로 성장할 것으로 보이며 그에 따른 사회 인식의 변화에 맞춘 소비시장의 변화가 필요하다고 생각합니다."

(『'1코노미' 뜨니 편의점·온라인쇼핑도 떴다』, 헤럴드경제/2017.4.20/이정환 기자)

한 사람씩 기사를 소개했다. 모든 부원들이 발표를 마쳤고 이제 기사를 골라 토론을 해야 했다.

"이제 토론할 신문 기사 내용을 선택해 볼까?"

"부장 기사는 어때? 의류 브랜드들이 캐릭터를 왜 사용하는지 조사하고 이에 대한 장단점 의견 발표하기. 그리고 다른 브랜드들은 어떤 식으로 마케팅하는지 조사하기."

수연이가 손을 들며 얘기를 했다.

"그런데 발표에서 이미 문제와 해결방안, 장단점 등이 충분히 드러나서 더 많은 의견이 나오긴 힘들 것 같아."

한강우의 말에 동아리 부원들은 공감했다.

"나는 백성현이 발표한 기사가 좋을 것 같은데."

내가 이렇게 얘기를 하자 김윤후 선배가 말했다.

"우리 지역을 활성화시킬 방법에 대해서 고민해 봐야 한다고 생각해. 우리 지역이 활성화되지 못한 이유와 다양한 해결방안이 나올 것 같은데. 무엇보다 우리와 가장 연관되어 있는 주제 같아."

그러자 이현승 선배는 자신도 그렇다고 말했다. 다른 부원들은 강우의 기사도 좋을 것 같다고 했다. 의견을 모아보니 백성현과 한강우의 기사로 좁혀졌다.

"그러면 백성현과 한강우 기사 중에 토론하고 싶은 곳에 손을 들어 주세요."

거수를 하니 백성현의 기사는 6명, 한강우의 기사는 3명으로 백성현의 기사가 선택되었다. 그리고 토론은 다음 시간에 진행하기로 했다.

우리 지역 살리기 프로젝트!

쉬는 시간을 보내고 9교시가 시작되는 종소리가 울렸다. 다시 모여 앉았다.

"자, 그럼 주제는 우리 지역 되살리기 프로젝트 어떠십니까."

백성현은 자기 기사가 선택되어서 기분이 좋은지 엄청나게 적극적인 자세였다.

"일단 뉴딜사업이 진행되고 있는데 우리 지역도 포함되어 있어?"

"아니. 정부는 우리 지역이 있는지도 모를 수 있어."

백성현 말에 다들 실소를 터뜨린다.

"일단 그 문제는 넘어가고 우리 지역의 경제가 침체된 원인이 무엇일까?"

부원들에게 의견을 물어보았다. 백성현과 정찬우의 눈이 마주치더니 말을 주고받기 시작했다.

"아이들의 수가 적지."

"어르신들이 많이 계시지."

"여가 생활을 할 곳이 없지."

"음식점도 적지."

"둘이 만담하니."

보다 못한 연지 선배가 얘기를 하니 둘은 '같이 하실래요?'라고 했다. 저 둘 참 환상의 콤비다. 나는 곰곰이 생각해 보았을 때 우리 지역은 제대로 된 시설들이 갖추어져 있지 않았다. 직장 같은 경우는 다른 지역으로 이동하는 것이 흔히 이루어진 현상이지만 음식점, 카페, 마트 등이 형성되어 있지 않아 불편함을 겪었다. 한마디로 우리 지역 안에서 소비가 이루어지지 않는다는 것이다.

"결국 우리 지역 안에서 소비할 수 있는 경우가 적다는 거잖아."

조용히 듣고 있던 한강우가 얘기했다.

"시장에 있는 할머니 식혜 집 진짜 좋아했는데 요즘 장사 안 하시더라."

학교 근처에서 10분 정도 걸어 나가면 동네에 한 곳뿐인 큰 시장이 있는데 요즘은 점점 문을 닫는 상점들이 많아지는 듯했다.

"지역 내 소비를 활성화시키기 위해서는 어떻게 하면 좋을까."

"소비가 빠져나가는 걸 줄여야겠지."

연지 선배가 얘기를 하니 이현승 선배는 핸드폰 게임을 하면서 대답을 했다. 그러다 연지 선배에 의해 핸드폰을 빼앗기자 둘이서 티격태격했다. 옆에서 같이 인터넷을 하고 있던 김윤후 선배의 핸드폰도 함께 빼앗기려는 찰나.

"잠깐만 야, 나 자료조사하고 있었거든?"

"퍽이나. 너도 같이 게임했지?"

"이거 보시죠."

선배는 핸드폰을 우리에게 보여주며 의기양양해했다. '전통시장을 살려라'라는 제목이 보였다.

"전통시장?"

핸드폰을 빼앗은 연지 선배는 찬찬히 화면을 읽어 내리다 말했다.

"나 잘 찾았지?"

"네네, 잘 하셨어요."

김윤후 선배는 아까의 오해가 억울했는지 연지 선배에게 얘기했다. 그런 연지 선배는 어쩔 수 없다는 듯이 잘 했다고 대답했다.

"그런데 왜 전통시장을 검색하셨어요?"

"일단 우리 지역에 있는 가장 큰 소비 공간을 생각해 보니까 시장이 있더라고. 대형마트를 가려면 힘들게 다른 지역으로 가야 하니까 그걸 역이용해서 시장에서 소비를 하도록 하면 어떨까 싶어서 검색해 봤지."

김윤후 선배의 말에 다들 감탄사를 내뱉었다.

"웬일로 머리를 다 쓰고 그러냐."

이현승 선배의 말에 김윤후 선배는 어이없다는 얼굴로 현승 선배의 등을 내리쳤다. 되게 아파 보였다.

우리 지역 시장의 소비를 더 촉진시키려면 어떻게 해야 할까.

"그러면 부주제는 전통시장의 활성화로 하는 게 어떨까요?"

내 말에 다들 그렇게 하자고 했다.

전통시장을 활성화시키기 위한 방법으로 어떤 것들이 있는지 다들 의견을 내보기로 했다. 다들 잠시 생각하는 시간을 가지게 되었는데 내가 먼저 말을 꺼냈다.

"시장의 물건을 배달할 수 있도록 하는 건 어때?"

"대형마트처럼? 좋은데."

대형마트처럼 자신이 산 것들을 집으로 배달하면 주문한 사람은 편리하고 배달을 도맡을 사람들이 생기니 새로운 일자리로 창출될 수 있다. 그리고 검색해 보니 다른 지역들도 시행을 하는 곳이 있다. 내 말에 이어 백성현은 우리 시장 전용 쿠폰을 만들어 일정 이상을 사면 할인이 될 수 있도록 하자는 의견을 냈다. 이현승 선배는 대형마트처럼 카트를 마련해 시장을 돌아보는 동안 사용할 수 있도록 하자는 의견도 냈다. 그렇지만 가장 많이 나온 의견은 일단 상점들을 수리해서 깨끗하게 하자는 것이었다.

"나는 배달하는 거 시행하면 좋을 것 같은데."

수연이가 얘기한다.

"우리가 어떻게 할 수는 없으니까."

내 말에 다들 고개를 끄덕였다. 한참 동안 이에 대한 의견을 나누는데 한 강우가 책상 한가운데에 핸드폰을 놓았다.

"뭐냐."

백성현의 말에 한강우는 '봐봐' 라는 짧은 말만 했다. 핸드폰 화면을 보니 주민참여예산 제안사업이라고 적혀 있었다. 이게 뭔가 싶어 천천히 읽어 보니 구 단위로 주민들이 더 편리하고 발전된 생활을 할 수 있도록 주민들이 제안한 사업을 시의 정책으로 받아들이는 것이었다. 시청 홈페이지에 올라와 있기는 하지만 구 단위로 진행하는 것으로 어른부터 청소년들까지 참여가 가능했다. 해보면 좋을 것 같다는 생각에 나는 혼자 핸드폰을 켜 주민참여 제안사업을 검색하는데, 옆에서 한강우가 '하자'라고 했다. 그래서 나는 비장한 얼굴로 '당연하지'를 외쳤다.

"여기서 제안사업이 선정되면 상도 준다는데." 한강우가 얘기했다.

참여를 할지 부원들에게 물어보니 다들 좋다고 했다. 그래서 우리는 주민참여예산 제안사업에 참여하기로 했다.

"우리가 참여해도 될까?"

"우리 참가 자격 되는데."

한강우는 표정에 아무런 변화 없이 대답했다. 그렇지 하면 되지.

"근데 우리 어떤 거로 제안할 거야?"

"다음 동아리 시간에 제안사업 생각해 오기로 합시다."

"그럼 다음 시간까지 생각해 옵시다. 동아리 활동 끝."

두 번째 동아리 활동이 끝났다. 주민참여예산 제안사업을 하게 되었는데 열심히 해서 우리 제안이 받아들여지면 좋겠다.

주민참여예산 제안사업

우리 동아리는 갑작스럽게 주민참여예산 제안사업에 참여하게 되었다. 동아리를 마친 후 한강우와 나는 4반에 남아서 아까 전 눈으로 급히 읽었던 주민참여예산 제안사업을 꼼꼼히 읽었다. 주민참여예산 제안사업은 5월 셋째 주 주말까지 제안 신청이 가능했으며 제안한 사업이 1차 통과하면 구청의 예산 담당자들과 면담을 갖게 된다. 그 자리에서 제안사업에 대해 소개한 후 사업 추진 여부를 결정하게 된다. 생각보다 많은 절차와 시간이 걸려 조금은 걱정스러웠다. 늘 그렇듯이 한강우는 잘 할 수 있을 거라며 걱정하는 나를 격려했다. 우리 잘 할 수 있겠지?

주민참여예산 제안사업에 대해 알아본 후 동아리 담당 선생님을 찾아갔다. 선생님께서는 열심히 하라는 격려의 말씀과 함께 결정된 제안사업은 선생님께 검토를 받았으면 좋겠다고 하셨다.

사실 1, 2차 동아리 활동에서 결정된 활동 주제는 지역 내 소비활성화, 부주제는 전통시장 살리기였다. 그래서 부원들의 의견이 전통시장에 맞추어져 있었다. 전통시장 이외에도 더 다양한 의견들이 나오면 좋을 것 같다는 생각에 부원들에게 전통시장 이외의 제안사업도 생각해 보면 좋을 것 같다고 말했다. 내가 생각한 것은 자동센서 감지등과 전통시장 배달서비스였다. 전통시장 서비스는 저번 동아리 활동에서 내가 냈던 의견이었으며, 자동센서 감지등은 우리 지역처럼 사람들이 별로 이동하지 않거나 주택이 밀집된 지역에 가로등을 설치할 장소가 없을 경우 건물에 자동감지 센서등을 설치하여 사람의 움직임에 따라 불빛이 켜지는 것이다.

세 번째 동아리 활동 시간이 찾아왔다.

"여러분 다들 준비 해오셨죠?"

"부장, 나는 내가 살아가는 환경에 만족하며 살고 있더라고."

정찬우가 책상에 엎드리곤 창밖을 바라보며 얘기했다. 옆에서 한강우가 등을 때리니 짧은 비명을 질렀다. 우리는 저번 토론 시간처럼 둘러앉아 한 명씩 자신의 의견을 냈다. 나는 책상 위에 놓인 A4용지를 한쪽으로 밀고 책상 위에서 펜을 돌렸다. 한유진 당첨. 발표하시죠.

"야, 뭘 이렇게 정하냐."

"이게 바로 부장의 권력인가요."

유진이는 허망한 표정으로 얘기했다. 그런 눈빛을 보면 마음이 약해지잖니. 옆에 있던 백성현이 웃으며 한마디 거들었다. 이게 부장의 권력이냐면서. '빙고 어떻게 아셨죠'

"내가 생각해 온 제안은 공공도서관을 만들자는 거야. 일단 우리 지역구에는 공공도서관이 하나 있긴 한데 거기까지 가야 하는 거리가 상당하기 때문에 어르신들과 어린아이들이 이용하기가 쉽지 않으니까. 그래서 도서관을 만들고 그곳에 카페를 함께 운영하는 거야. 그리고 그 카페에 노인들이나 청년들을 고용해 일자리를 주는 거지. 공공도서관을 개설하면 우리 동네 주민들은 더 이상 학교 도서관을 이용할 필요도 없어질 거야."

유진이가 말한 제안은 지역 주민들이 좋아할 것 같았다. 주민들도 우리 학교의 도서관을 이용하면서 불편한 점이 이만저만이 아니었다. 학생들이 수업을 하기 때문에 정해진 시간에만 이용해야 했다. 유진이가 발표를 한 후 다음 순서를 위해 펜을 돌리자 돌아가던 펜이 느려지더니 김승주를 가리켰다.

"나는 우리 동네에 폐가가 많으니까 이 폐가를 활용해서 어르신들이 일을 할 수 있는 공간으로 만들면 좋겠다는 생각을 했어."

폐가를 일자리 공간으로 만든다면 그곳에서 어떤 일을 할 수 있을까.

"수공예품을 만들 수도 있고 가게도 운영할 수 있고 할 수 있는 것은 다양해. 그리고 폐가를 활용하면 새로운 건물을 지을 필요 없이 수리만 하면 되니까."

"어르신들이 하실까."

연지 선배의 말처럼 어르신들이 하실지가 확실치 않다. 이 제안을 시행하려면 어르신들의 사전 조사가 필요할 듯해 보였다.

그 다음 발표자를 위해 펜을 굴렸는데 왠지 기분이 좋지 않았다.

어라, 나였다. 이 예감은 어찌 틀린 적이 없는지. 결과를 보고 다른 부원들도 웃음을 터트렸다. 특히 백성현. 다음은 네가 걸리길 소망한다.

"저번 토론에서 얘기했던 전통시장 배달서비스랑 자동감지 센서등을 생각해 봤어. 일단 우리 동네에는 오래된 전통시장이 있고 그 근처에는 대형마트도 없으니까 전통시장을 이용하는 소비자들의 수를 늘리기 위해 배달서비스를 시행하면 좋겠다고 생각했어. 배달서비스를 이용할 때 배달기사들로 청년들을 고용한다면 일자리도 생길 거야. 그리고 자동센서 감지등은 우리 동네에는 가로등의 수가 적기도 하고 사람들이 많이 보행하지 않는 곳까지 가로등이 설치되어 있지 않잖아. 그런 곳에 자동센서 감지등을 설치해 사람들이 이동할 때 등이 자동으로 켜지게 하는 거야. 그리고 주택이 밀집된 곳이 있을 것 아니야. 길이 좁아 가로등을 설치할 수 없는 그런 곳에는 건물에 부착해 사람들이 지나갈 때 움직임을 감지해서 등이 켜지도록 하는 거야."

내 제안을 가만히 듣고 있던 한강우가 우리 동네 전통시장이 꽤 크긴 한데 배달을 이용할 정도로 사람들이 많이 이용하지는 않는다고 말했다. 그렇게 많이 살 때는 대형마트를 이용하니까 배달서비스가 잘 이루어지지 않을 거라고. 그런데 배달서비스를 이용한다면 소비자들이 더 많이 소비를 하지 않을까라고 생각해 한강우에게 말하니, '그건 인정해'라고 수긍한다.

펜을 돌리며 한 사람씩 발표를 끝내고 괜찮은 제안을 선택했다. 가장 많이 선택을 받은 제안은 내가 제안한 자동센서 감지등과 유진이의 공공도서관이었다.

"자동센서 감지등은 진짜 우리 동네에 필요할 것 같아. 나 동네 슈퍼 갈 때 무서웠거든."

"저도 학원 갔다가 집에 올 때 가로등 없는 곳을 몇 분이나 걸어야 다시 가로등이 나오곤 해서 겁이 났어요."

연지 선배와 수연이는 서로 가로등 얘기를 하며 공감한다. 도서관은 폐가를 이용하자는 의견이 나왔다.

"그러면 폐가를 이용해서 도서관을 만들면 되지 않아?"

"좋은 생각인데?"

이현승 선배와 김윤후 선배가 말했다. 다들 좋다는 의견이 나왔다. 우리는 정해진 양식에 간단히 두 개의 제안에 대한 계획서를 작성했다. 8교시가 끝난 후 쉬는 시간에 선생님을 찾아갔다.

"선생님, 제안사업 가져왔습니다."

"그래 책상 위에 두고 가렴. 다음 시간에 올라가서 얘기할게."

"네, 선생님."

선생님은 업무로 많이 바쁘신 것 같았다. 선생님께 목례를 드리고 조용히 교무실을 빠져나왔다. 교실에 올라가니 남자 선배들과 동기들이 열심히 게임을 하고 있다. 연지 선배는 피곤한지 엎드려서 잠에 빠져들었고 수연이랑 유진이는 핸드폰으로 연예인을 보고 있다. 다음 시간 동아리 활동을 제대로 할 수 있을지.

"지금 최종 결정한 제안들이 이 두 사업인 거야? 일단 어떤 내용인지는 확인했는데 아직 제대로 된 제안서는 작성 안 한 거지?"

선생님께서는 정확히 9교시 시작 종소리가 울린 후 10분 후에 오셨다. 선생님께서는 교탁에 기댄 채 말씀하셨다. 우리가 작성한 간단한 제안서를 다시 눈으로 훑으시더니 좋다고 하시면서 그대로 진행해 보라고 하셨다. 제안서 양식에 맞추어서 노트북에 구체적인 내용을 작성했다.

"센서등 하나에 얼마야?"

"7000원 정도 하는 거 같아."

우리는 본격적으로 조사했다. 자동센서 감지등과 공공도서관 두 개의 팀으로 나누어 자료를 조사했다. 이현승 선배, 한강우, 수연이, 김승주, 나까지가 자동센서 감지등, 연지 선배, 김윤후 선배, 백성현, 정찬우, 유진이가 공공도서관에 대한 조사를 하게 되었다. 그 자리에서 팀별 협의가 이루어졌다. 참으로 간단하다.

"그러면 어디에 설치해야 할지 알아봐야겠네."

"그럼 각자 집에 가는 길에 필요한 곳이 있는지 살펴봐야겠다."

필요한 예산을 알기 위해 얼마나 설치해야 하는지 알아야 하기 때문에 우리 동네를 돌아다녀야 할 것 같았다. 만약에 우리 제안이 선정된다면 우리 지역 전체에서 필요한 곳은 지역 주민들의 의견을 들어 설치하면 될 것 같다.

"사업명은 뭐로 지을까."

"우리를 비춰주는 안전한 빛"

"오글거려."

역시 수연이. 그에 김승주는 얼굴을 찡그리며 손을 오므리더니 오글거린다고 한다. 그러자 수연이는 서운하다는 듯이 얼굴을 찡그렸다. 그제서야 상황 파악이 된 김승주는 '아니야 정말 좋은데?'라며 말을 바꾼다.

"그럼 사업명은 그걸로 한다."

이렇게 하나씩 제안서 작성을 해 가는데 공공도서관 팀도 열심히 하는 것 같았다.

"아, 팀장. 폐가 수리하는데 예산 엄청 들어가겠는데."

"그러면 좀 멀쩡한 폐가를 찾아서 예산을 아껴야지."

심각한 표정을 짓던 백성현이 얘기했다. 우리처럼 저 팀도 직접 발로 뛰며 폐가를 찾아야 할 것 같다. 어디에 도서관을 만들 것인지 또한 도서관에 필요한 물품과 책을 구비해야 할 것이고 비용이 얼마나 드는지 일일이 다 조사해야 할 것이다.

그렇게 우리 동아리는 제안서를 작성하며 세 번째 동아리 활동을 마쳤다. 하지만 사업을 추진하기 위해 직접 조사를 해야 할 필요가 있어 주말에 다시 만나기로 했다. 우리 팀은 각자 하굣길에 동네 주변을 돌아다니며 가로등이 필요한 곳을 찾아다녔고, 주말에 만나 각자 찾은 곳을 함께 돌아다녀보고 그 외의 장소도 둘러보기로 했다. 도서관 팀도 주말에 동네를 돌아다니며 폐가를 조사하기로 했다. 따로 점심을 챙겨 먹고 3시쯤에 다들 만나서 조사한 곳을 다 같이 살펴보기로 했다.

"일단 학교 근처부터 찾아가 봅시다."

"우리 집 근처에 골목길이 있는데 거기 가로등이 한 개 밖에 없더라."

내 말에 이현승 선배가 대답했다. 선배가 말한 골목부터 우리는 돌기 시작했다. 우리 동네 곳곳을 돌아다니며 주택이 밀집되어 가로등을 설치하지 못한 곳부터 사람이 자주 걸어 다니지 않는 외진 곳까지 살펴보며 설치될 필요가 있는 곳을 정했다. 열심히 돌아다녔더니 점심시간이 지나버렸다. 우리는 허기가 져 학교 앞 분식집에서 떡볶이를 먹었다. 떡볶이를 먹자마자 연지 선배한테서 연락이 왔다.

"어디야?"

"저희 지금 막 점심 먹었어요."

"우리도 지금 도착했어."

도착했다는 말에 정문을 바라보니 연지 선배가 보였다.

"어이 우리 왔다."

연지 선배가 해맑게 웃으며 부원들과 걸어오고 있었다.

"그럼 다 같이 이동할까요? 어디부터 갈까요."

"우리 방금 왔는데 센서등부터 가자."

우리는 선정한 장소를 돌아다니며 도서관 팀에게 괜찮은지 물어보았다. 우리가 선정한 곳은 10곳이다. 부원들과 돌아다니며 없어도 괜찮을 것 같은 곳을 설치할 목록에서 제외했다. 최종 선정한 곳은 7곳으로 그 장소를 사진으로 찍고 어디에 설치하면 좋을지 정해보았다. 그 후 폐가를 확인하러 갔다. 최대한 멀쩡한 폐가를 찾기 위해 노력했다며 도서관 팀을 대표해 유진이가 말했다. 열심히 해준 것 같아 고마운 마음이 들었다. 미리 선정해 온 5곳을 살펴보며 도서관은 사람이 많이 다니는 곳에 있어야 하기 때문에 어떤 곳에 좋을지 신중히 생각했다. 그래서 근처에 유치원이 있고 정자가 있어 어르신들이 많이 오시는 곳에 위치한 폐가를 선정했다. 사실 이곳은 유치원 옆에 있는 폐가라 어린아이들이 호기심으로 많이 드나들던 곳이다. 그래서 어른들이 가지 못하도록 많이 제지하셨다. 나도 어렸을 때 이곳 폐가를 몇 번 드나든 적이 있다. 이제 센서등과 도서관이 위치할 곳도 정했으니 제안서를 완성하면 되었다

① 제안제목	폐가를 이용한 공공도서관
② 사업개요	• 사업내용 : 폐가를 이용한 공공도서관 • 사업위치 : ○○동 ○○로 9길 28 • 사업기간 : 2017년 1월 1일–2017년 3월 초 • 사업비 : 약 500만 원 • 사업내용 : 폐가를 이용해 공공도서관을 만들어 주민들이 이용할 수 있도록 함.
③ 제안취지	근처에 도서관이 없어 주민들이 ○○고의 도서관을 이용하고 있음. 공공도서관은 멀리 위치해 있어 이용하기가 어려워 주변에 위치한 폐가를 이용해 공공도서관을 개설하고자 함.
④ 사업내용	• 폐가를 이용해 도서관을 만들어 비용을 절감. • 도서관 안에 카페를 만들어 노인 일자리를 제공할 수 있음. • 주민들의 편리한 공공시설 제공.
⑤ 기대효과	• 정해진 시간에만 이용할 수 있었던 학교 도서관이 아니라 자유롭게 도서관을 이용할 수 있어 편의. • 카페를 통한 노인 일자리 창출. • 사서 고용 청년 일자리 창출.

유진이와 일요일에 학교에서 만나 제안서를 마무리했다.

월요일. 파일에 고이 모셔 놓은 제안서를 꺼내 1층 교무실에 내려가 선생님을 뵈었다. 선생님께서는 이번에도 많이 바쁘신 것 같았다. 오늘도 책상 위에 놔두라는 말씀과 함께 점심시간에 찾아오라고 하셨다. 인사를 드리고 교무실을 빠져나와 반으로 올라갔다. 열심히 4교시까지 수업을 들었다.

점심시간에는 내가 제일 좋아하는 치즈 돈가스가 나와 수연이와 4교시가 끝나자마자 급식실로 달려가 늘어지는 치즈를 행복하게 눈에 담으며 식사를 마치고 다시 교무실로 향했다.

"일단 잘했어. 제안도 나쁘지 않고 아쉬운 점은 어떤 센서등인지 사진 자료를 첨부하면 좋을 것 같고 기대 효과를 조금 더 상세히 적으면 좋겠어. 공공도서관은 예산이 어떻게 쓰일 건지 좀 더 세부적이면 좋겠다. 예를 들면 책 구매 비용, 인테리어 비용 등 알겠지?"

선생님께서는 제안서의 어떤 점이 부족한지 세세하게 알려주셨다. 선생님의 말씀을 메모하며 수정할 부분을 확인했다. 이번 주 주말까지 제안서를 시청 홈페이지에 올리면 된다. 선생님께서는 제안서를 되돌려 주시며 최종 수정되면 가져오라고 말씀하셨다. 나는 선생님께 확인을 받은 후 야간 자율학습을 끝내고 집에서 제안서를 수정했다. 마침내 선생님께서 말씀하셨던 것을 토대로 수정을 마친 후 동아리 단체 채팅 방에 제안서를 올리니 다들 수고했다는 말을 해주었다. 아, 뿌듯하다. 최종 수정된 제안서를 선생님께 드리니 선생님께서는 수고했다고 하셨다. 점심시간에 점심을 먹고 나는 한강우와 수연이를 데리고 컴퓨터실을 찾아와 시청 홈페이지에 제안서를 올렸다. '다했다'라는 말과 동시에 나는 수연이를 끌어안았다. 제안서가 통과되었으면 하는 바람이다. 열심히 했으니까 좋은 결과가 있으면 좋겠지만 그래도 이런 경험을 했다는 것만으로도 좋다. 왠지 제대로 된 동아리 활동 같단 말이야.

마케팅 : 수만 가지의 얼굴

　주민참여예산 제안사업 계획서를 제출한 후 이번에는 어떤 활동을 하면 좋을까 고민했다. 마침 동아리 첫 번째 시간에 김윤후 선배가 마케팅 전략에 대해서 조사해 보자는 얘기를 했던 게 생각나 마케팅 종류에 대해 조사하기로 했다. 아, 그리고 주민참여예산 제안사업 1차 결과는 7월 둘째 주에 나온다고 한다. 어쨌든 이번 활동은 마케팅의 전략과 사례를 조사해 오기로 했으므로 부원들에게 그냥 자유롭게 조사해오라고 했다. 겹치더라도 자신이 그저 관심이 가는 마케팅에 대해 조사하면서 알아가는 것에 의미가 있기 때문에 그다지 신경 쓰이지 않았다.

　단체 채팅 방을 통해 한 사람당 한 개씩 조사해 오면 좋겠다고 공지했다. 어떤 걸로 하면 좋을까 주말 동안 열심히 검색했다. 이렇게 열심히 검색하는 데는 나름의 이유도 있다. 사실 경영학과를 선택한 이유 중 가장 큰 것이 마케팅이다. 마케팅은 그냥 좋다. 딱딱하고 그저 어렵게만 느껴졌던 경영 안에서 마케팅은 생동감이 느껴졌다. 사람과 소통을 통해 심리를 자극하며 한 사람에게 상품이 전해지기까지 전 과정에 마케팅이 관여하고 있다. 그래서 친숙하면서도 색다르게 느껴졌다.

　나는 버즈 마케팅을 조사했다. 수연이에게 무슨 마케팅을 조사했냐고 물으니 자신은 블루오션 전략을 조사해왔다고 한다. 오늘 동아리 시간도 저번 활동들처럼 둥그렇게 모여 앉았다. 남자 애들은 게임 얘기를 하느라 바빠 보였다. 자자 이제 동아리 활동합시다.

"자 그럼 오늘도 행운의 펜 돌리기."

"돌려돌려."

이제 펜 돌리기는 우리 동아리의 공식이 된 듯해 보였다. 정찬우와 백성현 둘이서 펜을 돌리는 시늉을 하며 '돌려돌려'를 연신 외쳤다. 그럼 돌려볼까나.

"정찬우 당첨. 축하드립니다."

"아······. 기쁘다."

빙글빙글 돌아가던 볼펜의 끝은 정찬우를 가리켰다. 결과를 예상치 못했는지 말이랑 얼굴이랑 너무 상반되었다.

"저는 블라인드 마케팅을 조사해왔습니다.

블라인드 마케팅이란 회사명이나 상표명을 알리지 않은 채 상품을 선전하거나 판매를 촉진하는 행위입니다. 사례로는 대표적으로 미야자키 하야오 감독의 '하울의 움직이는 성' 국내 개봉 프로젝트가 있습니다. 일본에서 인기를 끌었던 '하울의 움직이는 성'을 국내에서 개봉할 당시 지브리 스튜디오는 철저하게 영화에 관련된 모든 정보를 숨기는 블라인드 마케팅을 사용했죠. 국내 팬들이 이 영화에 대해서 몹시 궁금해하고 있을 때쯤 지브리는 홈페이지를 통해 예고편과 주제가, 주요 스틸 사진들을 게시해 홈페이지는 엄청난 접속자들로 한때 마비되었습니다. 이로 인해 16일 만에 521만 명의 관객을 동원하는 기록을 세웠다고 합니다.

"나 이 영화 10번 봤어."

"난 아직도 안 봤는데."

나는 이 영화를 본 적이 없어 이런 에피소드가 있는 줄 몰랐다. 내가 아직 보지 않았다는 말에 어떻게 그럴 수가 있냐는 듯이 다들 쳐다봤다. 아니 아직 안 봤을 수도 있지.

"블라인드 마케팅의 장점으로는 첫 번째 소비자들의 궁금증을 유발, 관심을 갖게 만들어 단기간에 인지도를 높일 수 있습니다. 두 번째는 단계적으로 정체가 드러나기 때문에 소비자들의 관심이나 기대감이 증가됩니다.

단점으로는 한번 노출이 되면 끝나는 것이기 때문에 장기적으로 마케팅을 하기 힘들다는 점입니다. 두 번째는 지나친 블라인드 마케팅은 보여주고자 하는 본래의 의도와 달라질 수 있어 그 의도의 전달력이 떨어질 수 있으며 기대감에 못 미친다면 소비자들이 실망할 수 있다는 것입니다."[1]

　정찬우의 발표가 끝난 후 박수소리가 이어졌다. 자세하게 조사를 해주어서 이해가 잘 되었다. 그 다음 행운의 발표자는 수연이가 되었다.

　"제가 조사한 마케팅 전략은 블루오션 전략입니다. 블루오션 전략이란 차별화와 저비용을 통해 경쟁이 없는 새로운 시장을 창출하려는 경영 전략입니다. 예시로는 화장품 브랜드인 미샤가 있습니다. 미샤는 단돈 3,300원이라는 가격으로 저가화장품 열풍을 일으켜 성장을 이루었습니다. 블루오션은 초기 선점하는 사람은 돈을 벌게 되는데 마치 다단계에서 최초 시작을 해서 밑으로 퍼트린 사람이 돈을 벌게 되는 구조와 같습니다. 그렇기 때문에 경쟁하지 않고 이익을 창출할 수 있습니다. 하지만 포화 상태가 되면 더이상 돈이 안 되기 때문에 새로운 시장을 다시 찾아 떠나야 합니다."[2]

　수연이의 발표 후에는 연지 선배가 발표를 하게 되었다.

　"저는 인플루언서 마케팅을 발표하려고 합니다. 이 마케팅은 포털사이트에서 영향력이 큰 블로그(blog)를 운영하는 '파워블로거'나 수십만 명의 팔로워 수를 가진 소셜네트워크서비스(SNS) 사용자, 혹은 1인 방송 진행자들을 통칭하는 말입니다. 인플루언서 마케팅은 이들을 활용해 제품이나 서비스를 홍보하는 마케팅 수단입니다.

　예를 든다면 유명 뷰티 크리에이터인 누군가가 어떤 브랜드와 협업을 해

---

1) [출처] 블라인드 마케팅 l작성자 민지 [출처] 네이버 국어사전
2) [네이버 지식백과] 블루오션 [Blue Ocean]－이 넓은 바다가 모두 내 것!
　(시사논술 개념사전, 2010.5.14., (주)북이십일 아울북)

화장품을 출시한다든지 그 브랜드의 제품을 사용해 노출하는 등이 있겠습니다."[3]

　그 다음으로는 내가 하게 되었다.

　"저는 버즈 마케팅을 조사해왔습니다. 버즈 마케팅이란 상품을 이용해 본 소비자가 자발적으로 그 상품에 대해 주위 사람들에게 긍정적인 메시지를 전달함으로써 긍정적인 입소문을 퍼트리도록 유도하는 마케팅입니다.

　사례로는 초코파이 바나나 맛이 있습니다. 초코파이 바나나 맛은 기존의 초코파이에 바나나 맛을 첨가한 제품으로 실제 먹어본 소비자들이 SNS를 통해 긍정적인 후기를 남겨 인기를 끌게 되었습니다.

　이 마케팅은 대중매체를 통한 광고보다 저렴한 비용으로 효과가 좋아 많은 기업들이 선호하는 마케팅이기도 합니다. 하지만 그 흐름을 이끌어 가는 여론 선도자들이 금방 다른 곳으로 이동해 버리기 때문에 효과가 오래 지속되지 않을 수 있습니다."[4]

　다음으로 한강우, 백성현, 한유진, 이현승 선배가 발표를 했다.

　"헝거 마케팅은 말 그대로 소비자를 배고프고 갈증나게 만드는 마케팅을 말합니다. 제품의 희소성을 높여 소비자들을 배고픈 상태로 만들어 구매 욕구를 높이고, 입소문을 통해 잠재 고객을 확산하는 마케팅 전략이라고 볼 수 있습니다.

　예시로는 허니버터칩이 있습니다. 이 마케팅을 사용해 한동안 소비자들이 허니버터칩이 입소문을 통해 유명해지며 없어서 못 살 정도로 인기가 많았습니다.

---

3) [네이버 지식백과] 인플루언서 마케팅 (시사상식사전, 박문각)
4) [네이버 지식백과] 버즈 마케팅 [buzz marketing] (두산백과)

헝거 마케팅은 제품의 재고와 생산을 동시에 관리할 수 있다는 강점이 있을 뿐만 아니라 소비자로 하여금 제품을 구매하고 싶어 하는 욕구를 크게 불러일으켜 제품을 사야 된다는 관념까지 심어 주어 소비해야 할 수밖에 없도록 합니다. 경쟁사에서 유사제품을 출시하여 기존 제품의 브랜딩 효과를 같이 누리는 현상이 생깁니다.

하지만 허니버터칩과 유사제품들을 출시하여 빠르게 소비량을 높이면서 기존 제품에 대한 관심도가 떨어졌습니다. 헝거 마케팅은 반드시 적절한 시기 그리고 제품에 대한 차별화를 인지하면서 진행해야 합니다."[5]

"풀 마케팅이란 광고, 홍보 활동에 고객들을 직접 주인공으로 참여시켜 벌이는 판매 기법을 의미합니다. 예를 들어 백화점이나 대형마트에서 쉽게 볼 수 있는 식품 코너의 무료시식 부스, 혹은 IT 전자기기 업체들의 체험 공간 마련 등이 있습니다. 풀 마케팅을 염두에 두고 생산되는 제품들은 개발 전부터 철저하게 고객들의 수요를 분석하고 이를 반영해서 만들어지게 됩니다. 이러한 식으로 풀 마케팅은 판촉을 통해 고객들을 마케팅 과정에 깊숙이 관여시키면서 고객과의 유대 관계를 형성합니다."[6]

"타임 마케팅이란 상품 및 서비스에 대한 할인 혜택을 특정 요일이나 시간대에만 제공하는 마케팅 방식을 말합니다. 지금까지는 대형마트나 백화점 식품 코너에서 마감시간 전에 떨이 판매를 하는 경우가 대부분이었지만, 최근에는 그 영역이 점차 확대되고 있습니다. 예를 들어 금융업계는 직

---

5) [출처] 헝거 광고 마케팅 〈광고기획 및 마케팅 용어〉 | 작성자 빛나 이야기
   [네이버 지식백과] Hunger Marketing − 헝거 마케팅, 희소 마케팅
   (지형 공간정보체계 용어사전, 2016. 1. 3.구미서관)
6) [출처] 밀당은 남녀만?? NO!! 푸시&풀(push&pull)마케팅 | 작성자 아임
   [네이버 지식백과] 풀 마케팅 (매일경제, 매경닷컴)

장인들의 라이프스타일에 따라 시간대별 특별 할인 혜택이 강화된 카드를 새롭게 출시하고 있으며, 패스트푸드 업계는 고객이 많은 점심과 오후 시간대에 대표적인 메뉴를 할인가격에 제공합니다.

판매자 입장에서는 비수기 시간대에 타임 세일 등을 하여 소비자들을 끌어 모을 수가 있어 좋고, 소비자 또한 같은 제품을 할인된 가격으로 구입할 수 있어 경제적이기 때문에 효과가 높은 마케팅 전략입니다."[7)

"게릴라 마케팅이란 장소와 시간에 구애받지 않고 잠재 고객이 많이 모인 공간에 갑자기 나타나 상품을 선전하거나 판매를 촉진하는 마케팅 방법입니다.

길거리를 돌아다닐 때 자주 볼 수 있는데 사람 모양의 커다란 에어 아바타가 다양한 동작들을 선보여 홍보를 할 수 있습니다. 또한 휴먼 배너도 있습니다.

에어 아바타의 경우, 허리띠에 브랜드 명이 적혀 있어 브랜드 이미지 노출 효과는 크지만 행사 내용을 홍보하는 데는 한계가 있으며 에어 아바타는 매장에서 멀어진 고객을 매장 안으로 유입하는 데 어려움이 있습니다."[8)

남은 사람들도 마케팅 전략에 대해 발표했다. 일단 조사를 하고 발표를 진행하면서 느꼈던 점은 마케팅은 정말 다양한 방법으로 우리의 소비를 불러일으킨다는 것이다. 그 상황과 소비자들에게 맞추어 다양한 모습을 드러내는 마케팅이 정말 매력적이다.

---

7) [출처] 마케팅 전략 – 타임 마케팅 뜻과 사례│작성자 김준모
   [네이버 지식백과] 타임 마케팅 (시사상식사전, 박문각)
8) 다른 길거리 마케팅 아이템으로, 게릴라 마케팅 홍보!│작성자 미스터 애로우
   [네이버 지식백과] 게릴라 마케팅 [guerilla marketing] (두산백과)

이번 동아리 활동에서는 마케팅 전략에 대해 알아가는 시간을 가졌는데 두 시간을 다 사용했다. 많은 시간을 보낸 만큼 마케팅에 대해 조금은 더 알 수 있는 기회였다.

외전 : 연지 선배의 비밀

6월 둘째 주에는 동아리 활동을 할 수가 없다. 왜? 바로 체육대회를 진행하기 때문이었다. 벌써 올해의 반이 지난 셈이다. 왜 이렇게 시간이 빨리 흐르는지. 어쨌든 체육대회로 인해 동아리 활동을 하지 못했다. 그래서 우리 동아리는 체육대회가 끝난 후 학교 앞 분식집에 모였다. 연지 선배가 꼭 모이라면서 단체 채팅 방에 공지를 띄워 놓았다. 그래서 옆에 있는 백성현과 정찬우는 게임을 하러 PC방에 가려던 계획을 수정해야 했다. 저런저런. 분식집에 들어가니 선배들이 먼저 와 있었다. 이모님께 떡볶이 5인분과 모둠튀김, 만두 등을 시키니 제일 열심히 먹는 백성현과 정찬우다. 그렇게 우리는 분식집에서 오늘 있었던 체육대회부터 학교생활 얘기, 어제 새로 방영했다는 드라마 얘기까지 꽃을 피웠다. 그리고 남자애들은 저리 가라면서 연지 선배는 수연이, 유진이, 그리고 나와 함께 연지 선배 집에 가게 되었다. 연지 선배의 집에 가니 오늘 우리를 부른 목적이 따로 있었다. 그 목적을 깨달은 순간 우리는 사랑의 큐피드가 되기로 암묵적으로 약속을 했는지도 모른다. 그 이유는 바로 연지 선배가 이현승 선배를 좋아한다는 얘기였다. 듣는 내가 다 설레었다. 발그레한 얼굴을 감싸면서 얼굴을 부채질하는 선배를 보며 마치 선배가 예전에 즐겨봤던 드라마 속 여주인공이 된 것 같았다. 눈치 없는 현승 선배는 아는지 모르겠다. 연지 선배가 현승 선배 좋아한데요.

나의 롤모델

체육대회가 끝난 후 다음 동아리 시간이 찾아왔다. 저번 활동에서 마케팅 전략에 대해 알아봤다면 오늘 활동은 CEO를 알아보는 시간이다. CEO를 조사하면서 어떤 식으로 성장하게 되었는지 어떤 분야에서 성공을 거두었는지에 대해 살펴 보았다.

나는 버지니아 로메티를 조사했다.

버지니아 로메티는 노스웨스턴대학교의 컴퓨터공학 학사 과정을 밟았다. 1979년 제너럴모터스(General Motors Corporation) 연구소에 입사해 1981년 IBM 시스템 엔지니어, 1999년 IBM 컨설팅그룹, 2009년 IBM 판매, 마케팅 담당 수석 부사장을 지냈다. 2012년 여성으로는 최초로 IBM의 CEO로 부임해 같은 해 10월 1일부터 회장직을 겸하고 있다는 사실을 알게 되었다.

조사를 하면서 버지니아 로메티의 연설 중 '무섭고 겁이 나더라도 기회가 오면 무조건 잡아라. 불편한 상황으로 자신을 밀어 넣어라. 성장과 편안함은 공존하지 않는다. 신선함을 유지하라'라는 것을 읽게 되었다. 나는 내가 잘 할 수 있는 것들만 하려고 하는 습관이 있었는데 이 글을 읽고 나의 행동에 대해 돌아보게 되었다. 성장과 편안함은 공존하지 않는다. 특히 이 구절은 큰 공감을 불러 일으켰다.

누군가가 필사적으로 무언가를 이루기 위해 노력한 경험이 있냐고 묻는다면 자신있게 대답할 수 있을까. IT가 어렵게 느껴지긴 했지만 그녀가 판매, 마케팅 담당의 부사장으로 보냈다는 것을 알게 되면서 더 관심을 가지게 되었다. 저번 활동을 통해 나는 마케팅과 관련된 일을 하고 싶다는 꿈을 굳혔다. 생각해 보면 마케팅을 알게 되면서 경영학과로 진학하겠다는

확신을 가지게 된 것 같다. 이번 활동을 통해 드디어 나에게도 롤모델이 생겼다.[9]

---

9) [네이버 지식백과] 버지니아 로메티 (시사상식사전, 박문각)

우리 동아리는

　1학기 마지막 시험을 쳤다. 기말고사를 치니 마음이 홀가분하지만 한편으로는 무겁다. 생각했던 것보다 점수가 나오지 않아 우울하다. 한강우는 보나마나 이번에도 제 실력대로 쳤나 보다. 괜찮다. 나에겐 2학기가 있다.

　우리는 주민참여예산 제안사업 결과를 확인하기 위해 시청 홈페이지에 들어갔다. 선생님은 이미 결과를 아시는 듯해 보인다. 기대반 설렘반으로 화면을 클릭해 보니 와, 우리 된 거 맞지? 사업이 채택되었다는 것을 본 후 옆에 있던 유진이를 끌어안았다.

　"그럼 우리 면담할 때 소개만 하면 되는 거지?"

　"응. 맞아."

　한강우에게 물었다.

　"그럼 구체적으로 어떻게 할 건지 세세하게 조사해야겠네."

　내 말에 한강우가 고개를 끄덕여준다.

　그때 선생님께서 교탁을 두드리시며 말씀하셨다.

　"얘들아, 면담은 8월 초에 있을 테니까 방학 때 나와야 한다."

　선생님의 말씀에 다들 허망한 표정을 지었다. 다들 거기까지는 미처 생각 못했나 보다. 그건 나도 마찬가지다. 선생님께서는 오늘이 1학기 마지막 동아리 활동이니까 쉬자고 제안하셨다. 선생님의 말씀에 다들 표정이 밝아지며 연신 좋다고 외쳤다. 나와 한강우만 2분단 뒤 책상에 앉아 자료를 조사했다. 강우야, 고맙다.

　1학기 동아리 활동을 하면서 다양한 경험을 해볼 수 있어서 좋았다. 만약 동아리가 개설되지 않았다면 신문 스크랩, 예산사업 참여, 마케팅전략에 대한 조사를 과연 했을까. 서로 함께 해서 더 많은 것을 알 수 있었고 더 즐겁게 할 수 있었다. 나와 같은 학과와 비슷한 방향으로 꿈을 향해가는 이들을 만나 유대감이 생겼고 한편으로는 더 열심히 해야겠다는 자극이 생겼다. 그 어느 누구도 활동에 소홀히 하지 않고 적극적으로 참여하는 모습에 동아리의 부장이라서 너무 행복했다. 앞으로 남은 2학기 생활과 동아리 활동이 기대되며 경영과 더 친해질 수 있으면 좋겠다.

경영학과를 선택했다고 하면 주변 사람들의 반응은 한결같이 '돈 벌기 위해서?', '취직하기 좋아서?'라고 말한다. 솔직하게 말하면 아마 그럴지도 모른다. 처음에는 어떤 쪽으로 진로를 정해야 할지 몰라 그저 경영학과에 가면 취직은 할 수 있지 않을까라고 단순하게 생각했다. 하지만 경영학과를 알게 되고 마케팅을 알게 된 순간 그런 것들에 대한 비중은 크게 줄어들게 되었다. 나에게 다른 목표가 생긴 것이다. 마케팅 부서에서 일을 하고 싶다고. 그러니까 열심히 고등학교 생활을 보낼 것이다. 우리 부원들과 함께.

내가 서 있는 길

_ 배다은

7년째 노트북과 연애 중
초등학교 때 우연히 본 친구의 그림이 내 인생을 바꾸어 놓았다.
아름다운 디자인으로 사람들을 행복하게 만들어 주는 게 꿈이다.
현재 디자인 학원에 다니며 꿈에 다가가기 위해 노력 중이다.

박시연[19세]

여자주인공으로 미대입시생이다.
남자주인공인 '이성'을 동경하고 좋아한다.
겉으론 괜찮아 보이지만 속에는 예전에 받았던 상처가 아물지 않고 남겨져 있다.

이성[19세]

여자주인공인 시연을 아주 많이 좋아한다.
잘하는 것도 많고, 활발한 성격에 생긴 것도 괜찮아서 인기가 많다.
하지만 미래의 여자 친구를 위해 모두 철벽 치는 중…….
미술에 재능이 있고, 미술을 좋아하기에 학원에서 항상 top의 자리를 차지하고 있다.

(시연의 동경의 대상)

화이나
[19세]

여자주인공인 시연에게 약간의 열등감을 가지고 있다.
사업을 하는 부모님 사이에서 자란 쉽게 말해 금수저 인생.
하지만 그녀에게도 아주 깊은 곳에 상처가 자리하고 있다.

평범한 아이

따사로운 여름 햇살이 비치는 텅 빈 교실에서 가만히 앉아 있었다. 새하얀 종이에 적힌 '진로상담'이라는 글자를 보며 한숨을 쉬던 나는 '톡, 톡, 톡, 톡……' 일정한 속도로 볼펜을 부딪치며 다시 생각을 이어나갔다. 한참 고민에 빠져 있던 그때, 낡을 대로 낡아버린 교실 문이 열리며 성이가 들어왔다.

"…… 아직도 이러고 있냐?"

마치 자신의 반인 듯 아주 자연스럽게 내 앞으로 다가와 의자에 앉는 이 아이는 이 성, 나와 함께 미대입시를 준비하고 있는 흔히 말하는 남자사람친구다. 쓸데없이 잘 생겨서 인기도 많고 재수 없는 면도 많지만, 목표와 그림 실력만은 확실한 그런 대단한 친구다. 그렇기에 나는 성이가 지금 이렇게 앞에 앉아서 지겹다는 듯한 표정으로 나를 바라보고 있는 것이 조금 슬퍼졌다.

"어…… 나도 너처럼 진로가 확실하다면 좋을 텐데."

성이를 가만히 바라보다 다시 진로상담서로 시선을 돌렸다.

꼴사나운 지금의 내 얼굴을 보여주고 싶지 않아서였다. 성이는 그런 나를 아무 말 없이 쳐다보다가 조용히 자리에서 일어났다.

"내가 참견할 일은 아니니까 아무 말도 안 할 거야. 그게 너에 대한 예의일 테니까."

성이는 내 머리를 가볍게 '툭' 치고는 교실에서 나갔다. 성이가 다녀간 뒤 혼자 남은 교실에 외로움이 몰려왔다. 눈물이 핑- 돌아서 후다닥 얼굴을 가린 채 화장실로 뛰어 들어가 거울 앞에서 한참을 서 있었다.

'쏴아아……'

화장실 거울 속에 비친 모습은 정말 초췌했다. 누가 봐도 학업에 찌든 고3, 그런 비참하고도 슬픈 모습. 진로가 정해지고 그를 이루기 위해, 대학에 맞춰 성적관리에 들어가야 할 이 시기에, 나는 이제야 진로를 찾으려 한다. 왜 이렇게 늦어버린 걸까?

가만히 생각해 보면 지금 내가 그런 종이 한 장 때문에 점심도 못 먹고 있는 게 모두 성격 때문이 아닐까 싶다. 지금까지 나는 내 생각을 마음껏 표현해 본 적이 없었다. 다른 사람에게 상처를 줄까 봐 지금까지 속으로만 죽도록 앓아왔다. 꿈도, 자신도 없어서 주변 사람들 말에 치이고 치이다 보니 지금은 확신조차 사라져 버렸다. 그렇기에 이제 와서 용기를 내려고 하는 내가 싫어졌다.

…… 얼마나 시간이 지났을까. 멍한 나를 깨운 것은 예비 종이었다.

정신을 차리고,

'아, 결국 점심은 못 먹겠구나'

라는 슬픈 생각을 하며 교실로 향했다.

"??"

이게 무슨 일일까. 책상 위에 컵라면이 한 장의 포스트잇과 함께 가지런히 놓여 있었다.

'밥은 먹고 다녀라'

포스트잇에 꾹꾹 눌러 쓴 이 짤막한 한 마디에 괜히 마음이 찡해졌다.

"히―…… 이러면 눈물 날지도 모르는데……."

코를 훌쩍이며 라면을 먹었다. 그날따라 라면이 정말 맛있었다. 따뜻했던 성이의 마음에, 용기를 내어 진로상담서를 써내려갔다. 하지만 그 용기에 보답 따위는 존재하지 않았던 것일까. 선생님이 상담서만 보고 바로 부모님께 연락을 드렸다. 집에 갔더니 다녀왔다는 인사에 아무 대답이 없다. 충분히 짐작할 수 있다. 너무 아팠다.

내가 희망하는 직업은 삽화가다. 솔직히 경제적으로 어려울 수 있는 직업이지만 이렇게까지 냉대 받을 줄은 상상도 못했다.

'그래, 그림 쪽으로 가려는 것도 반대하셨던 분들인데…… 내가 뭐 어쩌겠어……'

부모님이 반복하는 의미 없는 똑같은 말들이 더 이상 듣고 싶지 않아서, 그냥 집 밖으로 나와 버렸다. 뜨거움이 가득한 7월 중순의 공기와 조용히 울려대는 매미의 울음소리는 복잡한 감정을 진정시켜 주었다. 한 20분 정도 지났을까. 누군가 조용히 나를 불렀다.

"박시연."

언니였다. 언니는 어떻게든 부모님의 사정을 배려해서, 하라는 일은 뭐든지 하는 사람이었다. 언니가 미술을 그만두게 된 것도 그 때문이다. 언니는 미술을 좋아했고 미술을 하고 있을 때 가장 빛나고 행복해 보였다. 하지만 부모님의 반대에, 아무 말도 하지 않고 그대로 미술을 접어버렸다. 그게 너무 답답하고 싫었다. 자신이 그렇게도 좋아하는 일을, 다른 사람 때문에 그렇게 쉽게 포기해버리다니…… 도저히 이해할 수 없다. 언니는 내 뒷모습을 바라보며 다정하게 말을 걸어왔다.

"박시연, 너 아직도 내가 미술 그만둔 게 그렇게 불만이야?"

"…… 어."

"그래. 근데 시연아, 나 부모님이 반대해서 미술 그만둔 거 아니다."

언니는 조심스럽게 옆으로 다가와 앉았다.

"이상한 소리."

"이상한 게 아니야. 이제 너도 알아야 할 것 같으니까. 그런데 너도 사실은 이미 알고 있지 않아?"

언니의 말에 살짝 고개를 돌려 얼굴을 바라보았다. 언니와 눈이 마주쳤다.

"사실 나, 너무…… 힘들었거든."

언니가 자신의 이야기를 먼저 꺼낸 것은 이번이 처음이었다. 그리고 이렇게 슬픈 표정을 지은 것도 이번이 처음이다. 나를 바라보며 구슬픈 미소를 보이고는 정말 까만, 별 하나 보이지 않는 저녁 하늘을 올려다보며 이야기를 이어나갔다.

"난 미술이 좋아서 시작했고 그림 그리는 게 너무 행복했어. 하지만 그건 나 혼자 그림 그릴 때의 이야기더라."

"…… 그게 무슨 소리야?"

언니는 따스한 손으로 내 머리를 쓰다듬었다.

"혼자 그림을 그려서, 혼자 만족하면 상관없지. 나 혼자만 보니까−."

"…… 응."

"그래, 그래서 세상으로 나가봤어. 작은 다락방의 작업실을 떠나 처음으로."

"…… 학원."

이제야 언니가 무슨 말을 하려는지 이해가 되었다. 나는 조용히 다리를 모아 손으로 끌어안고는 얼굴을 파묻었다.

"그래…… 세상이 너무 넓더라. 내가 우물 안의 개구리였구나…… 라는 게 절로 깨달아졌어. 그렇게 필사적으로, 매일같이 학원에 가서 입시 그림만 죽으라고 그리고 있는 그 아이들 사이에서 내가 이렇게 어정쩡하게 있어도 되나? 라는 그런 생각이 들더라. 그리고 알게 됐어, 내가 이 사이에 끼여 있는 게 민폐라는 걸."

언니는 말없이 내 어깨를 토닥였다. 눈물이 나올 것 같았다.

"항상 학원에 나갔지만 혼자 동떨어진 삶을 사는 것 같아서 매일매일이 너무 괴로웠어. 집에서는 아무도 이야기를 들어주지 않으니까."

"언니……."

"네 잘못 아니야. 그저 내가 나약했을 뿐이야."

"……."

언니가 고개를 숙였다.

"나는 네가 그냥 진정으로 행복해졌으면 좋겠어."

"응."

"이렇게 못난 언니지만, 너만은 마지막까지 언니가 도와줄게, 알았지?"

언니의 목소리가 미세하게 떨렸다. 언니가 울고 있다. 그날 우리는 오랫동안 이야기를 나누었다. 정말 진심만이 담긴 이야기를. 그 후 언니는 부모님께 어찌어찌 이야기를 드려, 더 이상 내가 부모님의 눈치를 보는 일이 없도록 했다. 부모님은 나에게 더 이상 아무 말도 하지 않았고, 언니는 매일매일 늦게 들어오는 나를 부모님을 대신해 반겨주었다. 피곤한 몸을 이끌고 집에 들어갔을 때 반겨주는 이가 한 명이라도 있다는 게 이렇게나 힘이 되는지 처음 알게 되었다. 살면서 처음으로 빨리 집에 가고 싶다는 생각을 하게 되었다.

악연

나는 학원으로 향하는 버스 안에서 바깥 풍경을 보는 것을 참 좋아한다. 항상 한정된 색깔들로 채워진 디지털에 얼굴을 박고 의미 없는 시간만을 보내는 것보다 달라지는 풍경에 마음이 편안해지는 그런 시간을 보내는 게 참 좋았다. 짧은 시간이지만, 가만히 버스 창가에 앉아서 바깥을 바라보면 긴장되었던 마음도, 꿀꿀했던 마음도, 머릿속을 채우던 잡다한 생각들도 모두 사라져버린다.

오늘도 여느 때와 다름없이 항상 앉던 자리에 앉아, 바깥을 바라보고 있었다.

'위이이잉_'

버스 문이 열리더니, 뭔가 불길한 기운이 스멀스멀 흘러 들어왔다.

"어? 헐!! 너 박시연 맞지!!!"

"……?"

얼굴을 보지 않아도 몸이 먼저 반응하게 되는 소름 돋는 목소리. 날카로운 눈매로 얼굴을 훑으며 기분 나쁘게 웃고 있는 저 여자는 소꿉친구인 라이나이다. 라이나는 긴 갈색의 곱슬머리를 찰랑이며 내 앞으로 걸어왔다.

"라이나? 너 집 서울이잖아. 여긴 왜 온……."

"이사 왔지! 서울에서 너무 심심하던 차에, 우리 아빠 사업이 전보다 더 많이 성공하게 돼서 그냥 부모님한테 이야기하고 여기로 이사 왔어, 나 혼자."

라이나가 이곳으로 이사를 왔다고? 동네가 얼마 못 가 썩어버릴 거야. 거기다가 이렇게 좋은 시간에 하필이면 얘의 얼굴을 봐야 한다니. 하늘도 너무하시지.

"야, 박시연. 근데 넌 어디 가냐 이 시간에? 너 갈 데도 없잖아."

인정하기 싫지만, 슬프게도 라이나의 말은 부정할 수 없는 사실이기에 기분이 상했다. 하지만 내게 매일같이 잠깐의 휴식을 주는 이 신성한 버스 안에서 치고받고 싸울 수는 없는 노릇이니, 적당히 받아쳤다.

"아, 학원 가고 있었어."

대답을 들은 라이나는 뭐가 그리 웃긴 것인지 내 말에 대항하듯이 깔깔깔 웃으며 말했다.

"쿡쿠큭. 웃겨서 말을 못하겠 ㄴㅔㅎ……."

뭘까. 도대체 어디가 웃음 포인트였던 걸까……?

"아아ー 웃겨 크큭. 너 학원도 다니냐? 흐흥. 이제 찐따 탈출은 한 거냐? 다행이다 야~."

참으로 어이가 없었다. 솔직히 라이나에게 나는 거의 서민 수준의 사람이겠지만, 그렇게 생각하더라도 보통 그것을 밖으로 표출하는 사람은 없지 않은가? 그리 생각하니 더욱 열이 올랐다.

"아, 그래. 참 고맙네. 예전부터 찐따는 아니었지만 이참에 한번 열심히 살아보려고……."

오기로 대꾸했지만 라이나는 깔보듯 내 말을 가볍게 무시하고는 휴대폰을 쳐다보며 웃고 있었다. 원래라면 밖에 걸어 다니는 사람 구경도 하고 건물이나 천천히 흘러가는 구름을 구경하면서 편안한 시간을 보냈을 텐데…… 내가 왜 이렇게 상반되는 상황을 겪어야 하는 것일까…… 의문이 들었다.

"아! 그럼 우리 이제 자주 보겠네? 좋네, 좋아~ 나 말동무도 생기고! 혼자는 심심하잖아. 니가 제일 잘 알 텐데, 안 그래?"

묵묵히 라이나의 말을 듣고 있다가 신경질적으로 라이나의 말을 받아쳤다.

"야, 너 혹시 미친 거야?"

라이나는 내 말에 토끼눈이 되었다.

"뭐 이 미친x아? 너 뭐랬냐."

"너 혹시 미친 거 아니냐고."

"야, 너 뭔 개소르⋯⋯!"

"너가! 미친 게 아니라면, 내 앞에 이렇게 뻔뻔하게 나타날 리 없잖아?"

"하! 야!!"

"미안 나 내려."

"허? 쟤 뭔데 x발."

사실 내리는 곳이 아닌데 그냥 내렸다. 이 싸움, 시작하면 끝이 안 날 텐데, 계속 참고 있어줄 인내심은 없었다.

'잘 했어 박시연. 나이스 판단!'

혼자 뿌듯해하며 기분 좋게 학원으로 향했다. 너무 기분 좋게 온 것인지, 지각을 해버렸다. 하지만 역시 막상 학원에 들어가려니 조금 망설여졌다. 학원으로 올라가는 계단 앞에서 머뭇거리고 있는데 누군가 어깨를 툭 쳤다.

"야, 박시연. 길 막지 말고 비켜."

학원에서 같은 반으로, 함께 수업을 받고 있는 친구다. 친구라고 하기에는 태도가 딱딱하다는 것은 눈치챘을 것이다. 놀랍게도 나는 학원에서 대부분의 아이들에게 이런 취급을 받고 있다.

다들 1학년 때부터 지금까지 알고 지내왔는데 나는 거의 3학년 초반에 학원에 들어왔다. 낯선 아이라서 경계하기도 하지만 더 솔직한 이유는 그런 낯설고 실력도 뒤떨어지는 애가 학원 탑과 붙어 다니기 때문이 아닐까.

"아⋯⋯ 어."

그 아이의 눈치를 슬쩍 보고는 뒤로 물러났다. 그 아이는 나를 노려보며 학원 계단을 올라갔다. 왜 굳이 저러고 올라가는 걸까, 저렇게 티 안 내도 내가 알아서 나가떨어질 텐데. 이런 일로 다른 아이들에게 피해 주는 게 싫어서 이렇게 눈치 없는 척하는 중이다.

하지만 항상 겪는 일이어도 매번 겪을 때마다 기분이 별로라는 건 변하지 않았다. 묵묵히 그 아이의 뒷모습만 바라보았다. 그때 누군가 어깨를 두드리며 말을 걸어왔다.

"어? 박시연! 너 오늘 좀 늦게 왔네?"

"아? 어, 다른 생각하다가 버스에서 조금 늦게 내려서."

성이였다.

항상 다른 아이들보다 30분 먼저 와서 기초를 다졌는데 오늘은 수업시간을 훌쩍 넘기고 오니 의아했던 듯하다.

하지만 지금은 타이밍이 별로 좋지 않았다. 앞서 간 그 아이가 아직 시야에 잡혀 있기 때문이다.

'아.'

그 아이는 성이의 목소리를 들어서인지 계단을 올라가다 말고 뒤를 돌아 쏘아보고 있었다. 성이는 그 아이를 발견하고는 내 속은 알지도 못한 채 해맑게 인사를 했고, 그 와중에도 그게 좋았던 것인지 그 아이도 활짝 웃으며 인사했다.

"그럼 성아, 나 먼저 올라갈게. 조금 더 늦으면 연습할 시간 아예 없겠다."

"아, 그렇겠다. 오늘도 파이팅 하고!!"

"응, 고마워. 너도 파이팅!"

이 상황을 벗어나기 위해 재빨리 성이에게 인사를 건네고, 계단에 올라섰다.

그 아이는 계단에 올라선 나는 이제 눈에 들어오지도 않는지, 신경도 쓰지 않고 성이에게 달려갔다.

'오늘, 아무 일도 없어야 할 텐데……'

눈치 좋게 빨리 그 상황을 벗어나서인지, 그 후 상황은 그렇게 나쁘지 않았다.

여자아이들은 예전처럼 걸어가며 나를 툭툭 치거나 쏘아보기는 했지만 직접적으로 무슨 말을 하거나 하진 않았다.

하지만 여자아이들과는 상관없이, 수시 준비에 바쁜 이 시기에 슬럼프라는 것이 찾아왔다.

하필 수시가 다가올 때 슬럼프라니 하늘이 원망스러웠다.

"하……."

"응? 시연아, 왜 그래 무슨 일 있어?"

세상 다 산 듯이 한숨을 쉬자, 담당 선생님이 다가왔다. 평소에는 신경도 잘 안 써주는 선생님인데 수시가 다가와서인지 요즘 따라 나에게도 조금의 관심을 써주고 계신다. 걱정스러운 듯한 표정을 지으며 다가오는 선생님을 바라보고는, 자리에서 살짝 일어났다.

"아, 그게 자꾸 그림이 안 그려져서."

그렇게 조심스레 슬럼프 이야기를 꺼냈다.

'수시 때 그러면 안 되는데, 어쩌려고 그러니?'라는 무심한 말들이 돌아올 줄 알았는데 그게 아니었다.

"아, 스트레스 많겠다. 수시 얼마 안 남았는데 그러면 스트레스 폭발하거든. 그래도 포기하진 말고! 안 그려져도 자꾸 그리다 보면 다시 그려질 테니까, 너무 스트레스 받지도 말고, 3학년 초반에 와서 지금 이만큼 하는 거 진짜 대단한 거거든. 항상 노력하고 있는 거 알고 있으니까. 그니까 너무 걱정하지 마. 알았지? 선생님은 항상 너 믿고 있으니까!!"

그 말 한마디가 얼마나 감동이었는지, 아직도 잊지 못한다.

선생님이 아직 날 신경 쓰고 있을 줄 몰랐기에, 그만큼 더 놀랐고, 감동이었다. 그래서 더욱 의욕이 샘솟았다.

다른 아이들과 마찬가지로 나도 서랍 속 화구를 정리해 가방에 넣었다.

학원에 매일매일 오지만, 집에서도 틈틈이 연습하기 위해 화구를 가지고 다니기로 결심했다.

"…… 생각보다 무겁구나, 이거."

가방에 쑤셔 넣은 화구들 때문에 끙끙거리며 가방과 씨름을 하고 있을 때, 성이가 우리 반으로 걸어왔다.

"야, 박시연. 안 가?"

"어? 아, 가야지."

성이와 함께 나가려 하자, 반에서 화구를 정리하던 여자아이들이 나를 뚫어질 듯 쏘아보며 성이에게는 조심히 가라며 살가운 말을 건넸다.

'라이나랑 미술 같이 안 한 게 어디냐.'

조금 슬픈 생각을 하며, 마음을 안심시켰다.

그렇게 성이와 학원을 나가던 중 1, 2학년 반에서 두 아이의 말소리가 들려왔다.

"야, 넌 왜 미술 하냐?"

한 아이의 물음에 그 앞에 있던 아이는 엄청 태연하게 심각한 말을 뱉었다.

"성적 나빠서."

충격이었다.

이곳에는 자신의 목표를 이루기 위해 피눈물을 흘려대는 아이들이 득실거린다. 이런 곳에서 당당하게 저런 말을 뱉어내다니, 미쳤나? 라는 생각이 들었다. 성이도 그 말을 들은 것인지 후배들의 반을 무표정하게 흘겨보고는 짧게 혀를 차고, 다시 걸음을 옮겼다.

정말 저런 생각을 가지고 미술을 하는 애들이 있긴 하구나. 저러고도 당당하게 학원에 다니는 게 신기하다.

선생님의 말씀대로 학원에서든 집에서든 어느 곳에서나 화구를 들고 다니며 그림을 계속 그렸다. 하지만 나에겐 맞지 않는 방법이었던 것일까, 별로 효과는 없었다. 그림을 그리면 그릴수록 자괴감에 정신이 피폐해지는 것 같아서 마음이 너무 아팠다. 그림을 그리는 것이 스트레스를 날려 보낼 수 있는 구멍이었는데, 그곳이 막혀버리니 정말 미쳐버릴 것 같았다.

성이는 항상 나를 볼 때마다 무슨 일 있냐며 얼굴이 너무 안 좋다고 걱정했으며, 선생님은 계속해서 할 수 있다며 힘을 주었다. 나에게 이 방법이 별로 효과가 없다는 것을 알고 있지만, 그래도 노력하면 어떻게든 될 것이라는 집념 하나로 하루하루를 살아갔다. 그러던 어느 날, 토요일 오후 학원 점심시간. 매번 그랬듯이 성이와 함께 음식점으로 향했다. 그런데 그날따라 더 운이 안 따라줬던 것일까. 성이는 친구가 생일이라며 같은 식당 다른 테이블에 앉았다. 뭐, 혼자 밥을 먹는 게 처음은 아니었기에 딱히 외롭거나 하진 않다. 휴대폰을 보며 천천히 밥을 먹었다.

'딸랑-'

가게 문이 열리며 재수 없는 실루엣이 가게 안으로 들어왔다. 라이나였다. 숟가락을 입으로 가져가다 말고 다시 그릇으로 내려놓았다. 입맛이 뚝, 떨어졌다.

"엥? 박시연 아니야?"

"……."

라이나는 태연하게 주문을 하고는 바로 앞에 앉았다. 팔짱을 끼고 나를 뚫어져라 바라보는 라이나 덕분에, 절로 다이어트가 되는 기분이 들었다. 라이나는 아무 말 없이 한참 바라보다가, 슬며시 입을 뗐다.

"너, 전에는 말 정말 잘 하더니, 오늘은 왜 말이 없냐? 역시 그때 일 신경 쓰이는 거지?"

"……."

말없이 물만 마셨다. 라이나는 통쾌하다는 듯이 기분 나쁜 웃음을 짓고는 계속해서 바라보았다.

"역시 찐따는 몇 년이 지나도 찐따네."

나는 대화 주제를 바꾸기 위해, 직접 진동 벨을 가지고 계산대로 가서 라이나가 시킨 메뉴를 가지고 왔다. 메뉴를 라이나 앞에 털썩 놔주니, 라이나는 기다렸다는 듯이 씩 웃으며 수저를 들어 보였다.

"x신-…… 아, 그리고 박시연. 너 미술 한다며?"

"아, 그래. 근데 어떻게 알았냐?"

"그냥~ 길 가다가 우-연히 너네 언니를 만나서."

화가 났다. 우연히? 그런 일이 있을 리가 없다. 분명 언니에게 찾아갔다는 뜻이겠지. 부모님께 치이면서 힘들게 대학생활 하고 있는 언니에게 무슨 말을 했을지 상상을 하니 마음 한편이 저려왔다.

"아, 그래."

최대한 침착하게 대답했다. 라이나에게 당황한 사실을 보여주고 싶지 않았기 때문에. 라이나는 손을 올려 턱을 괴고 말했다.

"시연아. 너네 언니 미술 그만둔 거 알면서도 미술 시작한 거야? 왜 그랬어~ 잔인하게."

"무슨 말이 하고 싶은 거야. 돌리지 말고 똑바로 말해. 기분 나쁘니까."

라이나가 언니에 대해 말하자 침착하던 표정이 굳어졌다. 무슨 말을 하려는지 알 것 같으면서도 잘 모르겠지만, 일단 우리 언니를 걸고 넘어진 것부터 마음에 들지 않는다. 저렇게 얄미운 표정을 하고는 도대체 무슨 말이 하고 싶은 걸까.

"흐응-. 너네 언니 미술 진짜 좋아했잖아. 그걸 포기하고 살아가는 지금, 너네 언니는 정말 행복할까? 생각 안 해봤지?"

아무것도 모를 텐데 언니에 대해 모두 다 안다는 듯 말하는 어투에 나도 모르게 화가 나서, 고개를 들고 라이나를 똑바로 쳐다보았다.

"어. 알아. 언니가 그거 때문에 정말 힘들어 하고 있는 거, 내가 부모님과 미술 때문에 갈등할 때 옆에서 쉴드 쳐주는 것도, 나 모르게 뒤에서 계속 부모님 설득하고 있는 거, 다 알고 있어."

라이나는 내 반응이 당황스러웠던 것인지 표정을 살짝 굳히며 고개를 갸 웃거렸다. 나는 그에 대응하듯이 휴지로 입가를 닦아내고는 슬쩍 라이나를 바라보았다.

"그래서, 그걸 아주 잘 알고 있어서 내가 남들보다 몇 배로 노력하고 땀 흘리고 울고불고 힘들게 겨우겨우 올라가고 있는 거야. 네가 말 한마디로 날 막을 자격은 없다고 봐."

"무슨 말을 그렇게 하냐!? 누가 보면 내가 일부러 너한테 너네 언니 이야 기 꺼낸 줄 알겠네."

"맞잖아. 아니야?"

라이나는 아무 반박도 못한 채 가만히 밥을 깨작거렸다.

"아, 그러고 보니까."

"어? 아직도 무슨 할 말이 있어?"

라이나는 뭔가 생각난 듯 다시 고개를 들고 웃으며 나를 보았다.

"너. 이 성 좋아하지?"

"뭐?? 야. 그게 뭔 말도 안 되는……!"

당황스러웠다. 어떻게 안거야 도대체. 나 티 안 나는데, 티 안 나려고 엄 청 노력했는데. 걔 좋아하는 거 다른 애들이 알아버리면 또 어떤 일이 생길 지 몰라서 엄청 숨기고 다녔는데. 어떻게, 어떻게 알게 된 걸까.

"그리ㄱ……."

'탁'

다음 말을 이어가려는 라이나의 어깨를 누군가 잡았다. 말을 끊은 것이 기 분 나빠서였던 것일까 라이나는 표정을 일그러뜨리며 뒤를 돌아봤다.

"야, 라이나. 입맛 떨어진다. 좀 닥치자."

"헐~ 성이!! 완전 오랜만-."

성이었다. 성이는 라이나의 어깨에서 손을 떼고 라이나의 머리를 툭 쳤다.

"입 간수 잘 해라. 그러다 뺨 맞는다."

"그랭- 성이가 걱정해 주면 조심해야지~"

나는 라이나와 성이가 서로 인사를 나누는 동안 조용히 자리에서 일어나서, 가방을 메고 나갈 준비를 했다. 성이는 라이나와 이야기를 나누다가, 나에게 다가와서 팔을 잡았다.

"야, 가자. 나도 다 먹었어. 학원 늦겠다."

"엥?"

내 대답은 들을 필요 없다는 듯 성이는 나를 이끌어 밖으로 나갔다. 성이가 문을 열자, 바깥의 뜨거운 열기가 피부를 건드렸다. 라이나에게 한방 먹여준 것 같은 느낌에 나도 모르게 기분이 좋아져 웃음이 나왔다.

"엥? 뭐야. 너 왜 웃냐? 더위를 먹었나…….'

성이를 바라보며 계속 웃었다. 너무 기분이 좋았다.

"라이나가 또 너한테 심한 말 했지."

"어?? 아냐, 그렇게 심한 말 안 했어. 그리고 뭐 이젠 면역도 됐는걸."

성이는 슬며시 손을 들어 손부채를 해주었다. 비록 뜨거운 열기를 삭히진 못할 아주 자그만 바람이었지만 후련한 속 탓인지 너무 시원하게 느껴졌다.

연필과 지우개

"안녕하세요! 오늘 이 학교에 전학 오게 된 박시연이라고 합니다."

'짝짝짝 짝짝-'

시연은 14살에 맞는 해맑은 웃음으로 처음 보는 친구들과의 벽을 쉽게 허물었다. 같은 반 친구들과 많은 이야기를 이어나가던 그때 교실 문이 열리며, 성이와 라이나가 들어왔다.

"야, 시연아!! 진짜 전학 왔네, 대박!"

"헐 대박, 우리 그러면 세 명 다시 합치는 거?"

그 둘은 시연을 둘러싸고 있던 다른 아이들을 제치고 다가와 말을 걸었다. 시연은 그들이 반갑긴 했지만 다른 친구들과 가까워질 수 있는 기회가 사라진 것이 너무 안타까웠다. 하지만 안타까움을 모두 뒤로한 채 그들과 같은 학교에 다니게 되었다는 기쁨을 나누었다.

"그러면 학교 끝나고 보자!"

"그래-!!"

성이와 라이나가 교실에서 나간 뒤, 시연의 주위에서 서성거리던 아이들이 시연에게 다가와 그들에 대한 이야기를 아주 조심스럽게 꺼냈다.

"시연아, 아까 걔네들이랑 친해?"

"응? 응! 소꿉친구. 어렸을 때부터 친구였어."

"헐, 진짜?"

아이들의 미묘한 반응에 시연은 궁금증이 생겨 이 학교에서의 그들에 대해 물어보았다.

"아, 걔네 우리 학교에서 질 나쁜 애들이랑 같이 다니거든…… 그, 성이?

개는 성격은 착하던데, 라이나는…… 좀 아닌 거 같아."

"응?? 무슨 소리야? 이나도 얼마나 착한데?"

아이들은 시연의 이야기에 기겁을 하며 저 멀리 있던 아이들까지 불러 모아 시연에게 라이나에 대한 이야기를 이어나갔다.

"라이나 걔. 완전 성격파탄자야."

"엥? 그럴 리가 없잖아?"

"아니야! 지금 옆 반에 라이나가 괴롭히고 있는 애, 입학성적 1등에 애들한테도 착하다고 소문난 애야."

"어?? 그럼 더 이상한데? 이나, 공부 잘하고 착한 애한테 더 잘 해 주는데?"

시연의 말이 어이없다는 듯 아이들은 입을 모아 하나같이 말했다.

"아니야. 걔 진짜 쓰레기야."

자신이 본 적 없는 라이나의 모습을 들은 시연은 도저히 그 사실이 믿겨지지 않았다. 시연은 그대로 자리에서 일어나 라이나의 반으로 발을 옮겼다.

"이나야……?"

라이나의 반에 들어서자 시연의 눈앞에 믿기지 않는 광경이 펼쳐졌다.

"야, 이 x발x아. 넌 그러고도 학교를 다니고 싶니?"

"맞아, 너 진짜 x신새x다─ 어떻게 이렇게 학습능력이 없지?"

"야, 혹시 입학시험도 컨닝한 거 아니냐?"

"그럴지도~"

뒷자리에 홀로 애처롭게 앉아 있는 아이를 향해 라이나와 아이들은 독설을 퍼부었다. 시연은 그 상황에 기겁하며 그 자리에서 얼어붙어버렸다.

"이나야. 아까 옆 반에 누구 전학 왔다며? 들어보니까 네 소꿉친구라던데?"

"어? 아, 소꿉친구라고 해야 되나? 그냥 걔 조금 모자란 느낌이 없지 않아 있어서, 그냥 내가 놀아줬던 거뿐이야~ 성이 아니었으면 여기로 전학 와도 아는 척 안 할 텐데;;"

"아─ 그면 딱히 아는 척 안 해도 될 듯?"

"어, 하지 마, 쪽팔리니까."

라이나의 싸늘한 눈과 입술에서 흘러나오는 차가운 말들은 시연의 마음을 시리게 만들었다.

"이나야……."

"아……?"

시연은 간신히 마음을 잡고 라이나의 앞에 섰다.

"아까 그거 무슨 말……이야?"

"아아, 이런 건 또 곤란한데."

"무슨 말이야. 아니지?"

라이나는 더욱 싸늘한 눈빛을 하고는 시연에게 천천히 다가갔다.

"짜증나."

"어?"

"너, 짜증난다고. 짜증나서 미치겠다고!!"

라이나는 혐오스러운 미소를 지으며 시연의 어깨를 밀쳤다. 라이나가 다시 시연에게서 등을 돌리니 아이들은 시연을 반 밖으로 밀쳐내며 무섭도록 웃어댔다.

"꺼져 x따새x야."

그 후 나는 라이나의 진짜 성격을 알게 되었다. 라이나는 내가 자신과 같은 위치에 서지 못하게 계속해서 괴롭혔다. 나와 친해지려는 아이들에게 나보다 먼저 다가가 나와 떨어지게 만들었고, 자신보다 무언가 더 뛰어나다면 곧바로 말도 안 되는 이유로 왕따를 주도해 나갔다. 라이나의 괴롭힘은 성이가 눈치채기 전까지 계속되었고, 그렇게 나는 학교에서의 모든 인간관계를 빼앗겼다.

그래, 어렸을 때 라이나와 나는 연필과 지우개였다. 내가 그려나가는 모든 것을 라이나가 모두 지워버렸으니까.

비가 오는 날

학원에 라이나가 찾아왔다. 선생님이 말하기를, 할 말이 있어서 왔다며 나를 불러달라고 했단다. 불안한 마음을 진정시키며 조심스럽게 학원 로비로 나갔다.

"…… 라이나. 학원까지 도대체 무슨 일이야?"

"오오 시연이! 진짜 미술 학원 다니네~"

"그럼 내가 거짓말이라도 했겠냐?"

라이나는 자신의 앞에 나를 그대로 세워 둔 채 학원의 그림들을 구경하며 돌아다녔다. 답답한 마음에 먼저 입을 열었다.

"아, 나 빨리 수업 들어가야 하니까. 이야기 좀 빨리. 부탁할게."

"아아. 그래 알았어."

라이나는 가까운 소파로 가서 앉더니, 느닷없이 사과를 했다. '지금까지 정말 미안했다'고. 정말 당황스러웠다. 자신이 예전부터 지금까지 해 온 나에 대한 모든 짓들을 용서하라는 그런 답도 없는 말을 하고 앉았다. 그게 정말 가능할 것이라고 생각한 걸까?

'터무니없는 소리'

힘없이 늘어트리고 있던 두 팔을 올려 팔짱을 끼워 보이며 라이나의 앞에 당당하게 섰다.

"아니, 싫어. 며칠 전까지만 해도 그렇게 무시하더니, 네가 지금 무슨 생각으로 여기까지 와서 나한테 용서를 구하는지 잘 모르겠다. 그리고 무슨 일이 있어도 네 사과 받을 생각 없으니까 오늘 허탕 쳤다고 생각하고 그냥 돌아가는 편이 좋을 거야."

"……."

라이나는 생각에 빠진 듯했다. 몇 분간 그녀는 한 번도 움직이지 않고 다리를 꼬고 앉아, 땅만 뚫어져라 쳐다보았다. 그러다 라이나는 갑자기 고개를 삐딱하게 세우고, 한숨을 쉬었다.

"아, 그냥 사과하면 그대로 알아듣고 꺼지지, 왜 트집을 잡긴 잡아 사람 짜증나게."

"야……!"

라이나가 본성을 드러냈다. 뭐, 전부터 알고는 있었지만 라이나 성격에 갑자기 찾아와 순순히 사과를 할 것이라고는 생각지도 않았기 때문에 별로 당황하지 않았다. 그것보다도 제대로 사과할 생각도 없었던 듯한데, 왜 여기까지 찾아와서 이러는지 의문이 들었다. 역시 기분 나쁘다.

"야, 라이나. 내가 진짜 지금까지 많이 참았는데 이제는 도저히 안 될 것 같다. 이참에 우리 인연 좀 끊고 조용히 살자. 내가 입시 문제로 스트레스를 정말 많이 받고 있거든? 근데 너한테까지 스트레스 받아버리면 내가 진짜 살맛이 안 날 것 같다."

"하―? 야 너 말 잘했다 이 새x야."

라이나는 소파에서 일어나 손가락으로 어깨를 툭툭 쳐대며 벽으로 밀어붙였다.

"네가 뭔데 나한테 이래라 저래라니? 존x 잘 나셨네? 지금까지 나보다 잘난 년을 본 적이 없거든? 있더라도 바로 밑으로 꼬라박아버렸지. 근데 너 같은 년이 왜 나랑 같은 위치에 서려고 그러냐? 진짜 위도 못 쳐다볼 정도로 짓밟아줘? 그런 걸 원하니?"

"야! 너 말 그따위로 하지 마!!"

'찰싹―.'

"넌 성이 아니었으면, 지금 나랑 눈도 못 마주칠 위치에 있었을 거야. 알아?!"

라이나의 손이 내 뺨을 내리쳤다. 뜨거웠다. 눈도 뜨겁고 귀도 뜨겁고, 무엇보다 심장이 너무 빨리 뛰었다. 무서워서였을까? 서러워서였을까? 무슨 감정인지 알 수가 없었다.

나는 맞은 뺨을 손으로 감싸 쥐고 라이나를 노려봤다.

"하―! 그러고 보니까, 너 아까 입시 때문에 스트레스 받는데 나한테까지 받아야겠느냐고 말했지? 스트레스? 혹시 스트레스라는 단어의 정의를 알기나 하니? 어차피 미술 핑계대면서 학교에서는 자기나 하고 야자 다 빼먹고 학원에서 그림이나 쳐 그릴 텐데 뭔 스트레스 타령이야? 니가 좋아하는 거 하는 것만으로도 감사하다고 해야 될 판에…… 상대하기 무서우면 쓸데없는 핑계대지 말고 그냥 꼬리를 내려, 이 새x야!"

눈물이 후드득 떨어졌다. 이번 감정은 확실히 알 것 같다. 억울함이다. 억울하고 억울해서 억장이 무너지는 것 같았다.

"라이나. 넌 우리를 몰라. 정말 제대로 모르고 있어. 우리는 매일매일 학교보다 학원에서 더 많은 시간을 보내고, 매일매일을 그림만 그려야 해. 난 그림을 늦게 시작해서 촉박한 마음에 압박감이 심해. 네가 뭔데 그런 식으로 이야기를 해. 네가 뭔데 그딴 식으로 우리를 판단해!! 그래, 학교에서 잠을 자는 아이들도 많이 있어. 하지만 그보다 더 많은 아이들은 일반 학생들보다 노력하고 있어. 네가 그런 식으로 말해서 될 문제가 아니야!!"

"허―!"

"우린 그림을 언제나 평가받아야 해."

"그게 뭐 어쨌는데. 일반 학생들도 누군가에게 평가받아야 하는 건 똑같거든?"

앞에서 나를 내려다보고 있는 라이나의 어깨를 힘껏 밀쳤다. 라이나는 힘없이 쓰러졌고, 나는 라이나 앞에 한쪽 무릎을 꿇고 앉아 이야기를 이어

나갔다.

"달라. 너네가 우릴 평가하잖아. 우린 너네를 위해서 그림을 그려야 하고. 하지만 항상 무시당해. 어른들이, 또 너네들이 우리의 꿈을 박살내 버린다고……."

"……."

라이나는 놀란 토끼눈으로 나를 뚫어져라 쳐다보았다. 나는 그런 라이나에게 눈물이 고인 눈망울로 살며시 웃어 보였다.

"몰랐지."

그대로 일어나 화장실로 향했다.

'아, 너무 터졌다. 다른 사람이 보지는 않았겠지?'

이런 상황에서도 나는 학원 사람들의 눈을 피하려고 한다. 학교에서도 집에서도 학원에서도, 어딜 가든 항상 다른 사람의 눈을 피했다.

중학교 때의 후유증인 것일까? 그래, 생각해 보면 더 이상 미움 받고 싶지 않은 것일지도 모르겠다. 사건이 터진 후, 더 이상 라이나는 나타나지 않았다. 그래도 양심은 있다는 것일까? 만약 라이나가 계속해서 나타났다면 나는 처절하게 무너져 내렸을 것이다. 슬슬…… 한계라고 느끼고 있었으니까.

Yes, I can

　날씨가 쌀쌀해지고 낙엽이 물들어가기 시작했다. 사람들의 옷이 조금씩 두꺼워졌고, 수시도 얼마 남지 않았다. 수시가 다가와서인지 나도, 같은 반 아이들도 모두들 예민하고 민감한 상태였다. 학교 내에서는 1, 2학년 아이들이 조금만 시끄럽게 떠들어도 찾아가서 화를 내기 일쑤였고, 쓰러져 실려 가는 아이들도 태반이었다.

　"야, 박시연. 넌 요즘 미술 잘 되가냐?"

　"그거, 상당히 민감한 질문인 거 알고 있지?"

　"아, 그래, 그럼 9모(9월 모의고사)는?"

　"나, 너 때려도 되냐?"

　"미안."

　이렇게, 나와 성이는 소소한 장난을 치며 힘든 나날을 견뎌내고 있었다.

　"이제, 진짜 얼마 안 남았네."

　"그건 너만 포함되는 거다."

　"그런 말 하지 마. 너도 수시로 붙을 수 있어."

　"말만으로도 고맙네."

　성이는 요즘 자꾸 나에게 신경을 써준다. 쉬는 시간에 화장실에 다녀오면 항상 책상 위엔 초코우유가 놓여 있었다. 자신도 많이 힘들 시기인데, 이렇게 챙겨주는 게 너무 고마웠다.

　'성아, 넌 수시 붙으면 뭐할 거야?'

　'너도 붙으면 같이 놀아야지'

　'내가 떨어지면 뭐할 건데?'

'너, 정시 붙을 수 있게 옆에서 계속 도와줄 거야'

너무 바보 같은데, 너무 멋지고 사랑스러워서 미워할 수가 없다. 솔직하게 생각해 보면 지금 상태로 나는 아마 수시에 붙기 힘들 것이다. 내가 떨어지고 성이가 붙는다면 당연히 모든 것을 내려놓고 성이를 기쁘게 축하해 줄 것이다. 마음은 아프겠지만 그게 내가 이 성. 너에게 해줄 수 있는 유일한 일이니까.

결국 그렇게나 피하고 싶었던 수시 날이 다가왔다. 성이와 함께 별 탈 없이 시험장에 도착했지만, 수시장에 도착하니 역시 걱정이 더 앞섰다. 성이도 오는 동안 멀쩡하다가 수시장에 들어서니 갑자기 긴장된다며 손을 덜덜 떨어 보이며 장난스럽게 말했다. 성이까지 긴장된다는데 나는 오죽하랴. 손은 물론이며 다리까지 같이 떨렸다. 이래서야 수시를 제대로 칠 수 있을지도 의문이다.

"야, 박시연. 나 너무 떨리는데 어떡하냐……."

라는 말만 반복하며 내 팔을 붙잡고 흔들어 대던 성이는 시험을 시작하자마자 언제 그랬냐는 듯이 진지한 얼굴로 깔끔하게 시험을 이어나갔다.

'부러운 새끼……'

아직 구성조차 그리지 못하고 우왕좌왕하는 나에 비하면 성이는 정말 멋있다. 저런 성이의 모습을 정말 조금이라도 닮으면 좋을 텐데.

수시의 결과는 예상대로였다. 나는 수시에 합격하지 못했고 성이는 당연하게 합격했다. 결과가 나오자마자 통지서는 버려둔 채 성이에게 달려가 진심으로 축하의 말을 전했다.

"야! 역시 합격했네~."

"……."

"뭐야, 합격했으면 좀 더 밝게 웃어야 하는 거 아니야?"

"그러게 말이다. 좀처럼 웃을 수가 없네."

성이는 씁쓸한 표정을 지어보였다.

"혹시 나 때문이야?"

"어, 너 때문인 듯."

"헐."

성이의 말에 조금 미안해졌다. 내가 조금 더 노력했더라면 수시에 붙을 수 있지 않았을까? 수시에 합격했다면 지금쯤 성이와 함께 그 기쁨을 나누고 있지 않았을까. 조금은 눅눅한 생각을 하고 있을 때 마치 내 생각을 읽은 것처럼 성이가 내 머리를 꾸욱 누르며 조금 슬픈 듯한 미소를 지었다.

"그렇다고 미안해하지 마. 나는 언제까지나 너만 응원할 거니까."

"뭐, 뭐라는 거야 오글거리게-!"

"야, 나름 진지했거든?"

"으아. 저리 가. 니 옆에 있으면 금방이라도 오징어 될 거 같다!"

성이에게 장난을 걸며 눅눅했던 대화를 풀어버렸다. 그러자 성이의 얼굴에 다시 화색이 돌았다.

수시가 끝났다고 모든 것이 끝난 것은 아니다. 나 같은 사람들에게는 말이다. 정시로 가야 하니까. 그림은 그림대로 해야 하고 성적관리도 그럭저럭 해야 하기 때문에 힘들었다.

그날도 여느 때와 다름없이 다른 아이들보다 일찍 학원에 도착해서 연습을 하고 있었다. 사각거리는 연필소리가 울려 퍼지는 학원에 홀로 앉아 있으니 절로 머릿속에 잡다한 생각들이 떠오르기 시작했다.

다들 한번쯤은 느껴봤겠지만 혼자 있을 때는 좋지 않은 생각들만 마구 떠오르기 마련이다. 막막함, 나에 대한 답답함, 슬픔, 화 등등. 사실 성이가 합격했다는 것이 기쁘지만은 않았다. 조금은 서운했고, 능력 없는 자신에게 화도 났다. 하지만 슬프고 힘들 때면 더욱 웃으라는 말이 있기에, 성이에게는 정말 해맑게 웃어보였다. 내 일로 폐를 끼치고 싶지 않았다. 안 그래도 오지랖 넓으신 우리 이성 씨 앞에서 그런 좋지 않은 표정을 지었다면 정말 하루 종일 성이가 내 앞에서 사라지지 않았을 것이다. 그건 정말 성이에게도, 또한 나에게도 민폐이기에 그런 일은 절대 일어나지 않았으면 하는 바람이다. 화가 났다. 안 좋은 기억들만 떠오르고 캄캄한 앞날만이 앞에 펼쳐져 있는 듯한 느낌이 들어서 앞에 놓인 이 그림들을 전부 찢어버리고 싶었다. 왜, 가끔 그럴 때 있지 않은가, 아무것도 하기 싫을 때. 이 세상의 모든 것이 다 부정적으로 느껴질 때, 하필 그때가 지금이다. 손에 들고 있던 붓을 던지듯 책상에 놓았다.

"하아, 박시연. 진정하자 진정, 그래 넌 할 수 있어."

"맞아. 너 할 수 있어."

"어?!"

시연의 혼잣말에 대답한 것은 다른 누구도 아닌 성이였다. 성이는 입꼬리를 살짝 올린 채 시연에게 다가가 귀에 대고 조심스럽게 속삭였다.

"사탕 안 먹을래?"

"엉?? 뭐야 너! 진짜 너무 뜬금없네."

"원래 이런 때는 당을 충전해 줘야 돼~"

"그래……."

성은 자신의 주머니 속에서 자그만 막대사탕을 꺼내 시연에게 건네주었다.

"뭐야, 원래 포장지까지 까서 주지 않냐? 센스가 없네~"

"뭐라는 거야!! 너가 까먹어 인마. 니가 손이 없냐, 발이 없냐!

"그러게~ 다 있네."

시연의 시시한 말장난에 성이는 헛웃음을 뱉으며 시연을 따라 사탕을 비스듬히 물었다.

"나는, 너가 조금만 더 행복했으면 좋겠어."

"뭐?? 너 진짜 말 뜬금없이 잘 한다. 이번에는 또 무슨 이야기야?"

"너가 힘들어하는 걸 가장 잘 알고 있는 사람이 나야."

"그런데?"

"네 꿈을 무시당할 때는 참지 않아도 돼. 너가 참고 있는 게 보이면 내가 더 울화통이 터지니까."

성이는 시선을 아래로 내렸다가 올리며 시연의 얼굴을 바라보았다.

"그러니까 계속 참지만 말고 무슨 일 있으면 나한테 말해 줘!"

"그래도, 그건 너한테 민폐잖아?"

"그게 무슨 소리야? 나는 네가 힘들다면 안아줄 수도 있어. 네가 슬퍼하면 곁에 있어줄 수도 있어."

"무슨……."

"너는 내게 민폐가 아니야. 너는……."

성이는 말을 하다 말고 내 얼굴을 내려다보며 살짝 웃었다.

"아니다, 아무것도 아니야."

"뭐, 뭐야."

그 대화 후, 우리는 왠지 모를 서먹한 분위기에 말 한마디도 하지 못하고 그림만 그렸다. 오늘따라 성이가 이상한 말을 많이 하는 것 같다. 내가 수시에 합격하지 못한 것이 그렇게 걱정되었던 것일까? 그런 것이면 너무 미안한데…….

서먹한 정적을 깨고 입을 열었다.

"……야."

"왜?"

"너, 수시 끝났으면서 안 놀아?"

"음, 너 대학 붙으면."

"어?"

"너 대학 붙으면, 너랑 같이 놀아야지."

"…… 너가 그러면 내가 진짜 할 말이 없다……."

"고마워."

이렇게 오랫동안, 이 외로운 공간에서 버틸 수 있었던 것은 성이가 곁을 지켜줬기 때문이다. 그렇지 않았다면 일찍이 쓰러졌을 거야.

나에게로 가는 길

하얀 입김이 몽글몽글 올라오는 한겨울, 빨간 목도리를 매고 화구가 든 가방을 들었다.

"하- 오늘이 마지막이네."

밖에는 새하얀 눈이 조금씩 내리고 있었다. 신발장 앞 조그만 창문에 시선을 고정하던 나에게 언니가 보온병을 건넨다.

"시연아, 밖에 추운데 조심하고."

"초코우유 넣었으니까 힘들면 먹으면서 해. 언니는 학교 때문에 같이 가지 못하지만 응원하고 있을 테니까!"

"응! 열심히 할게!!"

언니에게서 보온병을 받아들고 씩씩하게 뒤로 돌아섰다.

"화이팅-!!"

언니의 목소리에서 흐림이 느껴졌다. 언니는 분명 웃고 있지만 목소리만은 불안하다고 이야기해 주고 있었다.

"걱정하지 마. 언니 몫까지 내가 다 퍼붓고 올게."

언니는 그제야 진심으로 웃어보였다. 문고리를 잡고 잠시 고개를 숙였다가 다시 들어 조심스럽게 언니를 돌아보았다. 그리고 살며시 웃었다.

"다녀올게요."

문을 여니, 새하얀 눈송이가 얼굴에 살포시 앉았다. 차가운 느낌, 지금까지의 고생이 생각나 괜히 눈물이 날 것 같았다. 혼자 힘으로 시험장에 도착하긴 했지만 시험장 입구에서 많은 사람들을 마주하니 당당했던 어깨가 다시 내려앉았다. 그리고 그 많은 사람들의 곁에 있는 가족이나 친구 등의 사람들을 보니 무엇보다 마음이 쓸쓸해졌다.

'괜찮아! 나도 가족 있고!! 친구도 있어!!'

다시 마음을 가다듬고 어깨를 펴며 실기 시험장으로 걸어갔다.

'톡, 톡'

실기 시험장 입구로 발을 내딛는 순간, 누군가가 어깨를 부드럽게 두드렸다. 누군가 말을 걸어오는 것은 꽤나 드문 일이었기 때문에 누구인지 금방 알아차릴 수 있었으나. 사실 조금은 믿겨지지 않았다.

"이 성?"

"헐 대박, 왜 알아? 알지 마!!"

"뭔 소리야."

나의 뒤에는 익숙한 모습의 남자가 나를 바라보며 웃고 있었다.

"너 어떻게 온 거야?"

"그냥. 너 어디 시험 치는지 알고 있었으니까!"

"야, 그래도 지금 아니면 언제 놀겠다고……."

"에이, 너랑 놀면 된다니까? 그리고 너 외로움 탈까 봐 이 오빠가 응원하러 와 줬는데 고맙지도 않냐~?"

성이의 장난스런 말투에 뚱한 표정을 지어보였다. 사실은 정말 기뻤다. 아무리 그래도 나 하나 때문에 여기까지 오다니, 역시 친구 하나는 잘 둔 거 같다.

'실기시험을 보러 오신 모든 학생들은 시험장으로 들어와 주시기 바랍니다.'

실기시험을 알리는 방송이 나왔다.

"와준 거 진짜 고마워. 그럼 나 다녀올게."

시험장으로 들어가려는 나를 웃으며 바라보던 성이는 갑작스럽게 팔을 잡아 당겼다.

"악!"

놀라 성이를 바라보니 성이도 나를 빤히 바라보고 있었다.

"뭐, 뭐야! 놔줘. 나 시험장 들어가야 되니까."

"잠시만 있어봐."

"어? 어……."

성이는 살짝 풀려진 나의 빨간 목도리를 다시 매주며 따스하게 웃었다.

"긴장하지 말고."

"응."

"지금까지 누구보다 열심히 해 왔으니까, 그건 내가 누구보다 잘 알고 있으니까 넌 할 수 있어."

눈이 시큰했다. 금방이라도 눈물이 쏟아져 내릴 것 같았다. 성이는 그런 나의 눈을 따뜻한 손으로 꾸욱 누르며 말했다.

"울지도 말고."

"안 울어……."

몇 초간의 정적이 흘렀다. 주위에서 소리가 들려왔다. 힘내라는, 긴장하지 말라는, 할 수 있다는 그런 따스한 말들이 시험장 앞의 사람들 사이에서 오고갔다.

"이제 놔줘. 들어갈게."

"그래."

성이는 그 커다란 손으로 내 볼을 잡고는 나와 눈을 마주쳤다.

"열심히 해."

이마에 따뜻한 감촉이 느껴졌다. 심장소리가 귀까지 들리는 듯했다. 그대로 얼어붙어버렸다.

"…… 너, 너너……!!"

"파이팅~"

"야아!!"

성이는 마지막까지 응원한다는 듯이 내 등을 살짝 밀었다. 너무 당황스러워서 뒤를 돌아보니 성이는 조금 전과 같이 여전히 다정하게 바라보고 있었다.

'너 진짜!' 입 모양으로 말하자, 성이의 입도 조금씩 움직였다.

'기다리고 있을게'

귀가 화끈거렸다. 그대로 다시 돌아서서 아무렇지 않은 척, 시험장 앞으로 걸어 나갔다. 19년 인생 중 가장 당당하게.

'고마워'

외전 '라이나'

'나는 내가 모든 것을 다 가졌다고 생각했다'

난 정말 많은 사람들의 축복 속에서 세상에 태어났다. 항상, 어딜 가든지 사랑받았고 인정받았다. 그래, 나는 최고의 사람이었다. 다른 사람들에게 인정받고 칭찬받는 것이 정말 자랑스러웠고 그것이 나만의 특권이며 노력의 결과라고 생각했다. 하지만 그것은 나의 착각일 뿐, 사람들은 나를 보는 게 아니었어. 내 뒤의 사람들을 바라보고 있었던 거야.

"와~ 이나야. 넌 정말 대단하구나!!"

'닥쳐.'

"역시 회장님의 딸이군요! 정말 말로 표현하지 못할 재능을 가졌어요!!"

'닥치라고'

"이나는 좋겠네~ 노력 같은 건 하지 않아도 재능이 널 빛나게 하잖니?"

'닥치란 말이야!!!'

재능이라느니 대단하다느니 진짜 토가 쏠려서 못 들어 주겠네. 짜증나고 기분 나쁘다. 뭘 그리 잘 안다고 내게 재능이 있다 없다 판단해? '재능' 이 한 마디가 내 노력을 모두 박살내 버리니까. 배경만 보고 내 노력은 생각하지도 않고 그딴 쓰레기 같은 말들을 내뱉다니, 더럽고 더러워서 더 이상 듣고 싶지 않아. 날 멋대로 판단하지 마. 피나는 노력으로 여기까지 올라 왔어. 너희 같은 더러운 돼지들이 그렇게 쉽게 말할 수 있는 게 아니란 말이야.

"이나야, 이나야? 왜 그렇게 슬픈 표정을 하고 있어?"

"몰라, 짜증나. 다들 내 노력은 보지도 않고 아버지한테 잘 보이려고 나한테 재능이 있다고 해. 기분 나빠!"

"아니야!! 나는 너가 노력하는 거 알고 있어!! 내가 아주 잘 알고 있으니까! 다른 사람이 인정해 주지 않아도, 이나는 내가 인정해 줄께!!"

"응!!"

너는 믿었다. 너만은 정말 믿고 있었다. 하지만 노력으로만 따지면 넌 나보다 뛰어나니까, 너와 함께 있으면 너무 아프다. 처음에는 네가 정말 좋았어. 처음으로 나를 나로 봐주는 사람이었으니까. 하지만 사람들은 나보다 너를 진정으로 인정해 준다. 너무 싫어, 나보다 뛰어나지 마!

재력? 돈 많고 능력 좋은 부모?? 그딴 건 다 필요 없어.

아무도 날 제대로 봐주지 않는데 그게 다 무슨 소용이야.

날 알아주지 않잖아!!

"난 네가 싫어."

붉어진 얼굴로 한없이 울어대며 서 있는 이 어여쁘고 외로운 아이는 자기 자신에게는 아주 작은 어린아이이며, 다른 누군가에게는 악마, 마녀와도 같은 아주 무서운 존재이다. 살면서 제대로 된 사랑 따위는 받아보지도 못해서 누군가를 사랑하는 방법도 알지 못한다.

처음 만난 제대로 된 친구는 스스로가 매몰차게 내쳐 버리고, 오늘은 하나 남은 썩은 동아줄이라도 잡으려 했던 그 자신조차 버려 버렸다. 모두에게 손가락질 받고, 부모에게는 내쳐져서 그 좋던 고향 서울에서 이곳까지 쫓겨났다. 하나 남았던 썩은 동아줄. 이 성이라는 남자아이와 박시연이라는 여자아이, 그들에게 힘없이 손을 뻗어 보았지만 자신의 잘못이 너무나 크기에 그들은 그녀를 잡을 수 없었다.

"아아…… 썩은 동아줄은 걔네가 아니라, 나였구나?"

아이의 눈에서 어울리지 않는 애처로운 눈물이 떨어진다. 눈물이 떨어지자 자동적으로 입도 벌어진다. 그리고 그곳에서 웃음이 흘러나온다. 금방이라도 무너져 내릴 것만 같은, 그런 웃음이.

"그래, 박시연. 니가 이겼어. 결국엔 니가 이겼어. 처음부터 정해져 있던 승부였을지도 모르지. 너의 그 노력이라는 하나뿐인 재능을 탐냈던 내가 병신이었던 거야. 정해져 있던 삶을. 받아왔던 상처들을 모두 가슴 아래에 묻어놓고 아무렇지 않게 살아갔다면 내가 이렇게 비참해지진 않았겠지."

그녀가 걸어간다. 저 멀리로 걸어간다. 흐릿해져 가는 하늘을 바라보며 손을 내저어 보였다.

'잘 가'

이제 너에 대한 열등감을 버릴 거야. 그러니 너도 이제 나 같은 애한테 상처받지 말고 네 길을 걸어가.

나의 존재를 용서하라

_ 백화진

대구에서 태어났다.

경북여고 2학년 재학 중으로 저노동 고임금을 받을 수 있는 직

종에서 일하기를 희망한다. 게임 스토리 짜기에 관심이 많다.

인어 박제사는 돈이 되는 직업이었다.

그녀는 어릴 적 자신의 집이 도축장이었다고 기억한다. 아버지는 자주 그녀에게 돼지나 소의 도축 장면을 보여주곤 했고 그 모든 게 그녀에겐 밥을 먹듯 익숙한 광경이었다. 그녀를 백정의 딸이라고 무시하는 사람들이 없잖아 있었으나 그들의 식탁에 올라가는 온갖 고기를 손에 피를 묻혀가며 손질한 것이 누구이던가. 아버지는 항상 그녀에게 당부했다.

'백정 말고, 박제사 같은 직업을 가지렴'

백정이 부끄러운 직업이라 생각하진 않았으나, 그녀는 고갤 끄덕였다. 아버지의 뜻을 마냥 따를 생각은 없었으나 그녀는 약했다. 그녀는 언제나 굽은 등으로 조용히 뼈를 발라내고 지방을 깎아내며 고기를 써는 잔혹한 듯 부드러운 아버지에게 한없이 약했으며 차별받는 생활에 익숙해져 있었다.

백정의 딸. 피 냄새가 가득한 곳에서 태어나 앞으로 결혼조차 할 수 없을 것이며, 대를 이을 수조차 없는 여자아이.

그녀는 어린 나이에 그 사실을 받아들였다. 그러나 아주 깊은 무의식 속에서는 백정의 딸이면 어떤가, 쓸모없는 장작이나 패는 식충이 아들보다 더 많은 것을 해내리라 다짐했다. 그녀는 그런 야망에 부풀어 있었다.

그녀는 아버지가 사다준 박제용 핀이나 약품 등으로 나비를 박제할 수 있었으며, 이 나비 박제들이 그녀의 인생을 바꿔놓았다. 나비는 그녀의 인생을 나름의 빛으로 연결해 준 매개체였다.

그녀의 나비 박제는 호평을 받았다. 어린 아이의 작품이라고는 상상할 수 없을 정도로 아름다운 박제였다. 액자에 담긴 나비 박제들은 금방이라도 날아오를 듯 깔끔하고 화려한 자태로 숨이 멎어 잠겨 있었다. 사람들은 그녀의 박제 실력을 칭찬했으며 그중 몇몇 귀족들은 비싼 값에 나비 박제를 사가기도 했다. 그녀가 나비 박제에 재능이 있다는 사실을 증명받은 셈이었다.

20살, 정식 자격증을 손에 쥐게 되면서 그녀는 완전한 박제사가 되었다. 백정의 딸 치고는 성공한 인생이라 찬사를 받을 터. 그녀에게 박제사가 되라고 권유했던 아버지는 그녀가 정식 박제사가 된 날, 해맑게 웃으면서 꽤나 값비싼 레드와인 한 병을 사왔다.

그녀의 이름은 루치펠(Lucifer)이다.

루치펠은 나비 박제로 명성을 떨쳤으나 그것으로 만족할 수 없었다. 조금만 더 크고 아름다운 것. 조금 더 그녀를 돋보이게 해줄 만한 것. 그렇기에 나비에서 새로, 새에서 대형견으로, 대형견에서 사자로. 끝끝내는 불법에 가까운 인어 박제까지 손을 댔다. 그러나 인어 박제에까지 이르자 그녀는 확신했다. 인어 박제는 내 천직이야. 날 돋보이게 하면서 귀족들의 호감까지도 살 수 있어. 그런 생각을 하며, 그녀는 계속해서 음지에 손을 댔다. 얌전해 보이는 겉모습과 다르게 그녀의 일은 마냥 얌전한 일이 아니다. 그 사실은 그녀와 그녀에게 인어 박제를 부탁하는 일부 귀족들만 알고 있었다.

애초에 이런 일을 감히 누구에게 부탁한단 말인가. 음지에서 유명해진다면 돈줄을 꽉 잡을 수 있음은 분명하며, 더해서 귀족들의 호감과 안전하진 않지만 나름대로 안락한 삶도 유지할 수 있다. 뭐, 인어들이 다리가 생겨 육지로 올라온 뒤, 우리 가족을 죽여 박제한 것이 네놈이냐고 그들에게 붙잡혀 불태워지거나 하지 않는 한, 그녀는 행복하면서도 나름대로 이름을 떨치며 살 수 있었다.

그녀는 직접 인어를 잡아 박제하기도 했고, 애완용으로 누군가가 기르던 인어의 시체, 혹은 갓 잡아 누군가가 팔던 인어도 박제했다. 그녀는 어떤 것이든 가리지 않고 아름답고 완벽하게 꽃피워냈으며, 그녀의 인어 박제는 인어가 살아 있을 때보다 화사하고 우아했다. 그녀는 자신의 실력에 자부심이 있었기에, 의뢰를 마다하지 않았으며 백정의 딸로 불리던 시절보다도 진한 피 냄새를 달고 살아야만 했다. 거기에 더해 바다 비린내까지 났지만 귀족들은 마치 쓰레기에 꼬여드는 파리마냥 그녀에게 몰렸다. 인어 박제는 기술이 필요했으며, 아무리 돈을 많이 주더라도 루치펠의 인어 박제만큼 아름다운 것은 찾기 드물었기 때문이다.

그녀는 오늘도 인어를 잡으러 나갔다. 검게 출렁이는 바다 앞에 무릎을 꿇고 앉아 있으면, 인간에게 호의적인 인어들이 다가오기도 했다. 한 시간이 지나도 걸려들지 않으면 직접 배를 타고 나가 바늘로 인어의 몸을 꿰어 건져 올리면 되는 일이었다. 그녀는 잔인한 행위까지도 불사했다. 자신의 실력을 뽐내고 커리어를 쌓기 위해서만이 아닌, 피에 물들기라도 한 듯한 도축의 행위를 따라하고 있었다. 자르고 꺼내고 깨끗하게 씻어 손님 앞에 내놓는 일. 그러나 그녀는 깨끗할 뿐만 아니라 아름답게 박제를 치장한다는 점에서 차이가 났다.

부둣가에 앉자, 오랜만에 바보 같은 인어가 하나 걸려들었다. 루치펠은 사람 좋은 미소를 지으며 그 인어가 물 밖으로 고개를 내밀길 기다렸다. 달빛을 반사하는 검은 물결이 흩어지며, 붉은빛 곱슬머리가 떠오르자 그녀는 잠시 놀랐지만 곧 평정을 되찾았다.

물 밖으로 나온 얼굴은 앳되어 보였으며 안경을 쓰고 있었다. 안경테가 살짝 우그러진 것으로 보아, 어딘가에서 주워온 것 같았다. 사람으로 치면 15살쯤 되었을까, 평평하고 납작한 가슴과 전체적인 체형으로 보아 머메이드보단 머맨으로 보였다.

루치펠은 머맨을 그리 선호하지 않았다. 특히 어리고 약한 머맨이라면 소아성도착증에 걸린 귀부인들이 아닌 이상은 관심을 잘 가지지 않는다. 그걸 알기에 그녀는 인어와 조금 어울리다 바다로 돌려보낼 생각이었다. 사실 어린 인어가 충분히 자라 청년이 되었을 때 팔아도 문제는 없지만. 청년 머맨들은 희소성 때문이라도 꽤 비싼 값에 팔렸다.

인어가 입을 열자 그녀는 웃고 말았다.

"당신은 왕자님이신가 봐요, 그렇죠?"

"뭐? 하하, 맞아. 왕자님이야."

그녀는 어이가 없었지만 웃으며 인어의 머리를 쓰다듬었다. 손가락에 감겨드는 부드러운 머리카락이 좋았다. 인어들은 대부분 그랬다. 사람을 홀리는 외모와 목소리 때문에 희생양이 되었다. 너무나도 약했기 때문에. 루치펠은 인어를 달가워하지 않았다. 아름답지만 자기 몸 하나 간수할 수 없는 생명체. 그런 것에 정을 주면 뭐할까. 정을 주는 것은 사람으로 충분했으며, 사람이 아니라면 죽은 박제라도 상관없었다.

루치펠은 그에게 자신의 집으로 가지 않겠느냐고 제안했다. 그녀는 잠시 뒷면 수조에 잠겨 성장촉진제를 맞고 있을 그의 모습을 떠올렸다. 몇 년 키워서 박제로 만들면 그뿐이다. 인어는 고갤 저으며 집으로 돌아가야 한다고 했으나 루치펠은 그 가볍고 비린내 나는 인어를 안아들곤 부드럽고 상냥하게 속삭였다.

"괜찮아. 우리 집에 가서 조금만 놀다 가는 거야. 네가 흥미로워할 만한 것들이 가득하단다. 예를 들면 달콤한 과자라든가…… 그래, 인간들의 문명에 대해서 알아보는 건 어때? 다양한 책도 있어. 네가 좋아할 것 같은데……."

"책이요? 거기 역사서 같은 것도 있어요? 전 사람들 역사에 관심이 많은데……."

인어는 그녀에게 안긴 채 눈을 빛냈다. 루치펠은 속으로 만세를 외치며 그에게 얼마나 멋진 책들이 있는지 주절주절 늘어놓았다. 역사서, 소설, 자서전이나 그 외의 지식들이 담긴 책이 가득하며 원한다면 그 책들을 모두 읽어도 좋다고. 어린 인어는 호기심 어린 눈으로 고민하더니 고갤 끄덕였다. 그녀는 군침을 삼키며 얌전히 인어를 안은 채 집으로 향했다. 별이 빛나는 늦은 밤이었기에, 그 누구도 그녀의 신발 밑에 눌러 붙은 조개 조각과 바닷물 향내를 알 수 없었다.

집으로 돌아와 그녀는 이전에도 많은 인어들이 거쳐 갔던 수조에 그를 앉혀놓았다. 수조를 바닷물로 가득 채운 뒤, 뚜껑을 닫았다. 어린 인어는 놀라며 뚜껑을 열어달라고 했으나 그녀는 소금기가 날아가면 몸에 안 좋을 수도 있다며 당치도 않은 거짓말을 늘어놓았다. 어리고 멍청한 인어는 그 말을 믿었으며 그녀가 서재에서 여러 권의 책과 과자를 꺼내오자 유리 수조의 벽에 착 달라붙어 그것을 바라보고 있었다.

'생각해 보니, 물속에서 책을 읽었다간 책이 못쓰게 되겠군.'

그녀는 그런 생각을 하며 과자를 부숴 수조의 구멍에 넣었다. 어린 인어는 그것을 애완용 금붕어들이 먹이를 받아먹듯 입으로 받아 삼켰으며, 단맛에 취한 듯 그녀에게 과자를 좀 더 달라고 재촉하기도 했다. 루치펠은 조용히 과자를 부숴 넣어주다가 이내 한 덩어리를 넣어줬다. 초콜릿 칩이 들어간 밀가루 향이 진한 싸구려 쿠키임에도 인어는 맛있게 먹었다. 두 손으로 제 손바닥만한 과자를 잡아 조막만한 입에 넣고 삼키면서 이따금씩 탄성을 내뱉기도 했다. 그녀는 그것을 유리 수조 앞 의자에 앉아 바라봤다. 그리고 가만히 책을 펼쳤다. 읽어줄 생각이었다.

역사, 로맨스, 철학까지. 너댓 권 정도의 책을 읽고 나니 슬슬 지쳤다. 머그컵은 이미 텅 비어 있었고 인어도 졸린 듯 눈이 감기고 있었다. 그녀는 책을 덮고 어린 인어에게 속삭이듯 말했다. 자도 좋다고. 내일 아침에 깨워줄 테니 자고 일어나서 아침 일찍 바다로 돌아가자고. 사실, 이미 아침에 가까운 새벽이었으나 암막 커튼으로 가린 집안은 깊은 밤 같았다. 인어는 눈을 부비며 고갤 끄덕였다.

'행복에 겨워 유리 수조의 바닥에서 잠드는 꼴이라니. 영락없는 꼬마로군.'

루치펠은 슬며시 웃으며 수조의 뚜껑을 열었다. 어린 인어의 몸을 꺼내고, 부드럽고 하얀 팔뚝에 주사바늘을 꽂았다. 따가운 감각 탓인지 살짝 움찔했으나 금방 잠잠해졌다. 주사기 안은 금방 비어버렸으며 그녀는 다시 인어를 수조에 넣었다. 그리고 의자에 앉아 가만히 그 모습을 관찰했다. 테가 우그러진 안경과 붉은빛을 띠는 곱슬머리, 아름다운 눈빛과 하얗고 부드러운 몸, 거기다가 금빛과 푸른빛이 적당히 섞여 마치 여행지의 해변 같은 것을 연상시키는 화려한 꼬리비늘까지. 그녀는 비늘이 빛을 반사하며 빛나는 것을 눈으로 천천히 훑었다. 아름답구나. 그렇게 중얼거리며 빈 머그잔을 입에 다시 가져갔다. 모두가 아름다운 인어를 원하겠지. 그렇지만 박제사가 아닌 나는 그 누구도 원하지 않을 거야. 그런 생각을 하며 머그잔을 내려놓은 루치펠은 자리에서 일어났다. 신발에서 비린내가 났으며 바닷물이 튄 셔츠에는 소금기가 남아 있었다.

모든 게 그녀에게 바다를 연상시켰다.

인어

박제

돈

그것들이 그녀가 존재하는 이유다.

인어를 잡고 박제한 대가로 들어오는 수많은 돈은 그녀의 가치를 대변해주는 듯했다. 여기에 더 이상 백정의 딸은 없다. 유능하고 아름다운 박제사 루치펠이 있을 뿐이다. 모두가 그리 생각했다. 백정의 딸이라는 한계를 벗어던진 여성. 박제를 하며 존재의 의미를 찾는 것. 역겹지만 자랑스럽기도 하다. 많은 이들이 그녀의 박제를 원했으므로.

아침이 되었다. 어린 인어에게 비스킷을 조금 주고 물을 갈아준 뒤, 다시 수조의 뚜껑을 닫자 물속으로 붉은 머리카락이 산들산들 흔들렸다. 인어는 바다로 돌아가길 원했으나 읽어야 할 몇 권의 책을 흔들자 이내 얌전해졌다. 인어들은 모두 그랬다. 비슷하게 생긴 인간에게 끌리면서도, 인간에 대해 자세히 아는 인어는 별로 없었다. 왜냐하면 인간을 보려고 물 밖으로 나온 인어들은 모두 잡혀가 박제가 되거나 애완용으로 팔려갔으니. 책을 읽으며 비스킷을 줬다. 초콜릿이 들어간 싸구려 쿠키가 마음에 들었는지 어린 인어는 쿠키를 더 달라고 졸랐으나 더 이상 남은 쿠키는 없었다. 그녀는 어릴 적에 이미 단것과 결별했다. 어른스럽게 보이고 싶어서 달콤한 것을 진즉에 끊었다. 초콜릿 칩이 박힌 싸구려 쿠키는 그저 손님용이었다.

그러나 인어를 좀 더 잡아두기 위해서 그녀는 오랜만에 제과점에 들렀다. 싸구려 과자로도 인어는 만족했으나 조금 더 오래 붙잡아두려면 맛좋은 마멀레이드와 초콜릿 칩이 들어간 쿠키, 설탕 과자 등이 필요했다. 투명한 병에 까만 라벨이 붙은 오렌지 마멀레이드를 손에 쥐고 그녀는 잠시 거리에 서 있었다. 이렇게나 인어를 잡아두는데 시간을 끌고 노력을 들인 적이 있던가? 그녀는 무덤덤하고 건조한 사람이었다. 지금까지의 인어는 청년의 모습을 띤 것들뿐이었으며 개중에는 조금 어려보이는 인어들도 있었으나 이번처럼 어린 인어는 처음이었다. 그녀는 왠지 모르게 가슴이 간질거리는 기분을 느꼈다.

어린 인어는 아직도 아침에 준 비스킷을 입에 물고 있었다. 그녀는 물속에서 이미 죽처럼 되어버린 비스킷을 꺼내기 위해 수조의 물을 한 번 더 갈아야 했다. 짜증이 났지만 이내 쿠키를 하나 건넸다. 어린 인어는 잠시 머뭇거렸지만 쿠키를 받자 금방 화색을 띠웠다. 사실 어린 인어에게 잘못은 없었다. 물속에서 죽이 되어버린 쿠키의 원인을 그에게 돌릴 수는 없으니까. 루치펠은 인어의 눈을 찬찬히 살폈다. 살짝 초록색이 감도는 에메랄드 빛의 눈이 호기심과 호의로 그녀를 바라보고 있었다.

욕조에 앉은 인어는 얌전히 쿠키를 오독오독 씹었다. 살짝 드러나는 송

곳니는 그가 육식동물이라는 것을 보여주는 듯했으며, 그 모습에 루치펠은 잠시 섬뜩했다가도 자신이 먹이사슬의 위라는 사실에 안도하며 얌전히 어린 인어에게 과자를 주었다. 따뜻한 물에 마멀레이드를 타서 마시게 하고, 다시 수조로 넣어준 뒤 책을 꺼냈다. 어린 인어는 인간의 역사서에 관심을 가졌으나 그 안에 들어 있는 전쟁과 살육의 얘기에 질린 듯 갈수록 다른 책을 읽어달라고 졸랐다. 진부하지만 사랑 이야기를 좋아하는 듯했다. 자신도 다리를 가지고 사람들과 살고 싶다고 말하는 인어를 보며 그녀는 피식 웃었다. 인어는 마법이나 기적 따위는 없다고 말하는 그녀를 뾰로통한 시선으로 바라보았으나, 그녀는 개의치 않고 소설을 마저 읽었다. 매끈하게 마감처리가 된 양장본 소설의 마지막 장을 넘길 때쯤 인어는 다시 잠들어 있었다.

그녀는 잠든 인어에게 성장촉진제를 놓은 뒤 파이프 담배를 꺼내 피웠다. 오랜만에 피우는 담배는 독했으며 폐로 스며드는 느낌이 썩 좋지는 못했으나 그녀는 얌전히 담배를 입에 물었다. 뻑뻑 소리 사이로 새벽빛이 스며들기 시작했다. 그러나 그녀는 암막 커튼의 바깥이 보고 싶지 않았다. 어둡지만 잔잔한 조명 빛 아래에서 그녀는 담배를 입에 문 채 다리를 꼬았다. 그녀는 소파에 등을 기댄 채 하이힐의 끝을 흔들어대며 커튼과 수조를 번갈아봤다. 오렌지 빛의 조명이 수조 물을 연하게 물들였고, 그 물 아래 잠든 인어를 더욱 빛나게 했다.

"살아 있는 것도 마냥 나쁘지는 않군."

담배를 끈 대신에 벽난로에 불이 붙었다. 벽난로에 불을 붙인 성냥을 흔들어 끈 뒤 벽난로 앞에서 한참 시간을 보냈다. 어릴 때부터 해온 박제였다. 이제 와서 어려울 것은 없었으며, 저 인어가 적당히 크면 배를 가르고 내장을 꺼내고 적당히 손질하면 되는 일이었다. 그럼에도 불구하고 그녀는 망설이고 있었다.

그녀에게 죄책감이나 동정심 같은 것은 애초에 존재하지 않았다. 그러나 어느 순간부터 그녀는 어린 인어가 박제가 된 것보다 살아 있을 때 모습이 더 아름다울지도 모른다고 생각했다.

또 다시 쿠키를 주고 수조의 물을 갈고 책을 읽었다. 읽어야 할 책이 더 이상 남아 있지 않을 무렵 그녀는 인어를 박제해야겠다고 마음먹었다. 그녀는 사랑받길 원했다. 박제는 그 수단이었다. 부와 명예, 호의를 모두 얻을 수 있는 직업. 결혼은 할 수 없겠지만 그런 건 필요 없다. 인정만이 그녀의 전부였다.

인어는 나날이 커갔으며 돌아갈 수 없다는 사실을 직감했는지 루치펠에게 집착하듯 매달렸다. 귀여운 녀석. 머리카락을 쓰다듬으면 인어는 가만히 그 손에 얼굴을 비볐다. 그녀는 행복했다. 애완동물을 키우는 기분이 들었다. 인어를 키우는 귀족들을 비난했던 지난날의 자신의 행동을 후회할 정도였다. 더 정이 들면 위험하다 생각하면서도 그녀는 인어에게 빠져들고 있었다.

그녀는 칼과 약품과 수술대를 준비했다. 그러나 마지막으로 인어에게 최후의 만찬을 준비해 주고 싶었다. 그를 수조에서 꺼내 욕조에 물을 받아 앉히고 그 앞에 테이블을 가져다 놓아주었다. 육중하게 떨어지는 테이블 위에 초콜릿 칩이 가득 들어간 쿠키와 오렌지 마멀레이드, 크림과 따뜻한 코코아 같은 것들이 가득했다. 인어는 눈을 반짝거리며 그 이유를 물었으나 그녀는 아무 말 없이 웃었다.

"다 먹으면 불러."

"와, 오늘따라 진짜 맛있다. 뭐라도 넣은 것 같아요. 마법의 가루 같은 거."

"마법은 없대도 그러네."

'뭘 넣긴 넣었지. 잠이 드는 약.'

그녀는 생각을 입 밖으로 드러내지 않았다. 고통 없이 그를 보내고 싶었다. 우는 얼굴을 보고 싶지 않았으며 꼬리를 펄떡거리며 반항이라도 한다면 그걸 감당할 기력도 없었다. 만일 그가 필사적으로 도망간다면 그대로 둘 것만 같았다. 아무 생각 없이 소파에 기대 있다가 부르는 소리에 벌떡 일어났다. 해야만 했다.

"오늘은 네 이름을 지을 거야."

"와, 이름! 나 이름 있어요. 근데 당신이 짓고 싶으면 지어도 괜찮아요!"

"시나몬은 어때."

"당신이 좋으면 저도 좋아요."

언제나 당신이 그렇다면, 당신이 원한다면, 당신이 하고 싶으면. 너는 내가 원하면 목숨도 내놓겠구나.

그녀는 가만히 시나몬의 머리를 쓰다듬었다. 계피라는 이름의 인어는 그녀를 좋아했다. 약기운 때문에 잠이 든 그를 안고 그녀는 가만히 복도를 걸었다. 어두운 복도는 푸른 조명만이 빛났으며, 갈수록 피비린내가 났다. 몇 번이나 인어나 동물이나 나비를 해체하던 곳. 그렇게 해체해 박제로 만드는 장소에서 그녀는 어찌나 마음이 편안했던지. 그러나 그녀는 이제 안정할 수 없었다. 처음으로 정을 줄 뻔했던 상대가 눈앞의 수술대에 누워 있었다. 아름답게 색이 깃든 비늘이 수술용의 차가운 조명을 받아 맑게 빛났고, 속눈썹은 가지런했다. 아름다운 광경이었으나 그녀는 아름다울 수 없었다. 곧 피와 내장과 유리구슬과 핀으로 가득 찰 공간에서 그녀와 다 커버린 시나몬만이 깨끗했다.

'그녀는 깨끗했던가?'

스스로도 알 수 없었다. 자신은 깨끗하다고 할 수 있을지, 그녀는 몰랐다. 얕게 오르락내리락 하는 시나몬의 가슴에 손을 얹고 심장 박동을 가만히 느꼈다. 그녀는 입을 열 수 없었다. 열지 못했다. 그녀는 울 수 없었다. 눈물은 메말랐으며 자신의 심장만이 거세게 뛰고 있었다. 긴장하고 있었다.

그녀는 떨리는 손으로 죽은 듯 잠든 시나몬의 얼굴을 쓰다듬었다. 상냥하게, 그러나 오만불손하게. 머리카락과 얼굴을 쓰다듬고 안경을 벗겨낸 눈꺼풀 위를 쓰다듬었다. 곧 모든 게 인공적으로 대체될 몸이었다. 유리와 쇠막대와 나무판과 조화로 아름답게 꾸며질 박제. 단순한 박제가 될 하나의 피조물. 그녀도 하나의 피조물이었으며, 그것은 스스로도 알고 있었다.

시나몬의 얼굴은 앳되고 깔끔했으며, 지적으로 보이기도 했다. 단것을 그리 먹였음에도 그리 살이 붙지도 않았다. 부드러운 몸을 힐끗 보았다. 아, 언제나 어린애 같더니 루치펠은 무표정한 채 그의 어깨를 잡아 눌렀다.

"미안해. 날 용서하렴."

그 말을 끝으로 그녀는 침묵했다. 배를 갈라 내장을 꺼내고 내부를 씻어낸 뒤 철심을 박고 방부처리를 하고 온갖 유리알과 조화들로 꾸며주면 끝날 것이었다. 그녀는 여태껏 지금만큼 긴장한 적이 없었다. 그 순수하던 눈을 잊고 싶었다. 잊어야만 더 이상 긴장하지 않을 수 있었다. 죄책감, 불안감에 그녀의 손이 떨렸다. 칼을 그의 배에 대려 했을 때, 그녀는 놀라 뒤로 주춤했다. 시나몬의 에메랄드빛 눈이 그녀를 응시하다 이내 감기며 웃었다. 약을 먹었는데도 잠들지 않은 건지, 아니면 약효가 떨어져 버린 건지 진심으로 놀랐으며, 눈물까지 찔끔 나온 게 아닐까 하는 생각이 들었다. 떨어진 칼을 주워들어 배에 대려 하자 이번에는 목소리가 들렸다. 그 목소리는 아주 부드러웠다.

"당신을 용서해요. 당신을 사랑하거든요. 그러니까 절 마음대로 하세요. 당신이 박제를 하는 사람이라는 건 금방 알 수 있었어요. 약냄새라던가 비린내 같은 게 자주 났거든요. 그래서 언젠가 저도 박제될 거라고 생각했어요. 그렇지만, 당신이 직접 해준다면 나는 좋아요. 나를 죽이세요. 나를 죽여서 영원히 아름답게 장식해 주세요."

"……."

"내 이름은 세이렌이에요, 내 사랑."

그 말을 하곤 눈을 감은 채로, 가슴이 오르락내리락 하는 것을 다시 지켜봤다. 루치펠은 칼을 다시 들어 그의 배에 대고, 조금씩 펄떡이는 그 몸을 힘으로 눌러가며 내장을 전부 빼냈다. 양동이는 곧 피와 내장으로 가득 차버렸고, 몸 구석구석에 쇠 철심을 박았다. 시나몬은 죽었다. 감긴 눈 아래의 안구는 이미 없으며 언젠가 유리알로 대체될 것이다. 그녀는 새삼 차가워진 몸 위의 뜨끈한 핏자국을 쓰다듬었다. 아주 상냥하게, 사랑스러운 것을 만지는 듯한 손길이었으나 그 표정만은 건조하고 차가웠다. 그녀는 슬퍼하고 있었으나 티내지 않았다. 만에 하나, 그런 얼굴을 했다가는 놀림 당할 것 같아서. 누구에게? 누가 그녀를 놀릴 것인가.

그러나 그녀는 얌전하고 의연한 태도로 착착 일을 진행했다. 시체를 물에 씻고 약물에 절이는 것까지 직접 했으며 간간이 손이 떨리기는 했으나 그녀는 깔끔하고 완벽하게 박제해냈다. 인어는 살아 있을 때처럼 아름다웠다.

죽은 인어에 혈색을 더하고 마지막으로 안구를 끼우려 할 때 그녀는 눈물을 흘리고 말았다. 다 말라 사라졌다고 생각한 눈물이 볼을 타고 흘렀다.

'더 이상 그 아름답고 호기심 가득한 순수한 눈망울은 볼 수 없다. 에메랄드빛의 산산이 부서지는 듯한 시선을 더 이상 받을 수 없으며, 그 눈에 담길 수 없었다.'

그녀는 피와 약물 투성이인 손으로 눈을 가렸다. 얼굴을 감싸며 얕은 한숨을 내쉬었다. 눈물이 나고 숨이 막혀와 그녀는 숨을 꺽꺽대며 내뱉었으며, 결국 유리알을 끼우기도 전에 자리에 주저앉아 버렸다. 눈꺼풀 아래 유리알을 끼워 넣고 고정시키면 끝나는 일인데도.

그녀는 에메랄드빛의 눈동자보다 아름다운 유리알이나 보석을 찾을 수 없었다. 그것은 시나몬이 살아 있을 때 가장 빛나던 것이었다. 아름답게 빛나며 사람을 따라다니는 따스한 눈을 유리알이나 보석 따위로 재현할 수 없다는 걸 뒤늦게 알아버린 것이다. 그녀는 얼굴을 감싼 채 울었다. 끝없이 서럽게 울면서, 어두운 작업실이 오렌지 빛 조명과 울음소리로 가득 찼다.

"그래, 그래…… 나는 널 잃고 나서야 널 사랑했다는 걸 깨닫는구나…… 그렇지? …… 시나몬……."

그녀는 그의 이름을 부르며 울었고 결국 자리에서 일어나지 못한 채 그렇게 몇 시간을 내내 울었다. 마법도 기적도 없었다. 죽은 이가 살아 돌아오는 일은 없었다. 그녀는 처음으로 사랑하는 이를 박제했던 것이다. 까맣고 반질반질한 바닥은 눈물과 피투성이였으며 그녀의 검은 정장 바지도 물들였다. 금방이라도 눈물이 쌓이고 쌓여 바다를 이뤄 숨을 조여 올 듯했으나 그녀는 자리에서 일어나 에메랄드 몇 개를 꺼내 비어 있는 눈구멍에 집어넣었다.

모든 작업이 끝나고 그녀는 박제를 거실에 걸었다. 커다랗고 아름다운 인어 박제는 조화와 보석들로 장식되었으며 척 보기에도 값나갈 만한 물건으로 보였다. 귀족들이 박제의 가격을 물어도 루치펠은 파는 물건이 아니라고만 말했다. 엄청난 돈을 제시하는 이들도 적지 않았으나 그녀는 완고했다. 박제를 팔기는커녕 매일매일 닦고 왁스칠을 해주며 아꼈고, 가끔은 그 박제에 입술을 대기도 했다.

정말로 마법도 기적도 일어나지 않았지만 그녀는 그렇게 했다. 키스하고 닦아내고 또 닦아내고 최대한 박제가 아름답게 유지되도록 노력했다. 동시에 그녀는 활달하고 건강한 아름다움을 잃었다. 슬픈 일이었으나 그녀는 일상으로 돌아갔으며 다시 인어를 박제했다. 인어를 박제하면서 그녀는 언젠가 인어의 씨가 말라 더 이상 자신의 일이 쓸모없어진다면 그때는 마법에 대해 연구하리라 다짐했다. 마녀라고 불리는 한이 있더라도 기적을 믿고 싶었던 그녀는 오늘도 약품을 꺼내 시체에 담갔다.

 마법이나 기적은 일어나지 않았다.

夜話

_한지인

경북여고 2학년에 재학 중
이고, '아라비안 나이트'
의 형식을 빌어 첫 소설
'야화'를 창작하였다.

궐 안의 아침은 부산스럽게 밝아왔다. 궐 안의 차가운 공기는 어젯밤 왕의 궁궐에 들어온 처녀의 처절한 울음소리를 여기저기 전하고 있었다. 시리도록 찬 공기보다 더 차가운 표정으로 서 있던 성준은 처녀의 앞에 몸을 숙이며 얼굴을 가까이 들여다봤다.

"그 여자와 닮았구나. 그게 네가 오늘 죽는 이유다."

어린 처녀는 돌아서는 왕의 옷자락을 쥐며 살려 달라 애원했다. 하지만 왕은 더러운 것을 떼어내듯 털어내고 미련 없이 뒤돌아갔다. 따뜻하고 행복했던 궐 안이 피로 붉게 물든 지 어느덧 2년째 되는 해였다.

"그거 알아?"

"뭐?"

"얼마 전에 궐로 들어간 좌승댁 딸이 오늘 장례를 치렀대……."

"…… 정말?"

연우는 집으로 가던 길에 발걸음을 멈추고 비밀인 듯 속삭이던 아이들의 말소리에 귀를 기울였다.

"이번엔 왕이 직접 죽였다는 소문도 돌던데?"

"쉿! 그런 말하다 며칠 전 윤영감이 쥐도 새도 모르게 끌려갔다는 소문 못 들었어?"

연우는 그런 아이들을 한참 바라보다 집으로 가는 발걸음을 다시 재촉했다. 윤이를 만나고 오는 길이었다. 오늘따라 이상하리만치 급한 모습으로 궐로 돌아가더니, 또 한 명의 처녀가 죽어나가서였나…… 연우는 유난히도 어두웠던 윤이의 얼굴을 떠올렸다.

"아이고, 아씨 어디 갔다 이제 오셨어요?"

"왜 그래? 집에 무슨 일이라도……."

"마님께서 급하게 부르셔요. 얼른 들어가 보셔요, 아씨."

대문 앞에 도착한지도 모르고 생각에 잠겨 있던 연우를 부른 것은 세월이의 다급한 목소리였다. 안채 문을 열자 보이는 아버지의 모습은 단 한 번도 본 적 없는 어두운 모습이었다.

"아버지, 급하게 부르셨다고……. 혹, 집에 무슨 일이라도 생긴 건가요?"

"이리 앉아 보거라. 연우야, 좀 전에 궁에서 사람이 나왔다. 왕비가 될 여인을 구한다 하였다."

"왕비라면……."

"연우야, 이 아비는 널 그곳에 보낼 수가 없구나."

"……."

"어찌 아비된 자가 자신의 딸을 죽도록 내버려둔단 말이냐."

연우는 아버지의 말을 듣고 잠시 생각에 빠졌다. 오래전에 들은 이야기가 생각나서였다. 연우는 슬픈 아버지의 표정을 바라보다 굳은 결심을 한 듯 아버지에게 말했다.

"아버지, 저는 궁에 들어가도 괜찮습니다. 어차피 제가 아니면 다른 누군가가 궐에 들어가게 되겠지요. 제가 궐에 들어가지 않는다 우긴들 반역을 저지르는 것밖에 되지 않을 것입니다."

단호한 연우의 말에 아비는 눈을 감았다. 생각만 해도 아찔해졌다. 자신의 딸은 절대 그곳에 들어가면 안 되었다.

"연우야, 그래도 안 된다. 배를 마련할 것이야. 세월이와 내일 밤 자정이 되기 전에 얼른 떠나거라. 연(蓮)나라로 가는 배다. 그곳에선 안심하고 지내도 된다. 네 외증조부가 계시니 잘 봐주실 게다."

"아버지…… 저는 궁에 들어가야 합니다. 꼭 전해야 할 이야기가 있어요."

도저히 떠날 수가 없었다. 자신은 궐에 들어가야 했다. 연우는 잊고 있었던 아니 잊고 싶었던 그 이야기를 꺼내야 할 때가 왔다고 느꼈다.

"연우야, 연우야!"

"어, 윤이구나. 여긴 어쩐 일이야?"

"그게 무슨 소리야?"

"윤이야……."

연우는 입을 다물었다. 끝까지 윤이가 몰랐으면 했는데, 윤이는 연우의 눈빛이 미안하다는 대답 같아 목이 메었다. 연우는 윤이의 애절한 물음에도 답을 해줄 수가 없었다. 말 없는 연우를 보며 윤이는 화가 난 듯 말했다.

"안 돼. 난 널 궐로 보내지 않아."

"이미 왕께서 택하셨는 걸. 괜찮아, 윤이야."

연우는 자신의 팔을 잡고 있던 윤이의 손을 떼어놓은 채 고개를 떨구었다. 자신이 원하는 대답이 아니었다. 윤이는 그저 연우가 자신의 옆에 항상 있을 것이라고 생각했다. 윤이는 연우가 없으면 안 되었다.

"너 그곳이 어떤 곳인지 알기나 해? 난 매일 그곳에서 죽어나가는 여자들의 울음소리에 미쳐버릴 것 같아."

"……."

"그곳에 들어가는 건 죽으러 가는 거나 마찬가지야. 도대체 뭐가 괜찮다는 건데?"

"이번에 내가 궐에 들어가지 않으면 아버지가 위험해지실 거야."

담담하듯 대답하는 연우의 말에 윤이는 아무 말도 할 수가 없었다. 연우의 아버지가 위험해지는 건 명확한 사실이었다. 윤이는 아무것도 할 수 없다는 무력감에 화가 난 듯 손이 하얘질 정도로 주먹을 쥐었다. 이 나라의 모든 여성을 다 죽이겠다는 듯 궁에 들어온 여인을 무자비하게 죽이는 왕이었다. 아무리 똑똑하고 밝은 연우라도 그 죽음은 피할 수 없다는 생각이 들었다. 무조건 연우를 막아야 했다.

"제발…… 내가 어떻게든 해볼게. 그래도 난 왕의 무사야. 내가 잘 말해본다면……."

"내가 가겠다고 했어. 내가 가야 한다고 말씀드렸어, 윤이야……."

"……."

자신이 말한다고 될 리가 없었다. 자신도 함께 죽임을 당하면 모를까. 이렇듯 말도 안 되는 말이라도 연우를 붙잡을 수만 있다면, 윤이는 생전 믿지도 않던 신의 이름을 불렀다. 이 나라의 궁궐, 왕의 침실, 그리고 미쳐버린 왕. 명백한 죽음을 뜻했다.

"날 믿어줘, 윤아. 모든 걸 해결할 수 있다고 자부하지는 못해. 하지만 노력해 볼게."

'그런 얼굴을 하고서 날 쳐다보면 난 정말 아무 말도 하지 못하게 돼…….'

윤이는 조금씩 떨고 있던 연우를 바라보았다. 아무 대답도 할 수가 없었다. 알고 있었다. 윤이는 어쩔 수 없이 내일 밤 연우를 미쳐버린 왕에게 보낼 수밖에 없다는 것을. 윤이는 왈칵 쏟아지는 눈물을 흘리는 대신 연우를 끌어안았다.

단 하루였다. 윤이의 친구로, 아버지의 딸로, 또 여인 허연우로 살 수 있는 남은 시간이. 연우는 어젯밤 자신을 끌어안고 울던 윤이의 얼굴을 생각하니 마음이 찢어질 듯했다. 윤이는 자신에게 없어서는 안 될 소중한 친구였다. 평생을 친구로 가까이 지냈던 윤이와 멀어지는 기분이 들었다. 궐에 들어가서 윤이를 만날 수 있을까…… 연우는 문득 두려워졌다. 자신에게 얼마 남지 않은 시간이, 이제 더 이상 아무도 볼 수 없게 될까 두려워졌다.

"아씨, 괜찮으세요?"

"응, 괜찮아. 세월이 너한텐 항상 미안하다. 나 때문에 궐에 들어가게 되었잖아."

"전 아씨가 있는 곳이면 어디든 따라갔을 거예요. 제가 어떻게 아씨를 두고. 그런 표정 하지 마시어요."

괜찮다고 달래주는 듯 세월이는 연우의 곁으로 달려갔다. 세월이는 어릴 적부터 그랬다. 연우가 울려고 하면 먼저 달려가 위로해 주고 같이 울어주는 착한 아이였다. 그런 아이가 나로 인해 궁에 들어가야 한다니 연우는 미안해졌다. 이번에도 그런 연우의 생각을 먼저 알아채고 세월이는 연우의 마음을 위로하려 애썼다. 연우는 세월이를 보며 애써 웃으며 말했다.

"오늘 풍등 축제의 마지막 날이야. 얼른 풍등 날리러 가자. 세월아."

"그래요, 아씨. 가서 소원 빌고 와요."

어두워진 하늘을 보고 연우는 급하게 세월이의 손을 이끌었다.

"풍등 두 개만 주세요."

"예예. 소원 하나씩만 적고 날리쇼. 소원은 너무 많이 빌면 이루어지지 않는다 들었으니."

둘은 풍등을 하나씩 들고 사람이 없는 한적한 언덕에 올라섰다. 세월이는 풍등에 자신의 소원을 적기 시작했다.

"뭐라 적었어?"

"에이, 소원은 말하면 이루어지지 않는데요."

"나한테는 말해 줄 수 있잖아."

서운한 듯 입을 내밀며 투정을 부리던 연우를 보며 세월이는 웃었다. 오랜만에 보는 연우의 아이 같은 모습이었다. 서럽게 울던 연우의 아이 같은 웃음을 보니 마음이 놓였다.

"그럼 아씨 이거 비밀이에요. 사실, 아씨와 오래오래 살 수 있게 해 달라

빌었어요."

비밀인 듯 세월이는 연우의 귀에 속삭였다.

"고마워, 세월아."

"그러는 아씨는요?"

"응? 나? 나는 그냥…… 소원은 말해 주면 이루어지지 않는다며…… 나는 말하지 않을래."

그리고 연우는 도망치듯 언덕을 뛰어 내려갔다.

"아, 아씨. 그런 게 어디 있어요. 아씨, 넘어져요. 물어보지 않을 테니 뛰지 말아요."

두 사람의 머리 위로 2개의 풍등이 밤하늘을 밝히며 떠다녔다.

모두들 나로 인해 불행해지지 않도록 해주세요

날이 밝아왔다. 궁으로 들어가는 날이다. 세월이는 연우의 얼굴에 분을 바르고 머리를 빗어주었다. 연우는 곧 눈물이 날 것 같았다. 혹여나 분이 번지기라도 할까 연우는 차오르는 눈물을 삼켜내었다.

"아씨, 대감마님께 얼른 인사드리고 오셔요."

"응, 그럴게."

망설이듯 마당에서 이리저리 오가던 연우는 결심한 듯 아버지를 불렀다.

"아버지, 저 가요."

아버지는 연우를 말없이 안아주었다.

"이 아비는 네가 잘 할 거라 믿는다. 잘 해야 한다. 연우야."

"예, 아버지. 부디 무탈하세요."

연우는 오래도록 눈을 떼지 못하는 아버지의 모습을 뒤로한 채 가마에 올랐다. 한동안, 어쩌면 평생 보지 못할 아버지의 모습이었다. 연우의 눈에 맺혀 있던 눈물이 분으로 더욱 새하얘진 연우의 볼을 타고 흘러내렸다.

익숙한 듯 익숙하지 않은 궁이었다. 궁 안의 모든 사람들이 연우의 얼굴을 보지 않은 채 고개를 숙이고 있었다. 그들은 왕비로 들어오는 여인들의 얼굴을 보지 않으려 애썼다. 그 여인들의 아름답던 모습이 자꾸 생각난다고 했다. 궁에 들어온 그날은 아마 모든 여인들이 세상에서 가장 아름다운 모습을 하고 있었을 테니까. 연우는 삭막하고 쓸쓸한 궁의 모습에 오한이 들었다. 궁인들이 안내한 방에 들어와서도 추위는 가시지 않았다. 어디선가 날카로운 목소리가 들려왔다. 소리가 나는 쪽으로 고개를 돌렸던 연우는 곧 그 목소리의 주인이 이 나라의 미쳐버린 왕, 성준임을 깨닫고 고개를 숙였다.

"고개를 들어라."

성준의 낮은 목소리에 연우는 흠칫 몸을 떨었다. 머뭇거리던 연우는 조심스레 고개를 들어 성준과 마주했다. 성준은 차가운 눈을 하고서 연우를 보고 있었다. 온전히 그 눈빛을 받아내던 연우는 떨리는 손으로 자신의 비단 옷자락을 쥐었다. 매일 밤 여인들을 잔혹하게 죽여 온 나라를 두려움에 떨게 한 왕의 얼굴은 상상했던 것보다 가는 선을 가지고 있었다. 그럼에도 그의 차가운 눈빛은 심장이 얼어붙을 정도로 냉랭해 연우를 긴장하게 만들고 있었다.

"이름이 뭐지?"

성준의 물음에 연우는 고개를 숙이며 대답했다.

"허연우입니다."

"아, 네가 이판의 여식이군. 이판이 자기 딸을 궐에 보내다니."

"아버지께선 나라의 일꾼이고 폐하의 신하이십니다. 저 또한 그러하기에 궁에 들어오게 되었습니다. 아버지를, 가족을 사랑하니까요."

성준은 담담한 연우의 대답에 미간을 찌푸렸다.

"사랑? 그것이 사랑이라고? 이판이 널 궁으로 보낸 것은 네가 자신의 출셋길에 도움이라도 될까해서 보냈다는 것을 모르겠느냐."

"세상에는 사랑이 존재합니다, 폐하."

"……."

연우의 목소리는 떨리고 있었다.

"죽고 싶은가 보군."

그런 연우에게 화가 난 듯 성준은 낮은 목소리로 으르렁거렸다.

"그것이 제 운명이고 폐하가 원하는 것이라면 제가 어찌 두려워할까요."

차가운 눈빛으로 연우를 바라보던 성준은 이내 연우의 머리채를 잡았다. 고통에 연우는 얼굴을 찌푸렸다. 연우의 머리채를 잡아끌던 성준은 싸늘하게 식은 목소리로 속삭였다.

"네 명을 네가 단축하는구나. 수작 부려봤자 달라지는 건 없다."

던지듯 연우를 내팽개치고 성준은 방을 나갔다. 혼자 남은 연우는 크게 숨을 들이마셨다. 온몸에 힘이 빠지는 듯했다. 연우는 굳게 닫힌 문을 보며 머리를 짚었다. 잠시 쉴틈도 없이 궁인들은 연우를 데리고 어딘가로 향했다.

"어디로 가는 겁니까?"

"마마, 오늘 밤 폐하를 맞이하셔야 하지 않습니까. 몸을 바르게 하고 옷도 새로이 입어야 합니다. 그리고 마마, 이제는 저희에게 존칭을 쓰지 마세요."

"그래도…… 알겠네."

"예, 마마. 김상궁이라 부르십시오."

김상궁은 여러 궁인들을 이끌고 연우와 함께 욕실로 향했다. 세월은 그곳에서 왕비의 세식(洗拭)을 준비하고 있었다. 궁인들은 차례대로 욕실을 빠져나갔다. 연우는 속옷을 입은 후 함지박 안에 들어갔다.

"마마, 소녀 인사드리옵니다. 편히 있으셔도 됩니다."

익숙한 목소리에 뒤를 돌아보자 세월이가 그곳에 있었다.

"세월아……."

"많이 긴장하고 힘드셨지요?"

"아니다. 내가 들어오겠다 하지 않았느냐. 괜찮다."

자신을 걱정하는 듯한 세월이의 말에 눈시울이 붉어졌지만 금세 아무렇지 않은 척 연우는 웃었다.

성준의 방안,

윤이는 성준에게 물었다.

"폐하, 오늘 궐에 들어온 여인은 어떠십니까?"

"이판의 여식을 말하는 것이냐. 건방지더군. 그 계집도 똑같이 내일이면 죽을 것이다."

윤이는 성준의 앞에서 아무 말도 할 수 없는 자신이 화가 났다. 날이 선 성준의 목소리에 결국 윤이는 눈을 감았다.

"폐하께서 오셨습니다. 황후마마."

밖에서 들려오는 세월이의 목소리에 연우는 옷매무새를 다듬고 고개를 숙였다. 문이 열리는 소리에 연우는 떨리는 목소리로 말했다.

"오셨습니까, 폐하."

연우는 자신을 내려다보고 있는 성준의 눈빛에 고개를 들 수 없었다. 연우는 꼭 해야 할 말이 있었다. 지금이 아니면 절대 하지 못할 이야기. 그 이야기를 해야만 했다.

"폐하, 드리고 싶은 이야기가 하나 있습니다. 오늘이 아니면 하지 못하고 묻힐 이야기라 오늘밤 폐하께 꼭 들려드리고 싶습니다."

"살고 싶어 발악을 하는구나."

싸늘한 성준의 말에 연우는 눈을 질끈 감았다. 오늘이 아니면 안 된다. 꼭 해야 했다. 연우는 성준을 올려다보며 말했다.

"폐하, 저는 아직도 기억이 생생합니다. 떠나신 왕비님에 대한 이야기를요."

연우의 떨리는 목소리에 성준이 발걸음을 멈추었다. 연우는 고요히 흐르던 긴장감으로 고개를 더 숙이며 말을 꺼냈다.

"왕비님께선 좋은 분이셨습니다. 소중한 것을 지키려 한 용기 있고 강인한 분이셨습니다. 허락해 주신다면 왕비님의 이야기를 들려 드리겠습니다. 폐하."

"그딴 이야기 듣고 싶지 않다. 고작 그 이야기로 내가 널 살려둘 거라 생각했느냐?"

"…… 폐하."

성준은 이내 방을 나가 버렸다. 연우는 차갑게 식어버린 방안에서 결국 눈물을 보였다. 어쩌면 마지막일지도 모르는 밤, 연우는 잠이 들 수도 마음껏 울 수도 없었다. 며칠 전 자신에게 궐에 들어오지 말라고 소리치던 윤이의 얼굴이 떠올랐다. 윤이가 보고 싶었다. 아프고 울 때마다 먼저 달려와 일으켜 주고 달래주던 윤이가 보고 싶었다.

"윤이야……."

그렇게 밤이 늦도록 연우는 가만히 울고 있었다. 방 밖이 분주해진 듯했다. 그러다 갑자기 열리는 문소리에 연우는 문 쪽을 바라보았다. 그곳에는 성준이 있었다. 비틀거리며 걸어온 성준은 눈앞에 보이는 연우의 목을 움켜 잡았다. 숨이 쉬어지지 않았다. 고통으로 연우는 몸부림쳤다. 그 와중에 또렷이 보이는 성준의 눈은 화가 난 듯 매서웠다.

"네가 감히 어느 안전이라고 떠들어대. 지금 당장 널 죽일 수도 있고 너의 마을 입구에 네 머리를 매달아줄 수도 있다."

"폐……하……."

힘겨워하는 연우를 보며 성준은 손에 주었던 힘을 풀었다.

"들어 주지. 이야기를 해보아라. 그 이야기를 듣고 너를 어찌 할지 결정하겠다."

연우는 거칠게 숨을 몰아쉬며 성준을 바라보았다. 여전히 화가 난 얼굴이었지만 눈빛만큼은 흔들리고 있었다. 그런 성준의 얼굴을 보던 연우는 결심한 듯 이야기를 꺼내기 시작했다.

연우는 아침부터 세월이의 손에 이끌려 장에 나오게 되었다. 일주일 만에 서는 장이랬나. 연우는 신나 보이는 세월이를 보며 살며시 웃음을 지었다. 결국 밤까지 장에서 시간을 보내게 된 둘은 집으로 가는 발걸음을 바삐 했다.

"연우야!"

자신을 부르는 목소리에 연우는 뒤를 보았다. 윤이였다. 연우는 윤이를 보고 반가운 마음에 윤이를 향해 달려갔다.

"윤이야, 여긴 어쩐 일이야?"

"오늘 장에 갔다 왔다며?"

"응, 재밌었어. 신기한 물건도 많았거든. 그런데 여긴 어쩐 일이야?"

연우의 물음에 윤이는 말없이 나비가 달린 머리끈을 꺼내들었다.

"지나가던 길에 네 생각이 나서……."

"정말 예쁘다. 고마워. 당장 하고 다녀야겠다."

좋아하는 연우의 모습에 윤이는 기뻤다.

"내일 우리 궐에서 열리는 행사에 가보지 않을래?"

"음. 장치기 말이야?"

"응. 아마 사람이 많이 모일 거야. 구경하러 가자."

윤이의 말에 연우는 고개를 끄덕였다. 장치기는 궐에서 주관하는 경기로, 무신들이 공을 치며 겨루는 경기였다. 연우가 끄덕이자 윤이는 미소를 지었다.

"자, 다들 돈부터 거시지오. 어느 팀이 이길 것 같소?"

이른 아침부터 시장엔 많은 사람들이 가득차 있었다. 윤이는 신기해하는 연우의 손을 잡고 그런 사람들을 지나쳐 경기장으로 걸어갔다. 경기장에도 많은 사람들이 앉아 있었다. 궐에서 여는 행사라 많은 관심이 쏠아질 만도 했다.

"연우야, 잠깐만 여기 있을래? 내가 금방 가서 자리 맡아놓을게."

발 디딜 틈도 없이 많은 사람들 때문에 윤이는 연우에게 자신이 자리를 맡아놓겠다고 하였다.

"응. 여기 있을게."

연우는 윤이의 말을 듣고 대답했다.

"아니되옵니다. 이 복장으로 나가시면 안 됩니다. 어찌 한 나라의 왕이 이런 차림으로 궐 밖을 돌아다닌답니까?"

"쉿! 조용하거라. 매년 보던 행사 꼭 봐야겠느냐. 매년 홍팀이 이겨오던 것이니 이번에도 홍팀이 이기지 않겠느냐. 뻔한 결과다. 그러니 넌 그냥 나만 따라오거라. 장이나 구경해 보자꾸나."

성준은 선비인 양 갓을 쓰고 두루마기를 입었다. 자신의 차림에 만족한 듯 성준은 웃음을 지었다. 호위를 맡은 백호는 예전부터 성준에게 잔소리가 많았더랬다. 성준은 그런 백호에게 어깨동무를 하며 능글맞게 웃어보였다. 그런 성준의 모습을 보고 백호는 고개를 절레절레 흔들었다. 절대 막지 못할 고집이었다. 성준은 그러다 백호가 잠시 한눈을 판 사이 도망치기 시작했다. 백호가 있으면 마음껏 장을 돌아보지 못해서였다. 성준은 백호에게 잡힐 새라 옆에 보이는 작은 골목으로 들어가 백호를 따돌렸다. 잠시 숨을 고른 뒤 성준은 아무렇지 않은 얼굴로 골목을 빠져나왔다.

"드디어 마음껏 돌아다닐 수 있게 되었네."

성준은 갓을 고쳐 쓰며 길을 걸었다. 물건을 다 팔아서 행복해 보이는 주인, 생각보다 비싼 가격에 울상 짓는 손님들의 표정을 구경하며 길을 걷던 성준은 한 여인의 비명소리에 멈춰 섰다. 자신의 바로 뒤에서 난 소리였다. 뒤를 봤더니 자신의 옷자락과 한 여인의 비녀가 엉켜 있었다. 급하게 자신의 옷자락을 빼낸 성준은 그 여인에게 사과하기 위해 다가갔다.

"죄송하오. 머리가 풀어진 것 같은데 괜찮소?"

성준은 연우의 풀어진 머리를 보고 사과했다. 연우는 눈 깜짝할 새 일어난 일에 당황한 듯 놀란 표정을 지으며 고개를 들었다. 성준은 고개를 든 연우와 눈이 마주쳤다. 순간 숨이 막혀왔다. 장안에서 한 번도 보지 못한 미인이었다. 연우는 자신을 뚫어져라 쳐다보는 성준이 민망해서 고개를 살짝 돌렸다.

"이름이 무엇이오?"

"네?"

"낭자의 이름이 무엇이오?"

성준은 연우에게 이름을 물었다. 뜬금없이 이름을 묻다니 참 이상한 사람이다. 그때 성준은 연우의 뒤에서 자신을 발견하고 뛰어오는 백호를 발견했다.

"아이씨, 걸음이 왜 저렇게 빠른 거야?"

성준은 백호가 달려오는 반대쪽으로 몸을 틀어 달리기 시작했다. 좀 전과 다른 점은 연우의 손목을 잡고 달린다는 점. 성준은 연우의 손목을 잡고 길게 늘어진 시장길을 달리기 시작했다.

"저기요? 이게 뭐하는 짓입니까?"

당황한 듯 묻는 연우의 물음에 답할 새도 없이 성준은 달렸다. 그러다 비단 파는 곳을 발견하고는 들어가 몸을 숨겼다.

"잠시만, 여기 있어야겠소."

백호가 비단 가게를 그냥 지나쳐 달리는 것을 본 성준은 숨을 내쉬며 연우를 바라보았다. 연우는 성준의 손을 뿌리치고 말했다.

"무례한 짓입니다. 갑자기 이게 무슨……."

"오늘 일은 미안합니다. 내가 급히 돌아가야 하니…… 낭자의 이름이 궁금하오. 아, 내 이름은 성준이오. 백성준."

연우는 고민하다 성준의 얼굴을 보더니 입을 열었다.

"허…… 연우입니다."

"허연우…… 아주 예쁜 이름이군요. 내 꼭 낭자를 다시 보러 오겠소."

해사하게 웃는 성준을 마주 보지 못해 연우는 고개를 숙였다. 연우는 자신을 보러 오겠다고 말하는 성준을 보며 의아한 표정을 지었다. 성준이 떠나고서야 윤이 생각이 났다.

"아! 윤이가 기다릴 텐데."

연우는 급하게 윤이가 기다리라고 한 곳으로 달려갔다. 한편 윤이는 사라진 연우 때문에 심장이 쿵 떨어지는 듯했다. 다급히 연우를 찾기 시작했다.

"연우야! 연우야!"

윤이는 멀리서 달려오는 연우를 발견하고 나서야 숨을 돌릴 수 있었다. 윤이는 미안해하는 연우를 다짜고짜 품에 안았다.

"네가 없어서 너무 놀랐어. 사라진 줄 알았어. 어디에 갔던 거야?"

윤이의 물음에 연우는 아까 만났던 이상한 사내가 떠올랐다. 하지만 급히 고개를 저으며 윤이에게 말했다.

"그냥 신기한 게 많아서 이리저리 둘러봤어. 미안해, 윤이야."

윤이는 연우를 품에서 놓고 손을 잡았다.

"좋은 자리를 맡아놨어. 아마 경기가 잘 보일 거야."

윤이는 연우의 손을 잡고 앞장서 걸었다. 맡아놓은 자리에 도착해 둘은 자리에 앉았다. 경기가 막 시작하는 참이었다.

"올해 경기도 홍팀이 우승을 가져갔네."

"그러게. 올해는 홍팀을 꺾을 수 있을 거라고 생각했는데……."

신이 난 듯 재잘거리는 연우에게 윤이는 웃으며 말했다.

"다 왔다. 얼른 들어가 봐."

집 앞까지 데려다준 윤이는 아쉬운 듯 연우의 손을 매만지며 말했다.

"응, 들어갈게. 너도 얼른 가봐. 곧 어두워지겠다."

연우는 집 안으로 들어서며 윤이에게 말했다. 윤이는 연우가 대문 안으로 들어가자 뒤를 돌아 걷기 시작했다. 날씨도, 연우도 모든 것이 불안할 만큼 완벽했다. 윤이는 해가 지고 있는 붉은 하늘을 바라보며 불현듯 불안한 기분이 들었다. 아무것도 아니겠지, 안심한 것이 문제였을까…… 한치 앞도 모르는 것이 사람의 인생이다.

"아씨, 얼른 일어나보셔요. 아씨."

자신을 흔드는 손길에 연우는 힘겹게 눈을 떴다.

"무슨 일이야? 무슨 일인데 이렇게 급하게……."

"궁에서 사람이 오셨어요. 황제 폐하께서……. 얼른 일어나셔요, 아씨."

황제 폐하라는 세월이의 말에 연우는 급하게 자리에서 일어났다. 자신에게 옷을 입히고 얼굴에 분을 칠해주는 세월이를 보며 연우는 어안이 벙벙해졌다. 방문을 나선 연우는 고개를 숙이고 있는 아버지의 곁에 섰다.

"낭자, 오랜만이요. 꼭 다시 보고 싶었소, 낭자."

익숙한 목소리에 연우는 고개를 들었다.

"당신은…… 그때……. 송구하옵니다. 제가 저번에 큰 무례를……."

장에서 본 남자였다. 그때 본 이상한 사내가 황제 폐하였다니 연우는 얼른 고개를 숙이며 자신의 무례를 사과했다. 성준은 호탕하게 웃으며 대답했다.

"하하, 아니다. 그리 고개 숙일 필요 없다. 내가 찾아오겠다하지 않았느냐. 낭자, 나의 비(妃)가 되어주지 않겠소?"

마을 사람들이 모여 수군대는 모습이 보였다. 아침부터 사람들이 모여 있었다. 윤이는 그런 사람들을 지나 연우의 집 앞으로 갔다. 연우의 집 앞에 칼을 찬 군사들이 여럿 보였다. 불안해지는 마음에 얼른 연우의 집 대문을 넘어서자 하인들이 한 사내 앞에 고개를 숙이고 있었다. 윤이는 금세 그 사람이 이 나라의 황제임을 알아챘다. 황룡포였다. 이 나라에서 유일하게 그 옷을 입을 수 있는 사람은 오직 황제뿐이었다.

"나의 비가 되어줄 수 있겠나?"

그 말에 놀란 연우가 보였다. 곧 그런 연우와 눈이 마주쳤다. 하지만 윤이는 고개를 숙일 수밖에 없었다.

집안의 경사였다. 며칠간 명절에도 모이지 않던 모든 친척들이 모였다. 모두들 연우에게 축하의 인사를 건넸다. 연우는 황제가 자신을 찾아왔을 때 마주친 윤이의 눈빛을 잊을 수 없었다. 당장 만나야 했다. 연우는 빠르게 걸음을 옮겼다. 마을 입구 큰 나무 밑 정자에 윤이가 있었다.

"윤이야……."

"연우야, 축하해. 궐에 들어가게 된 걸 축하해."

자신을 부르는 목소리를 듣고서 윤이가 연우에게 건넨 말이었다. 연우는 윤이의 말에 아무 대답도 할 수 없었다. 심장이 쿵 떨어지는 듯했다.

"그게 무슨 소리야? 그게 네가 하고 싶은 말이야?"

연우의 목소리는 떨리고 있었다. 아무런 대답도 하지 않는 윤이를 보며 연우가 울기 시작했다.

"행복하지 않을 거야. 그곳엔 네가 없잖아. 그런데 내가 어떻게 그곳에서 지내?"

연우는 흐르는 눈물에 고개를 떨구었다. 연우의 눈물에 윤이는 가슴이 아파왔다. 연우를 안으려 뻗은 손은 결국 연우에게 닿기도 전에 떨어졌다.

'좋아해. 연우아, 널 좋아해.'

해서는 안 될 말이었다. 결국 연우를 안아주지 못한 윤이는 돌아갈 수밖에 없었다.

"그 아이는 결국 궐로 들어가게 되었습니다."

이야기를 듣던 성준의 눈동자는 방 안의 촛불처럼 떨리고 있었다.

"폐하, 피곤해 보이십니다. 이야기를 그만할까요?"

성준은 아무 말 없이 연우를 바라보았다.

"계속해."

낮은 성준의 목소리에 연우는 이야기를 계속했다.

"네, 폐하."

　드디어 날이 밝았다. 혼인식을 치르는 날이다. 온 나라의 백성들은 황제의 결혼으로 떠들썩했다. 모두가 행복한 날이었다. 아니 행복해야 했다. 하지만 연우는 오늘 하루 한 번도 웃음을 보인 적이 없었다. 자신의 몸에 얹히는 무거운 혼례복과 장신구들에도 연우는 아무런 표정이 없었다. 혼례가 시작되었다. 연우는 큰 궁중 음악에 눈살을 찌푸렸다. 저 멀리에 있는 윤이를 보며 연우는 혹여나 눈물이라도 날까 입술을 깨물었다. 결국 황제의 이끌림에 혼례식을 정신없이 마무리지었다. 식을 마친 뒤 성준과 연우는 단 둘이 방에 남게 되었다.

"부인 오늘따라 왜 이렇게 웃질 않소?"

　연우의 얼굴을 바라보며 성준은 물었다.

"혹, 마음에 들지 않는 거라도 있는 거요?"

　걱정스레 묻는 성준에 연우는 당황하며 고개를 저었다.

"그런 게 아니라면 다행이요. 부인, 내가 부인을 이 세상에서 가장 행복한 사람으로 만들어주겠소."

　성준의 얼굴 위로 연우는 자신을 행복하게 해주는 것이 소원이라며 웃던 윤이의 얼굴이 겹쳐 결국 눈물을 흘렸다. 자신의 말에 감동을 받아 운다고 생각한 성준은 연우를 품에 안았다. 연우는 마음속에 있는 그 사람의 이름을 결국 입 밖에 꺼낼 수 없었다.

　황제가 혼인한 지 어느덧 5년이 흘렀다. 그 사이 연우와 성준은 나이가 들었고 둘 사이에 아들이 태어났다. 연우를 닮아 피부가 희고 성준을 닮아 눈이 예뻤다.

"어마마마, 오늘은 한 나라의 임금과 신하가 서로 간에 지켜야 할 도리에 대해 배웠습니다."

어린 아이답지 않은 말이었다. 부모를 닮아 총명한 아이였다. 아들을 바라보며 연우는 웃었다.

"그러느냐. 그래서 지켜야 할 것이 무엇이더냐?"

"임금은 백성과 나라를 사랑해야 합니다. 그래야 좋은 나라를 이룰 수 있습니다."

연우는 또랑또랑한 목소리로 대답하는 아들을 품에 안았다.

"폐하께서 오셨습니다, 마마."

문 밖에서 들려오는 목소리에 연우는 아들을 놓고 급히 자리에서 일어섰다. 문이 열리고 성준이 들어섰다.

"아바마마!"

아이는 성준에게 달려가 안겼다.

"부인, 오래도록 날 찾아오지 않아 내가 직접 오게 되었소. 얼굴을 잊어버리겠소."

짓궂게 말하는 성준의 목소리에 연우는 미안한 표정을 지었다. 연우가 미안한 표정을 짓자 성준은 그런 연우를 이끌고 방을 나섰다. 세 사람이 도착한 곳은 동궁전 뒤편의 정원이었다. 꽃을 좋아하는 연우를 위해 몇 해 전 성준이 만든 곳이었다. 이곳은 궐에서 숨 막히듯 사는 연우가 유일하게 숨 쉴 수 있는 공간이기도 했다. 시간이 지나면 다 잊을 수 있을 거라 생각했는데. 마음 한편에 너무 아픈 그 얼굴이 떠올랐다. 그런 연우를 보며 성준이 연우의 어깨를 감싸 안았다.

"무슨 생각을 그리 깊이 하오?"

갑작스러운 말에 연우는 놀란 얼굴을 했다.

"아닙니다. 꽃이 예뻐서……."

그저 꽃이 예뻐서라는 대답밖에 할 수가 없었다.

"마마, 서찰이 왔습니다. 마마께 직접 전하라는 말밖에 남기지 않아서……."

황제가 아닌 연우에게 직접 온 서찰은 이제껏 없었다. 연우는 서찰을 전해 받았다. 끈으로 묶여 있는 서찰을 본 연우의 눈동자는 떨려왔다. 어릴 적 윤이가 자신에게 준 머리끈이었다. 나비가 달린 머리끈. 서찰을 쥔 손이 떨려왔다. 떨리는 손으로 연우는 서찰을 펼쳤다.

– 내일 해시에 궁 북쪽 문. 나와 함께 가자 연우야. –

서찰 속 글을 읽은 연우는 누가 볼세라 급히 서찰을 숨겼다. 손이 덜덜 떨려왔다. 벌써 5년도 넘게 지난 세월이었다. 긴 시간 동안 단 하루도 잊지 못한 그 아이가 생각나 결국 참고 있던 눈물이 흘러넘쳤다. 궁엔 평생 사랑받지 못하고 사랑을 주기만 한 황제와 그 아들이 있었다. 비록 황제를 사랑하지 않아도 자신의 아들만은 사랑했는데…… 연우는 머릿속이 복잡해졌다.
"어마마마, 안에 계십니까?"
문 밖에서 들려오는 아들의 목소리에 연우는 급히 눈물을 닦고 자리를 정돈했다.
"들어오거라."
"어마마마, 소자 인사드리옵니다."
"그래 이리 와 앉거라."
어느새 훌쩍 커버린 아들은 아버지의 날렵한 눈매를 빼닮아 있었다.
"아들아, 이 어미가 너한테 미안한 것이 너무 많구나."
"어마마마……."
"널 많이 안아주지 못해 미안하다. 이 어미가 널 많이 사랑했다는 것만은 알아주렴."
아들을 안으며 연우는 말했다. 서찰을 읽은 순간부터 결심했을지도 모른다. 연우는 결국 윤이의 손을 잡고 이 땅을 떠나기로 결심했다.

– 12일 해시 –

궐 안 모두가 조용히 잠에 든 시간, 연우는 방에서 빠져나왔다. 연우는 자신이 평생 마음 편히 숨 쉬지 못한 곳, 사랑하지 않은 황제, 그 모든 것을 내려놓겠다고 마음먹었다. 문을 향해 걷는데 뒤에서 소리가 들려왔다.

"어마마마, 어딜 그리 급히 가십니까?"

잠이 덜 깬 아들의 목소리였다.

"내 발걸음 소리에 깬 것이냐? 얼른 들어가거라. 산책을 갔다 오려고 한다."

아무렇지 않은 척 아들을 돌려 보내고 연우는 뛰기 시작했다. 처음이자 마지막 기회라고 생각했다. 이번에 궐을 나가지 않으면 절대 나가지 못할 것 같은 느낌이 들었다. 어느새 도착한 연우는 주위를 둘러보았다.

"연우야!"

그 아이의 목소리였다. 긴 시간에도 변하지 않은 그 목소리. 윤이의 목소리였다. 연우는 윤이를 향해 달려가 안겼다.

"윤이야, 보고 싶었어."

윤이는 옛날 그때와 같이 연우에게 웃어주었다.

"얼른 가자 연우야."

어두운 밤하늘을 밝혀주는 달빛 속으로 두 사람의 모습이 점점 사라졌다.

"이야기는 이렇게 끝이 납니다."

조용한 방안 연우의 목소리가 고요히 울려 퍼졌다.

"남은 왕과 그 아들은 어떻게 됐지?"

연우는 자신의 눈을 피하지 않는 성준의 눈을 외면했다.

"남은 왕은 일찍 생을 마감하고 그의 아들이 왕의 자리에 올랐습니다, 폐하."

성준은 아무 말도 않은 채 연우를 쳐다보았다. 성준의 눈빛엔 살기가 가득했다. 숨이 막힐 정도로 고요했다. 성준은 방을 나서려는 듯 자리에서 일어나 걸음을 옮겼다. 그런 성준의 행동에 연우는 가만히 있을 수밖에 없었다. 성준이 방을 나서고 문이 닫히자 연우는 온몸에 힘이 풀린 듯 주저앉았다.

성준이 연우의 침실을 나서자 그 앞에 대기하고 있던 윤이는 성준 뒤에 따라붙었다.

"폐하, 저 여인은…… 어떻게 되는 것입니까?"

성준의 발걸음이 멈추었다.

"그냥 두어라."

윤이는 안도의 한숨을 내쉬었다. 연우가 남아 있을 침실을 잠시 돌아보고는 앞서가는 성준의 뒤를 급히 따라갔다.

일어난 것도 앉은 것도 아닌 어정쩡한 자세로 몸에 힘이 풀려 한걸음도 움직일 수 없던 연우는 갑자기 열리는 문에 고개를 들었다. 윤이가 서 있었다.

"윤……이야."

떨리는 목소리로 자신의 이름을 부르는 연우를 보고 윤이는 말했다.

"방을 옮기셔야 합니다."

어색해진 윤이의 말투에 연우는 고개를 떨구었다. 자신을 데리고 나선 윤이를 따라 도착한 곳은 전보다 더 넓은 침실이었다.

"여기서 주무시면 됩니다, 마마."

저와 같은 눈으로 연우를 쳐다보는 윤이 때문에 연우는 울적해졌다. 연우는 아무도 없는 침실 안에서 결국 눈물을 흘렸다. 한참을 서럽게 울던 연우는 눈물이 멎어들자 마음을 다잡았다. 자신이 들어오겠다고 한 궐이었다. 언제까지 눈물만 흘릴 수 없는 노릇이었다. 연우는 마음을 강하게 먹기로 다짐했다. 그렇게 며칠이 흘렀다.

"연우는 만났어?"

윤이는 궁금한 듯 묻는 대식의 물음에 그저 고개를 끄덕일 뿐이었다.

"이제 어떻게 할 거냐? 연우를 그곳에 그냥 둘 거야?"

계속되는 대식의 물음에 윤이는 고민하다 입을 열었다.

"청(靑)국에서 사신들이 들어오는 날이 있어. 아마 그때 궐 안에 사람이 많이 몰려들 거야. 그때 연우를 빼오는 수밖에 없어. 대식아, 사람을 좀 모아줘. 도움이 필요해."

"사람을 모아줄 수는 있어. 하지만 각오해야 할 거야. 이 일은 반역이니까."

애절한 눈빛으로 말하는 윤이에게 대식은 경고했다. 알고 있었다. 황제의 최측근인 자신이 반역을 저지르다가 들키게 된다면 연우는 물론 자신의 목숨까지 위험해질 것이라는 생각이 들었다. 그만큼 신중해야 할 일이었다. 윤이는 며칠 뒤 있을 행사까지 모든 준비를 마쳐야 했다.

궐에 들어온 지 나흘째 되는 날 밤이었다. 연우는 창밖의 야경을 쳐다보았다. 궐 밖의 사람들은 어둠이 내려앉은 밤임에도 불구하고 여전히 바쁘게 움직이고 있었다. 궐 밖의 사람들이 웃고 떠드는 소리가 들려오자 연우는 문득 어릴 적 윤이와 놀던 생각이 나 가슴이 미어졌다. 그 순간 쾅, 하는 소리와 함께 침실 문이 열렸다. 그 소리에 놀란 연우가 급히 자리에서 일어나자 자신을 노려보고 있는 성준이 보였다.

"폐하."

성준의 얼굴을 확인한 연우는 고개를 숙였다. 그런 연우에게 성준은 비틀거리며 다가왔다. 코끝을 찌르는 술 냄새에 연우는 인상을 찌푸렸다. 성준은 다가와 앉았다.

"며칠간 잠에 든 적이 없어."

"……."

자신을 노려보며 말하는 성준과 달리 연우는 고개를 숙인 채 가만히 있을 수밖에 없었다.

"이야기를 해보아라."

갑작스러운 성준의 요구에 연우는 고개를 들어 성준을 쳐다보았다. 성준은 여전히 연우를 차가운 눈빛으로 쳐다보고 있었다. 눈을 길게 감았다 뜬 연우는 목소리를 가다듬고 입을 열었다.

"폐하께선 사랑이 존재하지 않는다고 하셨지요?"

"……."

"사랑은 분명 있습니다. 비록 시련이 있을 지라도요."

가야금 소리와 함께 여자들의 웃음소리가 들려왔다. 윤이는 천박한 여인들의 소리에 눈살을 찌푸렸다. 그저 담배를 입에 물 뿐이었다. 벌써 찬바람이 소매 안으로 들어와 몸이 시렸다.

"두꺼운 외투가 필요하겠군."

윤이의 말은 쌀쌀해진 늦가을 바람에 실려 퍼져갔다. 담배가 다 타자 윤이는 바닥에 던져 불을 끈 뒤 몸을 돌려 긴 복도를 걸었다. 긴 복도를 진동하는 여자들의 화장품 냄새에 윤이는 한숨을 쉬었다.

"하야시 총경, 어서 오시게. 얼른 술 한 잔 받으시오."

넓은 탁자에 술잔이 이리저리 늘어져 있었다. 시종에게 새로운 잔을 받은 윤이는 자신을 부른 남자에게 술을 받았다. 얼마 전 독립군 근거지 소탕작전에서 의열단의 핵심인물 김재명을 생포한 윤이를 위한 자리였다. 술잔을 넘기던 윤이는 자신의 몸에 닿아오는 이질적인 손길에 미간을 찌푸리며 고개를 돌렸다. 아까부터 자신에게 관심을 보이던 여자였다. 윤이는 그 여자의 손을 거칠게 떼어냈다. 여자의 비명소리에 가야금 연주는 물론 방안에 있던 사람들의 말소리가 끊겼다. 자신을 쳐다보는 시선에 윤이는 말을 꺼냈다.

"오늘 이 자리는 저를 축하하는 자리가 아닙니다. 앞으로 있을 우리의 계획과 국제 정세 변화에 따른 일본의 향후를 따져야 하는 자리여야 할 텐데요."

단호한 윤이의 말에 디근자 테이블 앞에 앉아 있던 제독들은 눈치를 보며 흐트러진 제복을 다듬었다. 그런 모습을 보며 윤이가 시종에게 눈치를 주자 시종은 급히 방안의 여자들을 내보낸 후 자신도 나갔다. 윤이는 제독들을 바라보며 말을 이어 나갔다.

"의열단 대장과 쥐새끼들 같은 단원들은 아직도 경성에 판을 치고 있습니다. 또한 어디서 우리 뒤통수를 때릴지도 모릅니다."

"김재명을 고문하다보면 무슨 정보라도 나오지 않겠습니까?"

당연하다는 듯 대답하는 타케오 제독에게 윤이는 말했다.

"경상도에서 의열단을 지휘하던 김재명이 그렇게 쉽게 입을 열겠소?"

윤이의 목소리는 바깥의 찬바람을 잊게 할 정도로 가라앉았다. 날카로운 눈빛으로 그들을 바라보며 말했다.

"의열단원들이 12일 오후 4시 경성역으로 폭탄을 들여온다는 첩보가 들어왔습니다. 그때 무조건 덜미를 잡아야 합니다. 경성으로 오는 열차에서 기다리다 체포합시다. 이번에 이휘영 그가 직접 움직인다고 하니……."

의열단 대장, 이휘영의 이름을 듣자 제독들은 몸을 움찔했다. 경성으로 향하는 열차 안에서 모든 것을 끝내야 했다.

조선인 총경. 그것이 윤이를 부르는 또 다른 이름이었다. 조선인이라는 사실 때문에 윤이는 항상 은연중에 무시당하고 있었다. 그런 윤이가 천황의 신임을 받자 많은 이들은 시기했다. 윤이는 늘 실력으로 인정받고자 했다. 남들의 시기와 질투가 오히려 윤이를 더 독하게 만들었다. 집으로 가는 차 안, 윤이는 생각에 빠졌다. 머리 아픈 모임이었다. 윤이는 괜스레 심해지는 두통에 결국 눈을 감고 머리를 대었다.

"오셨어요?"

연우는 윤이의 외투를 받으며 웃었다. 윤이는 연우의 품에 기댔다. 갑자기 느껴지는 무게에 연우는 잠시 휘청했지만 바로 다시 균형을 잡았다.

"잠시만, 잠시만 이러고 있자, 카즈하."

연우는 윤이에게 품을 내어준 채 가만히 서 있을 뿐이었다.

"웬일로 집에 있어?"

"그냥 왠지 오늘은 와야 할 것 같은 기분이 들어서……."

수줍은 듯 고개를 숙이며 말하는 연우를 보며 윤이는 기분 좋게 웃었다. 윤이는 연우를 살며시 떼어내며 물었다.

"식사는?"

"먹었어요. 잠시 얼굴 보려고 온 터라 금방 가봐야 해요."

다시 가봐야 한다는 연우의 말에 윤이는 아쉬운 듯 연우의 어깨에서 손을 내리지 않았다.

"잡아두려고 해도 그 표정을 보니 그냥 두어야겠네. 그런 표정으로 날 쳐다보면 내가 어쩔 수 없잖아."

윤이의 말에 연우는 민망한 듯 웃었다.

"미안해요. 다음에, 다음에 봬요."

연우는 입고 있던 유카타를 여미며 갈 준비를 하였다. 현관 앞까지 윤이는 연우와 함께 나갔다. 연우는 윤이에게 인사를 한 뒤 긴 정원을 걸어 나왔다. 숨이 막혔다. 연우는 유카타를 얼른 벗고 싶을 뿐이다. 자신에게 일본 옷이란 수치였고 상처였다. 화려한 정원에 눈길 하나 주지 않고 연우는 앞만 바라보았다.

개화 거리의 안쪽, 서민들이 많이 찾는 주점과 상점들이 즐비한 골목에 연우의 집이 있다. 작은 주점의 2층이었다. 작은 일본식 방이었다. 총경의 집에 비하면 턱도 없이 작은 집이었다. 연우는 1층 주점으로 들어섰다.

"왔나?"

"응."

주점에 들어서는 연우에게 한 남자가 인사를 했다. 그러자 뒤에 있던 사람들도 연우를 보며 한마디씩 거들었다.

"늦었네. 오늘은 하야시 그놈, 어땠어?"

"그냥. 보통 때랑 비슷했어. 그나저나 이번에 경성으로 오는 열차에 대장님이 폭탄을 들고 직접 오신다고 하는 게 사실이야?"

"어. 그렇다더라. 이번엔 성공해야지. 무조건."

처음 연우에게 말을 걸었던 남자는 주먹을 꽉 쥐면서 말을 이었다. 남자의 말에 테이블에 앉아 있던 사람들이 모두 고개를 끄덕였다.

집으로 들어온 연우는 이불 위에 풀썩 쓰러지듯 누웠다. 창문 틈으로 들어오는 달빛에 연우는 두 손을 마주 잡고 눈을 감았다. 며칠 뒤 대장이 경성으로 무사히 폭약을 들여오길 바랄 뿐이었다.

이른 아침 햇살에 연우는 눈을 떴다. 연우는 자리에서 일어나 서둘러 이불을 개고 나갈 준비를 했다. 오늘은 의열단 단원들과 약속이 있다. 집에서 나온 연우는 좁은 골목을 걸어 나왔다. 경성 시내에 있는 큰 호텔 뒤편 작은 건물이었다. 연우는 아무도 관심을 주지 않는 그 건물로 들어섰다. 건물 안에는 이미 많은 사람들이 모여 있었다. 연우를 보며 제일 앞에 선 남자가 눈짓으로 신호를 보냈다. 연우는 서둘러 자리에 앉았다.

"우리는 내일 모레 경성역으로 무기와 폭약을 들여올 것입니다. 이번에는 대장님이 직접 움직인다고 하십니다. 경성으로 폭약이 무사히 들어오게 된다면 그때부터 우리의 계획이 시작되는 겁니다. 그 폭약이 들어오면 일본의 타쿠시노 총독과 타키코 총독을 사살하는데 큰 도움이 될 것입니다. 우리 모두 힘을 합쳐 성공합시다."

남자의 말을 끝으로 의열단원들은 대한 독립 만세를 외쳤다. 혹여나 밖으로 새어 나갈까 크게 소리치지는 못했지만 모두들 표정은 굳건했다. 그 뒤로도 단원들은 그날의 계획과 폭약을 들키지 않고 들여올 수 있는 방법에 대해 협의했다. 의열단원들과의 모임을 마친 뒤 연우는 지나가는 인력거에 올라탔다. 윤이의 집으로 향하는 길이다. 연우는 금세 도착해 인력거에서 내렸다. 인력거꾼에게 돈을 준 연우는 큰 대문 앞에 섰다.

"누구세요?"

초인종을 누르자 윤이의 집 시종이 물었다.

"카즈하입니다."

짧게 대답한 연우는 문을 넘어 긴 정원을 걸었다. 끔찍한 정원이었다. 조선인들에게 빼앗은 돈으로 꾸민 정원이고 저택이었다. 연우는 저 멀리서 자신을 향해 걸어오는 윤이의 모습을 보면서 찌푸린 미간을 급히 폈다.

"연락도 하지 않고……. 그래도 네가 오니 반갑구나."

윤이는 연우의 손을 잡고 집 안으로 이끌었다. 부엌 쪽으로 향하는 윤이를 뒤따라가니 탁자 앞에 한 남자가 앉아 있었다. 처음 보는 사내였다. 연우가 궁금해하자 윤이가 사내를 소개했다.

"이 아이는 토오카 군이야. 일본 순경들의 대련을 상대해 주는 역할을 하지."

아, 얼마 전 윤이가 방 안에서 통화하는 소리를 들었던 것 같았다. 일본 순경들의 연습 상대가 되어 주는 조선인들이 있다고. 연우는 윤이의 말에 그 남자에게 먼저 말을 건넸다.

"카즈하예요. 반가워요."

연우가 건넨 말에 남자는 어색하게 대답했다.

"반갑습니다."

남자의 손과 얼굴에 상처가 많이 있는 것을 발견한 연우는 남자를 향해 말했다.

"어머, 얼굴에 상처가…… 얼른 치료해야겠어요."

치료해야겠다는 말과 함께 연우는 남자의 손을 이끌고 방 안으로 들어갔다. 남자는 자신을 방 안으로 데리고 들어가는 연우에 이끌려 의자에 앉았다.

"아프지 않으신가요?"

방금 전까지 윤이와 일본어로 대화하던 연우가 조선말로 묻자 남자는 놀란 듯 연우를 쳐다보았다.

"조선인이에요. 이름이 뭐예요? 조선 이름요."

"백성준입니다."

오랜만에 입 밖으로 말해보는 이름이었다. 성준은 오랜만에 들어보는 조선말에 슬며시 웃음이 났다.

"당신은 이름이 뭡니까?"

"허연우예요."

"연우…… 예쁜 이름입니다."

성준은 웃었다. 연우는 다시 성준의 얼굴 상처를 치료하는데 집중했다. 반창고를 붙이는 걸로 상처 치료가 마무리된 듯 연우는 자리에서 일어났다.

"우리 두 사람만 있을 때는 편하게 말해요."

연우는 웃으며 성준에게 말했다. 연우의 말에 성준은 고개를 끄덕였다.

응접실로 나온 연우는 윤이를 찾아 서재 문을 두드렸다. 똑똑- 방문을 열었다.

"아, 카즈하 들어와. 토오카 군의 상처는 다 치료해 준 건가?"

"네. 눈에 보이는 상처들은 치료해 주었어요."

"앞으로 많이 마주치게 될 거야. 이 집에서 지낼 테니까. 하지만 토오카 군에게만 너무 잘 해주면 조금 섭섭할 것 같은데……."

연우는 윤이를 두고 성준의 손을 잡고 방에 들어가던 자신의 모습을 떠올리며 미안한 표정을 지었다. 그 표정의 의미를 알아챈 윤이는 그저 웃으며 연우를 달랬다.

"그런 표정 지을 거 없어. 아까 일 때문에 그러는 것 아니니까."

잠시 뒤 연우는 윤이에게 방해가 된다며 서재에서 나왔다. 윤이의 앞에 서면 괜히 긴장되고 숨이 막히는 듯했다. 작게 숨을 내쉬던 윤이는 닫혀 있는 성준의 방문을 보며 살짝 웃음지었다.

경성으로 향하는 열차 안, 이휘영을 포함한 의열단원들은 자리에 앉아 일본 경찰들의 눈을 피하고 있었다. 이휘영 일파를 찾겠다고 일본 순경들은 열차를 누비고 다녔다. 혹시라도 일본 경찰의 눈에 띄일까 휘영과 나머지 단원들은 각자 위장을 한 채 좌석에 앉아 있었다. '경성까지만 가면 된다.' 휘영은 열차 안을 살피며 속으로 말했다. 폭약이 든 가방을 꽉 쥐며 휘영은 경계를 늦추지 않았다. 한편 일본 순경들은 보이지 않는 이휘영 일파에 점점 초조해져갔다. 분명히 이 열차 안 어딘가에 있을 터. 순경들은 더욱더 치밀하게 승객들을 살폈다. 그때 경성에 도착했다는 방송이 나왔다. 휘영과 단원들은 각자가 든 폭약가방을 짐가방인 척 들고 열차에서 빠져나왔다. 마침 윤이는 경성역에서 나오는 이휘영 일파를 검거하기 위해 경성역 심문소 앞에 나와 있었다. 나오는 사람들 하나하나를 날카롭게 보던 윤이의 눈에 익숙한 인물의 모습이 보였다. 어젯밤 자신의 집에 왔다 간 연우처럼 보였다. 아니, 연우였다. 연우가 이곳엔 무슨 일일까……. 있을 수 없는, 아니 있으면 안 될 일이다. 나중에 물어봐야겠다고 결심한 윤이는 다시 지나가는 승객들을 하나하나 살폈다. 윤이가 연우를 발견하고 생각에 잠겼을 때 다행히도 휘영과 단원들은 무사히 심문소를 지나 임시 거처로 향하는 차에 올랐다. 휘영은 자신을 반기는 연우에게 인사했다.

"오랜만이군. 경성엔 2년 만인가. 아! 큰 임무를 맡았다지?"

휘영이 말하는 큰 임무는 얼마 전 연우가 맡은 임무를 말한다.

"네. 곧 수행할 예정입니다, 대장님."

두 사람의 대화는 매끄럽게 이어졌다. 의열단 임시 거처에 도착한 단원들과 연우, 휘영은 폭약을 조심스레 내려놨다.

"중국에서 만들어진 폭약이네. 이 폭약은 앞으로 사살 명령이 떨어지면 사용할 거야. 위험할 수 있으니 모두들 폭약 사용에 주의하길 바라네."

휘영의 말에 모여 있던 의열단원들이 모두 고개를 끄덕였다.

무거운 눈꺼풀을 힘겹게 들어 올리며 자리에서 일어나 앉은 성준은 벽에 걸린 시계를 바라보았다. 벌써 점심을 향해 달려가고 있었다. 간만에 깨지 않고 푹 잔 것 같다. 거울 앞에서 준비를 하고 응접실로 내려가니 윤이가 소파에 앉아 신문을 보고 있었다.

"일어났음 나갈 준비하지. 오늘도 훈련 잘 부탁하네."

성준은 집 밖으로 나가는 윤이의 뒤를 따라 정원을 지나 기다리고 있던 차에 올랐다. 일찍 도착한 탓에 성준과 윤은 훈련장에서 일본 순경들을 기다렸다. 죽기 전까지 순경들과 겨루어야 했다. 일본 순경들의 운동 상대, 즉 훈련 상대가 자신이 맡은 역할이었다. 하루 훈련을 하고 나면 온몸이 상처로 쓰라렸지만 성준은 어쩔 수 없이 오늘도 훈련에 임할 수밖에 없었다. 순간 앞에서 날아오는 칼에 성준은 급히 오른쪽으로 몸을 피했다. 절대 공격할 수 없다. 피해야만 한다.

"그만."

성준과 겨루던, 아니 성준을 공격하던 순경과 성준은 움직이던 것을 멈추었다. 윤이의 목소리였다. 그만하자는 윤이의 말에 순경들은 차례로 훈련장을 벗어났다.

"오늘 연우 집에 다녀오도록 해. 통 연락이 없어서 말이야. 걱정이 되서……."

성준은 밤이 되자 윤이의 집을 나섰다. 경성 시내를 지나 개화 거리에서 안쪽 골목으로 들어온 성준은 늘어서 있는 건물을 하나씩 살펴보았다. 그중 하나가 연우의 집일 터. 그때 누군가 자신을 부르는 목소리에 성준은 뒤돌아보았다. 연우였다.

"혹시나 했는데 성준 씨가 맞네요. 그나저나 여긴…… 어떻게."

연우의 말에 성준이 말했다.

"총경님이 심부름을 시키셔서."

"심부름?"

"요즘 연락이 없으시다고 걱정된다고 저보고 다녀오라고 하셨어요."

"아, 그렇군요. 좁지만 차라도 한 잔 하고 가실래요?"

성준은 연우의 집으로 들어섰다. 차를 내온 연우에게 고맙다는 인사를 하고 성준은 바닥에 엉덩이를 붙이고 앉았다.

"하야시는 당신에게 어떤 사람이에요?"

연우의 질문에 성준은 그저 눈만 끔뻑였다. 그러다 머뭇거리며 말했다.

"훈련을 하고 온 날이면 배가 터지도록 밥을 주세요. 비록 날 개새끼라 칭하기는 하지만요.”

개새끼라는 말에 연우는 인상을 찌푸렸다.

“개새끼라뇨. 당신은 나와 같은 사람이에요. 총경을 조심하세요. 좋은 사람은 아
닐 테니.”

예전에 한 번 본 총경의 잔인한 모습을 떠올리며 연우는 몸을 떨었다. 그때의 기
억이 가끔씩 꿈에도 나오곤 했다. 연우와 같은 동지였던 사람을 무자비하게 밟아
죽이던 윤이의 눈빛은 이 세상 사람이 아닌 것 같았다.

“감사……합니다. 저한테 아무도 그런 말을 해주지 않아서요.”

정말 고마운 듯한 표정으로 성준은 연우에게 웃음을 지었다.

“힘들거나 아프면 언제든 나에게 오세요. 치료해 줄 테니.”

연우와 성준의 만남은 그 뒤로 계속 이어졌다. 아마 연우가 윤이의 집으로 찾아
가는 것보다도 더 잦은 만남을 가졌다.

“연우야, 어서 와.”

어느새 말도 놓은 두 사람이었다. 윤이의 눈을 피해 매번 밖에서 만나곤 했다. 오
늘은 경성 시내의 상점가에서 만나기로 했다. 자신을 향해 달려오는 연우를 보자
성준은 입가에 미소를 지었다. 곧 어떤 불행이 닥칠지도 모른 채 두 사람의 얼굴엔
웃음이 피었다. 요즘 자신의 허락도 없이 마음대로 나가는 성준 때문에 윤이는 심
기가 불편한 상태였다. 사실 기분이 좋지 않은 이유 중 대부분은 연우 때문이었다.
최근 연우가 부쩍 자신의 집을 찾아오는 일이 줄었다. 불안한 기분이 들어 윤이는
조용히 시종을 불러 성준을 감시하라 지시했다.

“총경님! 총경님! 죄송합니다.”

아침부터 윤이의 집에서 성준의 비명소리가 들려왔다. 얼마 전 시종은 성준을 감
시하다 연우와 만나는 것을 알게 되었다. 그 사실을 알게 된 윤이는 성준을 끌고
와 때리기 시작했다. 여느 때와 같이 연우와 만남을 가지고 윤이의 집에 도착하자
마자 일어난 일이었다. 성준의 머리채를 잡고 벽으로 민 윤이는 성준의 눈을 보며

말했다.

"다시는 카즈하와 단 둘이 만나는 일이 없어야 할 것이다. 내 사람이고 내 여인이다. 네 목숨이 내게 달려 있다는 것을 너도 알고 있겠지."

윤이의 낮은 목소리에 성준은 몸을 움직일 수조차 없었다. 윤이는 그런 성준의 머리채를 던지듯 놓고 뒤도 돌아보지 않고 집을 나섰다. 윤이가 나가자 성준은 그제서야 거친 숨을 몰아쉬었다. 두려웠다. 성준은 연우가 잘못될까 두려워졌다. 성준은 연우의 얼굴을 떠올리며 결국 얼굴을 무릎에 파묻고 눈을 감아버렸다.

매주 같은 요일 만나기로 한 성준이 약속한 장소에 나오지 않자 연우는 어떻게 된 일일까 걱정되었다. 괜스레 불안해진 연우는 오지 않는 성준을 뒤로한 채 다시 돌아갈 수밖에 없었다. 연우는 가는 길에 의열단 임시 거처에 들르게 되었다. 거처에 들어서니 휘영이 있었다.

"자네 임무는 언제 수행할 건가?"

휘영의 물음에 연우의 표정이 굳어졌다.

"곧, 곧 수행할 것입니다. 내일 모레 하야시의 집으로 들어가겠습니다. 그때 꼭 성공하겠습니다."

"힘든 임무인 거 잘 아네. 자네는 의열단의 희망이야. 조금만 더 힘을 내주게. 자네를 기다리는 동지가 옆에 있으니."

"제가 하야시를 사살한 후 하야시의 시체는 어떻게 되는 겁니까?"

연우의 질문에 휘영은 잠시 고민하다가 입을 열었다.

"음, 시체는 그 뒤 단원들이 처리하게 하겠네."

휘영의 대답에 연우는 고개를 끄덕였다. 집으로 돌아오는 길 연우는 마음이 무거워졌다. 자신이 하야시를 죽이면 성준은? 어떻게 되는 것일까.

작전을 수행해야 할 당일이었다. 벌써 성준을 못 만난 지 사흘이 지나고 있었다. 연우는 유카타를 입고 집을 나섰다. 작은 칼을 품은 채 연우는 조심히 걸었다. 오랜만에 집에 오는 연우가 윤이는 너무나도 반가웠다.

"토오카 군이 보이지 않네요?"

자신의 안부보다 토오카를 찾는 연우의 말에 윤이의 인상이 굳어버렸다.

"다행입니다. 오늘은 둘이 있고 싶었는데……."

이어지는 연우의 말에 윤이는 연우를 쳐다보았다. 자신을 향해 수줍게 웃어 보이는 연우에 윤이는 굳은 표정을 풀고 결국 웃음을 터뜨렸다. 둘이서 함께하는 오랜만의 저녁 식사였다. 오늘따라 연우의 기분이 좋아보이자 윤이는 연우에게 말했다.

"오늘따라 기분이 좋아 보이네. 웬일이야?"

"그냥, 이렇게 식사를 하는 것도 오랜만이라 그런 것 같습니다."

이런저런 이야기로 식사를 마친 둘은 응접실로 나갔다. 윤이는 서재에 잠시 가야겠다고 했다. 연우는 윤이에게 알았다며 웃었다. 윤이가 서재로 간 뒤 연우는 품속에 숨겨온 칼을 꺼냈다. 지금이 임무를 수행할 때였다. 연우는 굳은 표정으로 다시 칼을 품속에 넣고 윤이가 들어간 서재에 들어갔다.

"왜 무슨 볼일이 있어? 카즈하?"

"아니요. 그냥 구경하고 싶어서요."

"그래? 그럼 여기 와서 앉거라."

윤이의 말에 연우는 윤이의 건너편에 앉았다.

"오늘따라 많이 보채는구나. 카즈하답지 않게."

윤이가 때마침 의자에서 일어서 책장 쪽으로 향했다. 윤이가 뒤돌아 서 있자 연우는 떨리는 발걸음으로 윤이에게 다가섰다. 손이 덜덜 떨려왔다. 하지만 이내 연우는 품속에서 칼을 꺼내들었다. 그리고 망설임없이 그대로 윤이를 향해 찔러 넣었다. 피가 울컥울컥 새어나왔다. 뜨거운 피가 윤이의 옷을 적셔왔다.

"아…… 카즈하……."

윤이는 거칠게 숨을 내쉬었다.

"……"

"네가 어떻게…… 날……. 난 널 진심으로 사랑했어……."

윤이는 떨리는 목소리로 연우에게 말했다. 연우는 그런 윤이를 보며 결국 눈물을 흘렸다. 잔인하고 나쁜 사람이었지만 자신을 사랑한 남자였다. 흘러나오는 눈물에 연우는 급히 서재를 빠져나왔다. 서재 앞엔 성준이 서 있었다. 자신을 향해 손을 뻗는 성준에게 쓰러지듯 안긴 연우는 성준의 품에서 눈물을 흘렸다.

"칼에 찔린 총경은 소녀가 방을 나가자마자 차가운 바닥으로 쓰러졌습니다. 그리고 한참을 울던 소녀는 조선인 소년의 손을 잡고 그 집에서 나왔습니다. 둘은 정처 없이 길을 걸었습니다. 그저 대한 독립 만세라는 외침밖에 들리지 않았습니다."

조용히 연우의 이야기를 듣던 성준은 연우에게서 눈을 떼지 않았다. 연우는 성준의 시선을 먼저 피했다. 밖에서 불어오는 바람에 곧 꺼질 듯 촛불은 위태롭게 흔들렸다.

"나에게 더 많은 이야기를 해줄 수 있겠나?"

성준의 질문에 연우는 놀란 듯 되물었다.

"네……? 네."

성준은 예전보다 조금 누그러진 말투와 눈빛으로 연우에게 말했다.

"네 이야기를 더 듣고 싶어졌다. 그저 네가 아는 얘기를 해주면 된다. 곧, 다시 오겠다."

성준은 연우가 당황해할 말만을 남기고 자리에서 일어섰다. 오랜 시간 이야기를 들었지만 피곤한 기색 없이 성준은 연우의 침실을 나섰다.

"사람은 어느 정도 모였어. 이제 네가 책임져야 해. 이 사람들을."

대식의 말에 윤이는 고개를 끄덕일 뿐이었다. 윤이의 눈빛은 단호했다. 윤이는 사람들을 사신과 상인으로 위장시켜 작전을 세웠다. 윤이는 연우의 얼굴을 떠올리며 주먹을 꽉 쥐었다.

"각오하고 있어. 난 무조건 연우를 데려올 거야."

윤이의 말에 대식은 어깨에 손을 얹었다. 힘내라는 무언의 응원이었다.

한편 연우의 침실에서 나온 성준은 자신의 방으로 돌아갔다. 첫날 죽였어야 했는데. 그러나 이내 고개를 저었다. 신기한 여자였다. 긴 시간 동안 이어진 이야기가 지겹지 않았다. 성준은 계속해서 다음 이야기가 듣고 싶었다. 연우를 살려두는 이유가 그저 이야기가 계속 듣고 싶어서라고 자신을 합리화했다. 성준은 혼란스러운 마음에 탁자에 머리를 박았다. 자신이 생각하는 그 감정이 아니길 바랄 뿐이었다. 그런 성준을 호위하고 있던 윤이는 성준의 모습을 보며 불안한 마음에 입술을 꽉 물었다. 윤이는 그저 연우가 보고 싶었다.

연우에게 이야기를 계속 들려 달라 했던 성준은 그날 이후로 며칠 간 연우를 찾아오지 않았다. 연우는 자신을 찾아오지 않는 성준을 걱정했다. 성준을 떠올리던 중 연우는 침실 문을 두드리는 김상궁과 어색하게 시선이 일치했다.

"폐하께서 함께 시간을 보내시길 원하십니다. 얼른 가셔야 합니다. 마마."

김상궁의 손에 이끌려 도착한 곳은 세상을 거울같이 담고 있는 연못 위에 세워진 팔각정이었다. 그곳엔 성준이 앉아 있었다. 성준을 발견한 연우는 고개를 숙여 인사했다.

"고개를 들거라. 어서 와서 앉지 않고."

성준의 말에 연우는 성준의 맞은편에 앉았다.

"식사는?"

"좀 전에 마쳤습니다."

연우는 성준의 말에 처음 궁에 들어온 날을 떠올렸다. 이런 일상적인 이야기를 할 거라고는 상상도 못했는데…… 연우는 처음보다 많이 누그러진 성준의 말투에 가슴이 따스해졌다.

"머리가 복잡해지면 가끔 이곳에 오곤 하지. 자꾸 네 이야기가 생각이 나. 나도 내가 이상하리만치 낯설구나. 이제 더 이상 네 목숨을 위협하지는 않겠다. 그 대신 나에게 이야기를 해다오."

"언제나 폐하의 곁에서 이야기를 들려드리겠습니다. 제가 아는 이야기가 폐하께 도움이 될 수 있다면요."

연우의 대답에 성준은 호탕하게 웃었다.

"오늘도 널 부른 이유는 새로운 이야기가 듣고 싶어서이다. 해줄 수 있겠느냐?"

"당연합니다. 폐하."

"……."

"여인은 소(小)국에서 제일가는 기생이었습니다. 미모는 물론 시에, 음악에 모든 조건을 갖춘 여인이었습니다. 다만 기생이란 신분만이 그녀의 유일한 단점이었죠."

"허연우?"

"그래. 연우를 모른단 말이야?"

아래가 내려다보이는 팔각정 안, 윤이와 성준은 이야기를 나누고 있었다. 이야기 속 주인공은 장안 최고의 명기라 불리는 연우였다. 성준은 아직 그녀를 모르고 있는 듯했다. 윤이는 고개를 저으며 말했다.

"너 같은 놈은 처음 본다. 여자는 관심도 없고 오직 그림만 그려대니."

답답하다는 듯 말하는 윤이에게 성준은 너털웃음을 뱉으며 말했다.

"그래서 그 여인이 네가 반할 만큼 예뻤다고?"

"그래. 이 세상 사람이 아닌 줄 알았다니까."

얼마 전 친구를 따라 간 기생집에서 연우를 보았다. 잠깐의 만남이었지만 윤이는 첫눈에 반한 모양이었다.

"그래서 그때 이후로 만난 적은?"

"없지. 함부로 만나지도 못한다고. 사내도 가려 받는다더라."

입을 삐죽이며 말하는 윤이를 보자 성준은 결국 웃음을 터뜨렸다. 성준은 연우에 대한 이야기를 신이 나게 늘어놓고 있는 윤이의 뒤로 시선을 옮겼다. 그 아래에 보이는 경치가 화려했다. 양귀비라는 이름에 걸맞게 붉은 빛으로 치장한 기생집이 보였다.

"내 말 듣고 있는 거야? 야, 그래서 간다고?"

화려한 경치에 정신이 팔린 성준은 윤이가 자신에게 무슨 말을 하고 있는지도 모르고 대충 대답했다.

"어…… 알았어."

"그럼 지금 당장 가는 게 어때?"

성준은 자신을 일으키는 윤이의 손길에 정신을 차린 듯 말했다.

"어딜 간다는 건데?"

"네가 금방 가겠다며. 저기 보이는 양귀비 말이야."

윤이의 이끌림에 결국 따라온 성준이었다. 성준은 양귀비의 모든 것이 낯설었다. 그래서 성준은 지나가는 여인들과 화려한 불빛에 두리번거리며 윤이 뒤를 따랐다.

"그만 좀 두리번거리지. 너 지금 엄청 촌스러워 보인다."

성준은 민망한 듯 머리를 긁적였다. 그런 성준을 보고 윤이는 한숨을 쉰 뒤 다시 걷기 시작했다. 윤이는 지나가는 여인을 잡고 물었다.

"오늘 연우는 양귀비에 있느냐?"

"그것이…… 오늘 연우 언니는 이곳에 없습니다, 나리."

그 말을 한 여인이 멀리서 어떤 사내에게로 달려가자 윤이는 말했다.

"에휴. 오늘도 없구먼. 어쩔 수 없지. 그냥 즐기다 갑세."

아쉬운 표정으로 말하는 윤이를 보며 성준이 말했다.

"네가 날 여기로 데리고 온 것은 연우라는 여인을 보여 주려고 한 것이 아니냐? 그 여인이 여기에 없다면 내가 여기 올 필요도 없을 터. 먼저 가볼 테니 재밌게 놀다 와."

황당한 듯 자신을 쳐다보는 윤이를 뒤로하고 성준은 왔던 길을 다시 되돌아갔다. 뒤에서 소리치는 윤이를 무시하는 것은 덤이다. 그저 뒤를 보며 손을 흔들 뿐이다.

해가 지고 어둠이 내려앉은 밤, 성준의 손에는 붓과 먹이 들렸다. 양귀비에 다녀온 지도 벌써 나흘이 지났다. 성준은 낮에 장에서 사온 붓과 먹을 들고서 집을 향해 걸었다. 그때였다.

"도둑이야!"

어디선가 여자의 비명소리가 들려왔다. 그리고 성준은 어깨를 치고 도망가는 남자의 뒷모습을 돌아보다 급히 그 남자의 뒤를 좇았다. 몇 분간의 뜀박질 끝에 남자를 잡을 수 있었다. 남자의 손에는 여인의 속옷이 들려 있었다.

"네 이놈, 어디서 여인의 속옷에 함부로 손을 대는 것이냐. 함부로 만지지도 쳐다보지도 못하는 것이 여인의 옷자락이거늘."

그 남자에게 호통을 치는 성준의 뒤에 여인이 다가왔다. 어우동 모자를 비스듬히 쓴 여인은 성준에게 감사 인사를 건넸다.

"감사합니다, 나리."

"아닙니다. 당연한 도리가 아니겠습니까?"

고개를 들어 여인과 눈이 마주쳤다. 성준은 기생으로 보이는 여인의 모습에 지금의 상황이 이해가 갔다. 여인의 속옷을 훔친 사내…… 그 여인이 기생이 아니라면 있을 리 없는 상황이었다는 듯 고개를 끄덕였다. 한편 성준이 좇은 남자의 손에 들려 있는 속옷의 주인은 바로 장안 최고의 명기라 불리는 연우였다. 연우는 맑고 깊은 눈동자를 더 돋보이게 만드는 시원한 눈매와 오똑하고 높은 코, 그리고 생기 도는 붉은 입술까지 멀리서도 주위의 시선을 끌만큼의 미모를 지닌 여인이었다. 그녀가 지나간 곳이면 꽃의 향이 천리를 간다고 하는 천리향의 은은한 향기가 배어 있다고 감히 전해졌다. 자신을 알아보지도 못할 뿐더러 자신을 보고도 아무렇지 않게 대화를 나누는 성준에 연우는 그저 신기할 따름이었다. 이제껏 연우 앞에선 사내들은 모두들 연우의 미모에 팔려 말도 제대로 못 꺼내는 사람들이 태반이기 때문이었다.

"보답이라도 할 겸 제가 차를 한잔 사겠습니다, 나리."

차를 사겠다고 하는 연우에게 성준은 웃으며 말했다.

"괜찮습니다. 당연한 일이었는데 보답은 무슨. 마음만 받겠습니다."

기생인 자신에게도 말을 높이며 꾸벅 인사를 하고 가는 성준을 보며 연우는 웃음을 지었다. 흔치 않은 사내였다. 뒤늦게 달려온 연우의 몸종 세월이는 연우에게 말했다.

"괜찮으십니까?"

"그래. 괜찮다. 어떤 멋있는 분이 날 도와주셨어."

얼마 뒤 성준은 윤이의 손에 이끌려 또 한번 양귀비에 오게 되었다.

"이번엔 정말 확실하다고 들었다. 오늘은 이곳에 연우가 반드시 있을 거다."

확실하다고 말하는 윤이의 말에도 성준은 크게 관심없는 듯 보였다. 그저 주위의 풍경에만 정신이 팔린 성준이었다.

"누구를 찾습니까?"

나이가 조금 있는 듯 보이는 여자가 물었다. 기생집의 행수였다.

"연우, 연우가 있다고 들었네만."

연우를 찾는다고 말하는 윤이에게 여자는 손을 들어 안채를 가리켰다. 그런 여자에게 윤이는 슬쩍 엽전 꾸러미를 주었다. 윤이와 성준은 여자가 가리킨 집에 들어섰다. 앞에서 보던 집과는 분위기가 많이 달라보였다. 무엇보다도 조용했다. 조용한 복도 끝, 불이 켜진 방이 보였다. 둘은 그 방을 향해 걸어갔다.

"안에 연우 있는가?"

조용한 복도에 윤이의 목소리는 울려 퍼졌다.

"들어오시지요."

맑고 고운 소리가 방 안에서 흘러 나왔다. 연우의 목소리에 윤이와 성준은 방문을 열고 안으로 들어섰다.

"잘 지냈느냐. 내가 그때 이야기한 내 오랜 벗이다. 인사하거라."

윤이의 말에 연우는 뒤에 서 있는 성준에게 눈을 돌렸다.

"나리는…… 그때……."

연우의 말에 윤이는 며칠 전 있었던 일을 떠올렸다.

"아, 당신은 그때 그분이시군요."

옆에 서 있던 윤이는 궁금한 듯 물었다.

"두 사람 아는 사이더냐?"

"며칠 전 제 속옷을 들고 달아난 사람을 좇아 잡으신 분입니다. 그때 감사인사를 제대로 못 드린 것 같아 마음이 편치 않았는데 이렇게 또 뵙게 되어 영광입니다. 나으리."

고개를 숙여 인사를 하는 연우에게 성준은 손을 저었다.

"아닙니다. 저야말로 여인의 청을 함부로 거절해 마음이 편치 않던 참이었는데……."

연우가 차를 사겠다고 한 일을 말하는 듯했다. 사실 그날 연우는 크게 기분 나빠하지 않았다. 사소한 일까지 자신을 배려하는 듯 말하는 성준에 연우는 수줍게 웃어 보일 뿐이었다. 윤이는 괜히 헛기침을 하며 둘의 시선을 끌었다.

"크흠, 아는 사이였다니 다행이네. 어색하면 어떡하나 고민했는데. 얼른 앉지."

윤이의 말에 연우와 성준은 그제야 자리에 앉았다. 연우가 두 사람의 술잔에 술을 따르며 말을 꺼냈다.

"성함이 어떻게 되십니까? 나리."

연우가 물었다.

"아참, 내가 이 친구 이름을 얘기하지 않았군. 백성준이라고 하네."

"멋있는 이름입니다, 나리. 그리고 제 이름은 허연우라 하옵니다."

"하하, 예쁜 이름입니다."

웃으며 말을 주고받는 두 사람에게 윤이는 왠지 모를 이질감이 느껴졌다.

집으로 향하는 길, 윤이는 성준에게 말을 걸었다.

"연우 말이다. 네가 보기에 어떤 여인인 것 같으냐?"

"흠…… 기품 있고 멋있는 여인 같던데……."

"내가 연우를 정말로 연모한다. 준아, 네 친구 응원해 줄 수 있지?"

윤이의 말을 듣고 아무 대답도 할 수 없었던 이유를 성준은 몰랐다. 그저 처음 보는 사랑에 빠진 듯한 윤이의 모습이 낯설어서라고 생각했다.

며칠 뒤 성준은 길에서 우연히, 정말 우연히 연우를 다시 만나게 되었다. 다만 그 상황이 꽤나 난처할 뿐……. 성준은 오늘도 그림을 그리기 위해 종이를 사러 장에 나왔다. 종이를 사려고 돈이 든 주머니를 꺼내려니 멀쩡히 있던 주머니가 사라진 것이다. 한참을 쩔쩔매고 있던 성준을 마침 연우가 발견한 참이었다.

"여기. 이 돈으로 계산하시지요."

자신을 대신해 돈을 내는 연우를 보고 성준은 놀란 듯했다. 놀란 표정을 짓는 성준을 보고 연우는 장난스럽게 말했다.

"감사하면 저와 차 한잔 어떠십니까? 어쩔 수 없이 제가 사야겠지만 말입니다."

먼저 걸어가는 연우를 보며 성준은 이내 연우를 뒤따랐다. 찻집에 도착한 둘은 자리를 잡고 앉아 차를 시켰다.

"오늘 일은 고맙습니다. 다음에 꼭 돈은 돌려드리겠습니다."

"아닙니다. 당연한 도리가 아니겠습니까?"

전에 성준이 했던 말을 그대로 읊는 연우를 보며 성준은 호탕하게 웃었다. 성준과 연우는 그렇게 시간 가는 줄 모르고 이야기를 나누었다. 그림에도 조예가 깊은지 성준과 말이 잘 통하는 연우였다.

"돈은 됐고 다음번에 제 그림이나 그려주십시오, 나리."

자신을 그려달라는 연우에게 성준은 흔쾌히 그러겠다고 대답했다. 두 사람은 그렇게 밖이 어두워질 때까지 대화를 나누었다. 그때까지도 성준은 자신의 가슴 속에 피어오르는 감정이 무엇인지 모르는 듯했다.

"윤이야, 그리고 말이야. 내가 했던 말을 그대로 따라하더라고. 진짜 재밌는 사람인 것 같아. 사내 앞에서도 주눅 들지 않고 말이야."

성준은 이른 아침부터 윤이를 찾아와 어제 만난 연우에 대한 이야기를 늘어놓았다. 성준은 지금 자신이 그 언제보다 밝게 웃으며 이야기하고 있는 것을 알까……. 윤이는 괜히 심기가 불편해졌다.

"백성준, 네가 웬일로 날 먼저 찾아왔나 했더니…… 내가 분명히 그때 말했을 텐데. 난 연우를 진심으로 연모한다고. 그런데도 나한테 이런 말을 하는 건 무슨 뜻이지? 너도 연우에게 나와 같은 마음이라도 품은 건가?"

성준은 그런 윤이의 말에 아차 싶은 듯 말을 멈추었다.

"피곤하다. 그만 가보는 게 어때?"

차가운 윤이의 목소리에 성준은 결국 윤이에게 더 이상 말을 하지 못하고 나왔다. 돌아가는 길, 성준은 윤이가 자신에게 했던 말이 머릿속에서 떠나질 않았다. 한 번도 여인에게 이렇게까지 관심을 가졌던 적이 없었는데…… 성준은 그제서야 자신의 마음을 알게 되었다. '아, 내가 그 여인을 정말 연모하고 있구나' 하지만 자신보다 연우를 먼저 마음에 품은 윤이를 생각하니 혼란스러웠다.

윤이는 며칠 뒤 연우를 찾아갔다.

"나리 오셨습니까?"

"그래, 잘 지냈느냐. 내가 오늘 너에게 긴히 할 말이 있어서 이렇게 찾아왔다."

할 말이 있어 찾아왔다는 말에 연우는 궁금한 듯 윤이를 쳐다보았다.

"조금 이따 하자꾸나. 먼저 술이라도 한 잔 하지."

술잔을 든 윤이가 말했다.

"저…… 나리, 혹시 그때 나리와 함께 이곳에 오셨던 그분은 오늘 안 오시는 겁니까?"

성준에 대해 묻는 연우에게 윤이는 문득 마음이 불안해졌다.

"성준이 말이냐? 성준이는 왜?"

"그것이……."

"너답지 않게 왜 그러느냐. 괜찮다 말해 보거라."

윤이는 애써 웃으며 연우에게 물었다.

"요 며칠 사이에 그분을 뵌 적이 한 번도 없습니다. 일부러 장에 돌아다니기까지 했는데…… 사실 저 같은 한낱 기생년이 함부로 그런 분에게 품어선 안 되는 마음이란 걸 잘 알고 있습니다. 하지만 나리, 저 또한 여인인데 어찌 사랑하지 않을 수가 있을까요."

윤이는 그런 연우의 말에 씁쓸하게 웃었다. 성준과 연우, 둘 사이에 괜히 자신이 방해가 되는 듯 보였다. 끝내 연우에게 전하지 못한 말이 술잔 안의 술과 함께 윤이의 목구멍으로 삼켜졌다. 윤이는 결국 그날 밤, 성준을 찾아왔다.

"준아."

윤이가 성준에게 화를 낸 이후로 처음 만났다. 오랜 시간 친구로 지내온 세월이 무색하게도 그 사이 어색해진 성준은 윤이의 눈을 피하며 대답했다.

"응. 윤이야."

"오늘 연우에게 고백하려고 했다."

윤이의 말에 성준은 윤이를 쳐다보았다.

"그런데 고백하기도 전에 거절당했다. 연모하는 사내가 있다더라."

계속되는 윤이의 말에 성준은 흔들리는 눈빛으로 윤이를 응시했다.

"얼른 가봐라. 연우가 널 기다리고 있으니. 무슨 뜻인지 모르겠느냐? 연우가 좋아하는 사내가 너라고, 준아."

윤이의 말에 성준은 달렸다. 아직도 어안이 벙벙했다. 연우가 연모하는 사내가 자신이었다니…… 성준은 양귀비로 향한 발걸음을 더욱 빨리 했다.

"헉…… 헉……."

거친 숨을 내쉬며 성준은 연우의 방 문 앞에 섰다. 그때 마침 방문을 열고 나오던 연우는 거친 숨을 몰아쉬며 서 있는 성준을 보고 놀란 듯했다.

"연우야……."

성준에게서 처음 불려지는 이름이었다.

"내가 널 많이 연모한다. 내가 널……."

"나리……."

끝내 성준은 연우를 끌어안았다.

"결국 서로에 대한 영원한 사랑을 맹세한 두 사람이었습니다."

연우는 해가 질 무렵 이야기를 끝낼 수 있었다. 어느새 달이 떠오르자 연우는 성준에게 물었다.

"폐하, 시간이 많이 지났습니다. 피곤하지는 않으신지요."

"괜찮다. 그러는 넌 피곤해 보이는구나. 내가 너무 오랫동안 널 이곳에 두었구나. 얼른 들어가 보아라."

연우는 성준의 말에 잠시 고민하는 듯했지만 이내 자리에서 일어났다.

"아, 윤이야. 연우를 침실로 데리고 가거라."

언제부터인지 모르겠지만 성준의 뒤에 서 있던 윤이는 연우를 바라보다 앞장섰다.

"윤이야……."

연우의 부름에 윤이는 앞으로 가던 발걸음을 멈추었다.

"그래서 남은 사내는 어떤 끝을 맞이하게 되었는데?"

오랜만에 들어본 윤이의 목소리였다. 연우가 성준에게 했던 이야기 속 남은 사내를 뜻하는 듯했다.

"글쎄…… 새로운 인연을 찾았거나 아님 그 여인을 계속해서 그리워하지 않았을까?"

"연우야, 곧 청국에서 사신들이 올 거야. 그때 내가 사람을 보낼게. 그리고 나와 함께 이 나라를 떠나자. 연우야."

연우는 윤이의 말에 끝내 대답할 수가 없었다.

며칠 뒤 성준은 연우를 찾아왔다.

"폐하. 오셨습니까?"

"잘 지냈느냐."

"예, 폐하."

"내가 긴히 할 이야기가 있어 찾아왔다."

"무슨……."

"이제껏 네가 이야기를 해주었지 않았느냐. 오늘은 내가 이야기를 하러 이곳에 오게 되었다. 내 이야기를 말이다."

성준의 말에 연우는 웃으며 대답했다.

"어떤 이야기든 들어드리겠습니다. 폐하."

연우의 말에 성준은 이야기를 시작했다.

"어린 아들과 자신을 버리고 떠나버린 왕비를 왕은 끝까지 사랑했다."

연우는 성준의 목소리에 집중했다. 성준답지 않게 떨리는 목소리로 이야기를 시작했다.

"아버지, 어머니께서는 어딜 가신 겁니까?"

왕비가 사라졌다는 사실에 이미 궐 안은 뒤집어졌다. 한 시녀가 울며 증언했다지. 왕비가 북쪽 문으로 도망가는 모습을 보았다고. 끌어안고 우는 두 사람의 모습에 차마 도망간 왕비를 잡을 수도 왕에게 아뢸 수도 없었다고. 울면서 죽여달라고 비는 시녀를 왕은 돌려보낼 수밖에 없었다. 물론 빌던 그 시녀는 그녀의 몸종인 세월이었다. 불안한 눈빛으로 자신을 쳐다보며 묻는 아들에게 왕은 그저 아들을 안아줄 수밖에 없었다. 그러나 어느새 커버린 아이는 자신의 어머니가 자신을 버린 것을 알아버리고 말았다.

"성준아, 이 아비가 미안하다."

미안하다는 말과 함께 왕은 울었다. 왕이 된 후 단 한번도 눈물을 내보인 적 없던 그였다. 그랬던 왕은 곧 쓰러질 듯 크게 오열했다. 하지만 왕은 끝내 자신을 떠난 왕비를 원망하지 못했다.

왕비를 너무나도 사랑한 왕은 그렇게 시름시름 앓았다. 왕이 세상을 떠나기 전 성준을 불렀다.

"준아, 나의 아들아. 이제 이 나라는 너의 나라다. 이 백성은 너의 백성들이다. 부디 좋은 왕이 되어 이 나라를 다스리거라."

그 말을 마지막으로 왕은 결국 눈을 감고 말았다. 그때 성준의 나이, 열아홉이었다. 왕이 세상을 떠나자 백성들은 눈물지었다. 어린 아이도 나이 많은 노인도, 여인네들도 사내들도 모두 눈물지었다. 세상을 사랑했던 왕이 사라진 후 새롭게 왕의 자리에 앉은 사람이 성준이었다. 성준은 아버지가 자신에게 남긴 마지막 말을 지키려 애썼다. 그 누구보다도 백성들을 사랑하고 나라를 사랑했다. 그런 왕의 노력에 나라와 백성은 다시 웃음을 되찾았고 활기가 넘쳤다. 모두가 사랑하는 세상이었다. 하지만 성준의 노력이 무색하게도 어느 순간부터 나라는 어두워져만 갔다. 갑자기 든 흉년 탓이었다. 백성들에게 나누어줄 곡식도 점점 바닥이 나고 있었다. 성준은 궐 밖에서 들리는 곡소리에 편히 잠에 들지 못했고 매일 밤 눈물을 지었다. 몇 년간 지속되는 흉년에 성준은 결국 바다 건너 나라에 도움을 받기로 결심했다. 성준이 직접 바다 건너 나라를 찾아 가게 되었다. 그 나라의 이름은 언(蓮)이었다. 연나라의 궁궐에 들어서자 화려한 장식과 물품들이 제일 먼저 보였다. 성준은 그 화려한 장식들이 늘어서 있는 복도를 지나 왕과 왕비가 있다는 응접실로 들어섰다.

"대(大)국에서 온 백성준입니다."

성준은 예를 갖추어 인사를 했다. 인사를 한 뒤 고개를 들었을 때 성준은 건너편에서 뚫어져라 쳐다보고 있는 여자와 눈이 마주쳤다. 익숙한 얼굴이었다. 조금 나이가 든 듯 연륜이 느껴지는 얼굴이었지만 자신과 닮은 코, 닮은 입술 그리고 닮은 눈빛까지. 성준의 눈빛은 사정없이 흔들렸다. 그때 떨리는 그녀의 목소리가 흘러나왔다.

"성준아, 아들아."

자신의 어머니였다. 불쌍한 왕과 아들을 버리고 떠나버린 어머니. 성준은 분노했다. 그리고 그 분노는 결국 평생 사랑하겠다던 백성들에게로 퍼져나갔다.

그 말을 끝으로 성준은 말을 멈추었다. 연우는 흘러내리는 눈물을 참기 위해 얼굴을 일그러뜨리는 성준을 끌어안았다.

"폐하, 마음껏 들어드리겠습니다. 눈물도, 이야기도요."

황제의 마음이 진정될 때까지 기다리던 연우는 성준을 향해 웃었다.

"계속 그렇게 들어다오. 내 이야기를."

떠나버린 어머니가 행복하게 살고 있는 모습을 보니 치가 떨려왔다. 불쌍한 왕은 홀로 쓸쓸히 죽음을 맞이했는데… 성준은 결국 분노의 화살을 백성들에게로 돌렸다. 어린 왕이 자기 자신을 버린 것은 그때부터였다. 그저 여인이 싫었다. 자신의 어머니와 같은 여인을 증오했다. 왕이 매일 밤 여자들을 불러들이고 하루가 지나면 여자를 직접 죽인다는 소문이 돌았다. 딸을 둔 부모들은 일찍이 딸을 결혼시키거나 외국으로 보내 버렸다. 그렇게 스무 번째 여자가 죽어나간 후 궐 안에 들어온 사람이 바로 연우였다. 연우도 이제껏 죽어나간 여인과 다름없다고 생각했다. 하지만 자신에게 이야기를 들려주겠다고 하는 연우를 보며 성준은 이상한 감정이 들었다. 애써 모른 척하고 있던 감정이 연우가 두 번째 이야기를 해준 이후 결국 터져버렸다. 사랑이었다. 성준은 진심으로 자신을 보듬어준 연우를, 자신의 어머니와 닮은 듯 닮지 않은 연우를 사랑하게 되었다.

"이런 내가, 이렇게 못난 내가 널 많이 사랑한다. 연우야."

눈물에 젖은 목소리로 말하는 황제를 연우는 그저 안을 뿐이었다.

"과연 내가 이 나라를, 나의 백성들에게 당당히 설 수 있을까?"

"폐하께선 할 수 있으십니다. 항상 제가 옆에 있어드리겠습니다. 폐하."

확고한 표정으로 연우는 성준을 마주보았다. 왕을 가득 담은 눈동자였다. 마주보는 두 남녀와 방문을 사이에 두고 홀로 서 있는 남자의 머리 위로 세상의 시작을 알리는 해가 떠올랐다.

그날 이후 성준과 연우가 함께 있는 시간은 점점 늘어갔다. 하루의 시작과 끝에 둘은 서로에게 사랑을 속삭였다. 어느덧 윤이가 말한 날이 다가오고 있었다.

"연우야, 요즘 왜 이렇게 불안해하느냐?"

"아무것도 아닙니다, 폐하. 조금 피곤해서 그러는 것이니 걱정하지 마세요."

아무 일도 아니라는 연우에게 성준은 고개를 끄덕여 보였다. 연우는 단지 피곤해서가 아니었다. 윤이가 말한 그날이 바로 내일이었기 때문이었다. 청(靑)국에서 사신들이 오는 날이라고 며칠 전부터 궁궐은 축제 준비로 바빴다. 사실 축제라기보다는 큰 시장이 열리는 것과 같은 행색이었다. 밤새도록 잠에 뒤척이던 연우는 결국 결심한 듯 자리에서 일어섰다.

행사의 첫 날이었다. 연우는 외국 사신들 앞에 처음 나서는 자리인지라 가슴이 쿵쿵 뛰는 듯했다. 마지막으로 연우에게 겉옷을 입힌 시녀는 연우를 이끌고 방을 나섰다.

"예쁘다, 연우야. 정말 예뻐."

성준은 연우를 보고서 입이 찢어질 듯 웃었다. 그런 성준의 모습에 연우도 같이 웃었다. 행사가 시작되었다. 궐 안으로 청(青)국의 사신들이 걸어 들어왔다. 연우는 긴장이 되는 듯 손에 힘을 주었다. 그런 연우에게 괜찮다고 옆에 자신이 있겠다고 성준이 말했다. 윤이는 둘의 뒤에서 씁쓸한 미소를 지었다. 그리고 생각했다. 연우를 데려와 다시 곁에 둔다면 예전처럼 자신을 향해 웃어줄 것이라고. 청(青)국의 사신들은 신기한 물건들을 많이 가져왔다. 그런 물건들에 눈이 휘둥그레진 연우를 보고 성준은 웃었다. 연우가 자신의 세상에 들어온 뒤 웃음이 많아졌다고 생각한 성준이었다. 하지만 오늘 내내 기분이 크게 좋아 보이지 않던 연우를 그냥 놓아 준 것이 잘못이었던가. 성준은 들뜬 마음에, 먼저 들어가 쉬겠다던 연우, 그리고 그런 연우의 뒤를 따라가는 윤이를 보지 못했다.

"연우야, 밤이 되면 사신들이 연회를 즐길 거야. 사람들로 북적이게 되면 북쪽 뒷문을 향해 뛰어. 그곳에 널 데려다 줄 사람들이 있어. 난 금방 따라갈게. 조금 있다가 보자, 연우야."

금세 몸을 돌려 왔던 길을 되돌아가는 윤이에게 결국 아무 말도 하지 못한 연우였다. 연우는 궐을 나가고 싶지 않았다. 차마 성준을 두고 갈 수 없었다.

성준은 오래도록 침실에서 나오지 않은 연우를 데리러 왔다.

"연우야, 오늘 몸이 좋지 않은 것이냐?"

연우는 그저 힘없이 고개를 저을 뿐이었다. 지금 성준에게 이 모든 것을 말하게 된다면 아마 윤이가 위험해질 수도 있었다. 연우는 먼저 윤이를 만나야겠다고 결심했다.

"폐하, 잠시 쉬고 싶습니다. 긴장을 너무 많이 한 탓인지……."

연우의 말에 성준은 걱정스러운 듯 쳐다보다 이내 자리에서 일어났다.

"자리를 비켜줄 터이니 편히 쉬어라."

성준의 발걸음 소리가 거의 들리지 않자 연우는 조용히 방을 나섰다. 연우의 침실 앞을 지키고 있어야 할 사람들은 청(靑)국의 사신들을 대접하기 위해 자리를 비운 상태였다. 그 덕에 연우는 몰래 침실을 빠져나올 수 있었다. 아마 윤이는 궐의 정문 쪽을 호위하고 있을 터였다. 연우는 건물에서 나와 정원을 가로질렀다. 시끄러운 소리가 들리는 것을 보니 벌써 연회가 시작된 듯했다. 연우는 아무도 없는 길을 찾아 정문을 향해 달렸다. 저 멀리 홀로 서 있는 윤이가 보였다.

"윤이야!"

"연우야, 네가 여긴 왜……."

"할 말이 있어서…… 윤이야, 난 말이야. 이곳을 떠나지 않을 거야."

"그게 무슨 소리야? 너도 알잖아. 이곳에 남아 있는다면 언제 미칠지 모르는 왕이 널…… 널 위험에 빠뜨릴 수도 있어."

"폐하께선 그런 분이 아니셔. 윤이야, 난 이곳을 나가지 않아. 폐하와 함께 있기로 약속했어."

연우가 윤이를 찾아가 이야기를 나누는 동안 성준은 연우가 걱정이 되어 연우의 방으로 다시 돌아갔다.

"연우야."

연우를 부르며 방문을 열었지만 방 안에는 아무도 없었다.

"여봐라. 아무도 없느냐?"

"예, 폐하."

지나가던 궁인은 성준의 부름에 급히 달려왔다.

"연우를 보지 못했느냐?"

자신을 혼낼 것이라고 생각했던 궁인은 안도의 한숨을 내쉬었다.

"마마께서 좀 전에 정원을 가로질러 가셨습니다. 어디로 가시는지는 저도 잘……."

궁인의 말에 성준은 급히 북쪽 뒷문을 향해 있는 정원으로 달려갔다. 정원을 살펴보다가 성준은 뒷문 근처에서 이야기하고 있는 윤이와 연우를 보았다. 성준은 두 사람의 이야기가 들릴 만큼 다가가 담벼락에 숨었다.

"난 너와 함께 갈 거야. 연우야, 네가 가지 않겠다고 해도 널 데리고 이곳에서 나갈 거야. 조금 뒤 이곳에서 해시에 만나자."

윤이는 그 말을 끝으로 자리를 떴다. 윤이가 간 뒤 연우는 그 자리에 주저앉아 결국 눈물을 터뜨렸다. 그리고 연우가 우는 모습을 지켜보던 성준은 한참을 그렇게 지켜보다가 몸을 돌려 그곳을 빠져나왔다.

해가 자취를 감추고 달이 떠올라 나라에는 달빛만이 반짝였다. 연회도 이미 끝나 사신들도 모두 잠에 든 시간이었다. 해시가 가까워지자 성준은 윤이를 불렀다.

"오늘 밤 내 호위를 해라. 궁 안에 사람들이 많이 있으니 오늘은 밤새도록 내 방을 지켜라."

"폐하, 오늘은 휘영이가 이곳에 있을 겁니다."

고개를 숙이며 말하는 윤이에 성준은 얼굴을 굳혔다. 결국 자리를 비운 윤이에게 성준은 화가 난 듯했다. 성준은 칼을 챙겨 북쪽 뒷문으로 향했다. 어둠이 내려앉은 궁궐 안 윤이는 가지 않겠다고 소리치는 연우를 끌고 북쪽으로 향했다. 연우는 윤이에게 울면서 애원했다.

"내가 없으면 황제께서 외로우실 거야. 이런 나날들이 계속될 거야. 윤이야, 제발……."

우는 연우를 보며 윤이는 끝내 소리쳤다.

"왜 그게! 너여야 하는 건데?"

"윤이야……."

"나와 같이 가자. 해가 뜰 때쯤이면 연(蓮)나라에 도착해 있을 거야."

윤이가 연우에게 말했다. 그때 저 멀리서 익숙한 목소리가 들려왔다.

"그 손을 놓아라. 목숨이 아깝지 않다면 그렇게 거기 있어라."

성준이었다. 연우는 갑자기 나타난 성준에 놀란 듯했다.

"최윤, 널 믿었다. 나의 충신이라 믿었다. 한데 네가 감히 왕비를 빼돌리려 해?"

윤이의 앞으로 칼을 들이민 성준은 윤이에게 잡혀 있는 연우의 손목을 잡고 데려왔다.

"넌 연우를 데리고 가겠다고 마음먹은 순간부터 반역을 저지르고 있었다. 내 너를 엄하게 벌하겠다."

성준의 말에 연우는 그 자리에 주저앉아버렸다.

윤이가 옥에 갇힌 지 사흘째 되는 날, 연우가 눈물로 황제에게 부탁을 한 지도 사흘이 되는 날이었다. 연우는 그동안 윤이를 위해 황제에게 빌었다. 목숨만은 살려달라고, 자신의 가장 소중한 친구라고. 그래도 황제는 끝내 답이 없었다. 성준은 성준대로 머릿속이 복잡했다. 어릴 적부터 오랜 친구라고 했는데 혹여나 연우가 윤이를 좋아하는 것이 아닐까 생각했다. 결국 그날 밤 성준은 연우를 찾았다.

"폐하……."

"날 떠나려고 한 것이냐?"

"그런 게 아닙니다. 그저…… 그저……."

성준의 차가운 말에 연우는 결국 눈물을 흘렸다. 우는 연우를 보고 마음이 아릿해진 성준은 그런 연우를 끌어안았다.

"그 아이를 사랑하는 것이냐?"

눈물로 젖은 목소리로 성준은 물었다. 연우는 고개를 저었다. 자신이 사랑하는 사람은 황제였다. 어느새 연우의 마음에 크게 자리 잡은 성준이었다. 연우는 성준을 바라보며 말을 이어나갔다.

"폐하, 폐하를 감히 연모합니다. 제가 폐하를 많이 연모합니다. 평생 곁에 있겠습니다."

자신을 사랑한다고 고백하는 연우를 성준은 더 꽉 끌어안았다. 궐 안에 꽃이 피어나기 시작했다. 길고 추웠던 겨울이 지나고 봄이 다가오는 듯했다. 윤이는 황제의 명령으로 옥에서 나오게 되었다. 궁으로 들어오라는 황제의 말에도 결국 윤이는 나라를 떠났다. 윤이가 나라를 떠난 후 성준은 연우의 도움을 받아 백성들 앞에 설 수 있었다.

"폐하, 백성들의 소리에 귀 기울이셔야 합니다. 굶어죽는 백성이 없고 울부짖는 백성이 없는 나라, 그런 나라를 만드셔야 합니다."

성준이 백성들 앞에서 자신의 잘못을 고하고 사과를 하는 자리였다. 연우는 성준이 백성들 앞에 나서기 전 마지막으로 성준을 향해 웃었다. 궐의 문이 열리고 성준은 백성을 향해, 나라를 향해 발을 내디뎠다. 어렸던 황제는 어느새 훌쩍 커버려 참고 참았던 말을 꺼냈다. 나를 믿어준 모든 이들에게 슬픔과 고통을 안겨줘 미안하다고, 나를 원망한다면 영원히 용서치 않아도 된다고. 왕은 만백성의 앞에 무릎 꿇고 사과했다. 결국 울음을 토해낸 왕은 함께 눈물짓는 백성들을 바라보았다. 아프지만 행복한 봄이었다.

"아버지, 사랑하는 왕이 되겠습니다. 사랑 받는 왕이 아닌 사랑하는 왕이 되겠습니다."

"그분은 이 땅에서 가장 높은 이다. 또한, 가장 낮은 자이기도 하셨지. 단, 하나의 백성도, 그에게는 하늘이고, 땅이고, 우주였다."

『대왕세종』中 장영실터

성준과 연우가 생을 다하고 숨을 거둔 뒤 누군가 그들을 그리며 한 말이었다.

교육을 만나다

_황수빈

대구에서 태어났다. 1남 1녀 중 막내이며, 늦둥이로 많은
사랑을 받았다. 현재 경북여고 2학년에 재학 중이다.

교육이 한 인간을 양성하기 시작할 때의 방향이
훗날 그의 삶을 결정할 것이다.

-플라톤-

만남의 시작

　처음 발령받은 학교, 그곳에서 나는 기대와 다른 상황에 직면했다.

　그토록 열심히 달려와서 교사란 꿈을 이루었음에도 아이들에게 관심을 쏟기는커녕 업무에 치이고 치여서 나 하나 챙기기에도 바쁜 하루를 보내고 있었다. 처음 교사라는 꿈을 가졌던 시절에 아이들에게 꿈과 희망을 심어줄 것이라는 당찬 포부는 사라진 지 오래였다. 나는 절대 되지 않으리라 결심했던, 직업인으로서의 교사. 그 모습만이 남아 있었다. 내게서 교사로서의 목표나 교육관과 같은 것은 찾아보기 힘들었다.

　'나에게는 교사로서의 자질이 없는 건가?'

　이런 생각만으로 하루하루를 겨우 견뎌내던 중, 신비한 일을 겪었다. 10월, 선선한 바람을 맞으며 여느 때와 다름없이 수업 준비를 하고 있었다. 내일 수업할 부분은 '정약용의 생애'. 아, 오늘은 수업 준비 안 해도 되겠다. 나는 그를 너무나도 잘 알고 있었다. 왜냐하면 내가 그를, 만났기 때문이다. 아마 이맘때였던 것 같은데…… 나도 모르게 옛 기억을 되짚기 시작했다.

시간, 공간

눈을 떴을 때는 해가 중천에 떠있는 오후였다.

뿌연 흙먼지가 날렸다. 나는 어젯밤의 기억을 되짚기 시작했다. 뜻대로 행동하지 않는 아이들에게 나도 모르게 화가 나 소리를 지르고, 아무래도 내겐 교사의 자질이 없는 것 같다는 생각으로 한없이 우울해져 있는 상태였다. 괜스레 처량해져 근처 포장마차에 잠깐 들렀다가, 집으로 돌아가던 중이었던 것은 확실했다. 등 뒤를 타고 올라오는 차디찬 감촉을 보아하니 길바닥에 쓰러져 지난밤 내내 사람들의 통행을 방해했을 것이 분명했다. 그때 뭔가 이상함을 느꼈다.

사방이 시끄러웠다.

시끄러울 리가 없었다. 내가 사는 곳은 인적이 드문 골목길이었고, 범죄 사건이 일어난다면 모를까 절대 사람이 모일 일이 없는 곳이었으니까. 순간 정신이 번쩍 들고 불안감이 엄습했다. 이곳은 내가 사는 동네가 아니다. 그 순간 시야가 점점 또렷해지면서 짚신 하나가 보였다.

"이보시오! 괜찮으신 겁니까?"

시선을 점점 위로 향하는 순간 갓을 쓰고 한복을 입은 사내가 눈에 들어 왔다. '맙소사, 뜬금없이 웬 한복?' 뭔가 이상한 사람이라고 생각하며 사내 에게로 눈을 돌리는 순간 믿을 수 없는 광경이 펼쳐졌다. 한복을 입은 사람 들, 사극에서만 보던 갖가지 장신구들을 파는 상인들, 주막에 모여 앉은 사 람들까지. 모든 사람들이 분주히 자기 할 일을 하고 있었다. '한복'을 입고. 다시 사내에게로 눈을 돌렸다. 눈에 익은 얼굴이었다.

정약용을 만나다
蛙之將躍 亦蹙而跼

"엇, 편의점?"

그 사내는 아무래도 집 근처 편의점 알바생인 듯했다.

예전에 한 번 너무 우울한 마음에 나는 교사될 자격도 없다며 계산하던 그 알바생을 붙잡고 하소연을 한 적이 있었다. 그때 아마 자기는 알바만 10종류 넘게 했다면서 하고 싶은 일을 하면 언젠가는 발전할 수 있을 거라고 말했는데, 갑자기 뜬금없이 한복을 입고 나타나다니.

"혹시 이런 알바도 하시는 거예요?"

그는 가만히 나를 쳐다보더니 그냥 가버렸다. 아, 그 편의점 알바생보다는 조금 앳된 얼굴인데, 잘못 본 건가?

집으로 돌아가기 위해 자리에서 일어났다.

세상에, 내 복장은 또 이게 뭐람. 나 또한 주변의 여느 사람들과 같이 한복을 입고 있었다. 그제야 뭔가 이상한 낌새를 느끼고는 주변을 서서히 걸어 다니기 시작했다. 민속촌이거나 드라마 촬영하는 곳이라고만 생각했건만, 사람들은 지나치게 분주했다. 도저히 연기라고는 볼 수 없을 듯한 자연스러움이 묻어났다. 지나가던 한 사람을 무작정 붙잡고 물었다.

"여기가 어디에요?"

"강진이지요. 저쪽이 만운산이구요. 길을 잃으셨소?"

"여기가 강진이라고요?"

"그럼 여기가 강진이지 어디가 강진인겨. 길을 잃으신게요?"

"아, 아니에요. 감사합니다."

이상하다는 듯이 쳐다보고 다시 갈 길을 가는 낯선 이를 뒤로한 채 나는 허공만 바라보며 생각을 이어갔다. 강진, 익숙한 지명이었다. 아마 전라남도였던가? 하지만 방금 전까지 대구에 있던 내가 전라남도에 있다는 사실이 도저히 믿겨지지 않았다. 미친 생각이지만 어쩌면 이곳은 내가 살던 세상이 아닐 수도 있겠다는 생각이 들기 시작했다. 확인이 필요했다. 다급한 마음에 지나가던 사람의 팔목을 잡아채며 물었다.

"오늘 날짜가 어떻게 됩니까?"

"임술년(壬戌年) 시월 십칠일(1802년 10월 17일)이지요."

세상에, 미친 게 아닐지도 모르겠다. 내 추측이 맞다면, 내가 있는 이곳은, 조선이었다.

배움

아무리 생각해도 웃음밖에 나지 않았지만 이곳이 조선이 맞다면 모든 상황이 맞아떨어졌다. 꿈인 게 분명하다 싶어 볼을 세게 꼬집어도 보았다.

"꼬르륵"

이 순간에도 배는 고프다. 갑자기 낯선 곳에 떡하니 떨어진 것만 해도 감당이 안 되는데, 배고픔은 더욱 감당이 안 되었다. 일단 먹자. 바로 보이는 주막집으로 들어갔다.

주막집에 들어가자마자 할머니가 반갑게 맞아주었다.

할머니와 인사를 하고 아차 싶었다. 아, 돈이 없구나. 당황해서 주변을 둘러보았지만, 하나 더. 아, 이곳에는 아는 사람이 한 명도 없지. 그때 한 사람이 눈에 띄었다. 이곳에 쓰러져 있을 때, 날 일으켜 세워주었던 사내였다.

잠깐 스쳐 지나간 사이인데도 그렇게 반가울 수가 없었다.

심지어 저 사람은 나를 모르겠지만 나는 저 사람을 현실에서 만난 적이 있지 않은가. 뱃가죽이 꺼져 버릴 것만 같은 마당에 저 사람에게 나는 '잠깐 마주친 헛소리를 지껄이던 사람'일 뿐이라는 사실은 전혀 중요하지 않았다. 당장에 그 사내에게로 다가가 말을 걸었다.

"저…… 혹시 돈 좀 있으세요?"

사내는 당황스런 눈빛으로 나를 쳐다보다가, 마주 앉아 있던 사람에게 도움을 청하는 듯했다. 나도 사내를 따라 그 사람에게로 시선을 옮겼다. 40대 후반 정도로 보이는 중년의 남자였다. 그는 당황하는 것 같았다. 첫인상이 꼿꼿하며 빈틈이 없어보였다. 사극에 나오는 유배 온 사람들의 차림처럼 하얀 삼베옷을 입고 있긴 했지만 눈에서 빛이 났다. 나는 그에게 간절한 눈빛을 보내며 속으로 말했다. '배가 고파 죽을 지경이니 제발 한 번만 도와주세요.' 그 눈빛이 통한 것인지 남자는 미소를 지으며 주막집 할머니께 만두 한 판을 부탁했다.

몇 번을 감사하다고 말하고는 바로 옆 상에 앉아 만두를 먹기 시작했다. 소년과 남자가 이야기하는 것이 들렸다. 나 때문에 끊겼던 대화를 이어가는 듯했다. 소년이 말했다.

"저는 가난한 아전의 아들로 태어나 그저 농사를 지으며 사는 것이 당연하다고만 생각했습니다. 어느 날 제가 양반은 아니더라도 학문을 익혀 세상을 더 잘 보고 싶다는 마음이 들기 시작하였습니다. 그리하여 무작정 공부를 하기 시작한 것입니다. 다른 마음은 없었습니다."

"알겠다. 내 너의 근면함과 열정을 잘 알고 있다. 공부는 누구나 할 수 있는 것이다. 문사(문학과 사학)를 갈고 닦아 큰 사람이 되는 것은 어떠하냐."

아무래도 남자는 대단한 인물인 듯 보였고, 소년이 그런 남자를 찾아와 대화를 청한 것 같았다. 소년이 쭈뼛쭈뼛하며 망설이는 것이 눈에 들어왔다. 소년이 잠시 망설이더니 입을 뗐다.

"선생님! 제게는 세 가지 병통이 있습니다. 첫째는 너무 둔하고, 둘째는 앞뒤가 꽉 막혔으며, 셋째는 답답한 것입니다. 저 같은 둔재도 공부를 할 수 있겠습니까?"

"배우는 사람에게 큰 병통이 세 가지 있다. 첫째, 기억력이 뛰어난 이에게는 공부를 소홀히 하는 폐단이 있고, 둘째, 글짓기가 쉽게 되는 이에게는 저도 모르게 경박해지고 들뜨게 되는 폐단이 있고, 셋째, 이해력이 빠른 이에게는 곱씹지 않아 깊이가 없는 폐단이 있단다. 한데 너에게는 그 세 가지가 모두 없구나. 머리가 둔하지만 공부를 파고드는 사람은 식견이 넓어지고, 앞뒤가 막혔지만 뚫는 사람은 흐름이 거세지며, 분별력이 없는 사람이 꾸준히 갈고 닦으면 마침내 그 광채가 눈부시게 될 것이야. 공부를 파고드는 것은 어떻게 해야 할까? 부지런히 해야 한다. 뚫는 것은 어찌 해야 할까? 부지런히 해야 한다. 연마하는 것은 어떻게 할까? 부지런히 해야 한다. 어떻게 부지런히 하느냐고 묻는 게냐? 마음을 확고히 다잡으면 된다. 알겠느냐? 어쩌면 네 둔함과 근면함이 무기가 될 수도 있는 것이지.”

그제서야 나는 이 대단한 인물이 누구인지 알 수 있었다. 둔한 것이나 막힌 것이나 답답한 것이나 ‘부지런하고, 부지런하고, 부지런하면’ 풀린다. 무엇보다 중요한 것은 첫째도 둘째도 셋째도 근(勤,부지런함)이다.

삼근계(三勤戒). 바로 다산 정약용이다. ‘강진’에 떨어진 이유를 알게 되었다. 강진, 바로 신유사화 이후 정약용의 유배지였다. 나는 잠시 생각을 정리하다 대화가 끝나고 주막집 안쪽으로 들어가는 이들을 따라가기 시작했다. 그들은 함께 주막집 뒷방으로 들어갔다.

‘사의재(四宜齋)’

‘사의재’라는 이름과 반쯤 열린 문으로부터 흘러나오는 낭독 소리를 듣자 하니 이곳은 다산 선생이 주막집 뒷방에 연 서당인 듯했다. 바로 맑은 생각, 엄숙한 용모, 과묵한 말씨, 신중한 행동 등 네 가지를 마땅히 해야 할 집을 뜻하는 ‘사의재’였다.

오가는 술손님들의 주사와 주막에서 들려오는 이야기 소리가 공부하는 아이들에게 방해가 될 수도 있겠다, 생각했다. 나조차도 조금 시끄럽다고 생각할 정도였으니까. 게다가 주막이 마을 우물 옆에 있어 빨래하러 나온 아낙들의 방망이질 소리와 수다소리까지 훤히 들려왔다. 이런 열악한 환경에 서당이 있다니, 그럼에도 불구하고 배움을 청하는 아이들과 다산 선생이 그런 아이들을 교육하는 모습은 아름답게까지 느껴졌다. 그렇게 한참을 바라보던 중 서당 안에 있던 아이들과 눈이 마주쳤다. 아까 보았던 소년이 말했다.

“스승님, 밖에 누가 와 있습니다.”

소년의 말에 다산 선생은 고개를 돌려 나를 보았고, 천천히 일어나 문을 열어 밖으로 나왔다. 곧장 걸어와 내 앞에 선 다산 선생이 물었다.

"아까부터 서성이고 있었지요?"

아, 다 보셨구나. 나는 잠시 할 말을 찾지 못하고 가만히 서 있었다.

"왜 서성이고 있었던 거요? 혹시 할 말이 있는 겐가?"

그와 좀 더 깊은 이야기를 하고 싶다는 생각이 솟구쳤다. 아까 만났던 그 소년과의 관계도, 이렇게 서당을 연 이유도. 지금부터 나눌 이 대화는 어쩌면 내가 겪는 어려움을 풀어나가는 데 한 줄기 보탬이 될지도 모른다는 생각이 들었다. 나는 잠시 생각하다가, 대화의 운을 떼기 시작했다.

"선생에 대한 말씀을 익히 들었습니다. 하나 이러한 곳에서 서당을 하시며 아이들을 교육하신다는 것은 들어본 바가 없는 터라, 궁금함에 잠시 서당 밖을 서성였습니다. 혹 제 궁금증을 풀어주실 수 있으신지요?"

내 말을 듣던 다산 선생이 고개를 끄덕이며 대답하였다.

"나는 순조 신유년(1801)에 강진에 귀양을 오게 되었습니다. 사람들과 접촉하는 것조차 허락되지 않았지요. 서당을 세운 것은 얼마 전의 일입니다. 아까 전 주막에서 나와 얘기를 나누던 아이는 산석이라는 아이지요. 산석은 몇몇 아이들과 함께 주막집 앞길에서 공놀이를 하고 있었습니다. 사람을 시켜 공놀이하는 아이들을 불러오게 하였지요. 다른 아이들은 제게 선뜻 다가왔지만 산석은 세 번을 되풀이해 부른 뒤에야 절을 하더군요. 아이들에게 이름과 나이, 무슨 일을 하는지 물었지요. 대답을 듣고 나니 마침 날이 저물어 어두워졌으므로 산석만 남겨 이야기했습니다. "네가 이곳에서 공부를 할 수 있겠느냐?" 산석이 대답하더군요. "부모님이 계시니 부모님께서 시키시는 대로 따르겠습니다." 산석의 아버지가 허락하신 덕에 다음 날 산석이 저를 찾아왔습니다. 그때부터 산석과 사제지간이 되었지요. 그 이후로 며칠 동안 산석에게 경서를 베껴 쓰게 하고 〈예기(禮記)〉 '단궁(檀弓)' 편을 가르쳐주었습니다. 산석은 근면하고 공부에 대한 열정이 큰 아이입니다. 방금 전의 일은 그리하여 산석에게 문사를 공부할 것을 제안하고 있었던 게지요……."

다산 선생은 잠시 호흡을 가다듬고 다시 말을 이어갔다.

"이곳 강진은 교육의 기회가 제대로 주어지지 않은 소외된 지역입니다. 배우고자 하는 아이들은 넘쳐나지만 양반이 아닌 아이들은 책 한 번 펼쳐 보기가 힘들지요. 그리하여 나는 사의재를 세워 대대로 서울에 살면서 벼슬을 하던 경화세족(京華世族, 서울에 살면서 벼슬을 하던 양반 계층)이 아닌 시골의 토족이나 중인, 평민 가정의 어린이들을 가르치고 있는 것입니다. 배움의 기회를 주기 위해서요."

선생의 이야기를 들으면 들을수록 존경할 수밖에 없는 사람이라는 것을 마음으로 느낄 수 있었다. 이야기를 듣는 내내 때로는 멀고 높은 곳의 사람인 것만 같은 그의 인품에 감탄하였고, 때론 너무나도 인간적인 고민과 생각이 놀라웠다. 그의 말이 끝난 이후에도 이야기가 더 듣고 싶었다. 또한 그에게 내 이야기를 하고 싶어졌다. 나는 천천히 입을 떼기 시작했다.

"저는 아이 스물일곱 명을 가르치고 있는 선생입니다. 교육에 큰 뜻을 품고 이 일을 시작하였지만 가르친다는 것은 생각보다 훨씬 더 어려운 일이었습니다. 그리하여 무작정 이곳으로 오게 되었습니다. 선생을 만나뵙기 위해서요. 너무나 급작스럽게 온 터라 돈도, 아는 사람도, 머물 곳도 없습니다. 혹 실례가 되지 않는다면 이곳에 머무르며 선생의 일을 도와도 되겠습니까?"

이 기회를 잡지 못한다면 평생 제자리걸음일 것만 같았다. 간절한 마음은 기적을 만들어낸다고 했던가, 다산 선생이 미소를 띠며 말했다.

"교육에 뜻이 있는 사람이라면 얼마든지요. 이곳에 머물러도 좋습니다."

변화

다산 선생의 서당에서 일을 돕기 시작했다. 단지 아이들의 말동무가 되어 주며 아이들이 집으로 돌아가는 길을 살펴주기만 하라는 다산 선생의 말에 크게 감동을 받았다. 맡은 일에 최선을 다하자는 좌우명대로 그날부터 아이들 하나하나와 눈을 맞추었다.

"아 정말, 그런 일이 있었어?"

아이들 말 하나하나에 반응해 주기 시작했으며,

"어제는 뭘 했는데?"

아이들의 이야기에 관심을 가지기 시작했다. 아이들과 친해진 것 같다는 (지극히 개인적인 판단이었지만) 생각에 걸어 다니면서도 자꾸만 웃음이 나왔다. 아, 요즘 아이들이 이상한 눈빛으로 쳐다보는 것이 그 때문이었나.

돌도 씹어 먹을 나이에 공부하느라 배고플 아이들에게 만두라도 하나씩 챙겨줄 마음으로 주막집 할머니를 찾아가 애교를 부리고 있었다.

"할머니이- 아이들 공부하느라 안 그래도 없는 살이 더 빠지겠습니다. 만두 대여섯 개만 챙겨주시면 안 되겠습니……."

할머니의 어깨 뒤편으로 산석과 눈이 마주쳤다. 흔들리는 눈빛에 말문이 턱 막혔다.

'안 돼, 배고파하는 아이들을 생각하자.'

"안 되겠습니까~?"

해냈다. 평생 피울 애교를 이 순간 다 해버리자는 마음가짐으로 눈을 질끈 감았다. 할머니의 웃음소리에 슬그머니 한쪽 눈을 떴을 땐, 못 볼 걸 봤다는 표정으로 날 쳐다보고 있는 산석이 있었다. 애쓰는 모습이 장하다며 만두

한 판을 통째로 챙겨주신 할머니에게 연신 감사 인사를 드리고 서당으로 돌아가는 길이었다. 그때 뒤에서 어깨를 툭툭 건드리는 손길이 느껴졌다. 휙-뒤를 돌아보니 쭈뼛쭈뼛 머뭇거리는 산석이 눈에 들어왔다.

"왜, 뭐 할 말 있어?"

주저하던 산석이 마침내 말을 꺼냈다.

"고민이 있습니다……. 저는 양반 출신이 아니라서 열심히 공부를 해도 과거를 볼 수가 없습니다. 제가 이렇게 공부를 한다고 해서 후에 무언가 달라질 것이 있을까요?"

내 앞의 산석은 이후 황상이라는 조선 최고 문장가가 된다. 이 사실을 알고 있는 나에게는 산석의 질문이 한없이 귀엽게 느껴졌다. 내 앞의 이 소년이 역사에 길이 남을 문장가가 된다. 순간 온몸에 소름이 돋을 뻔한 것을 겨우 쓸어내리고 이야기했다.

"공부가 하고 싶다고 했지?"

"……."

"사실 다산 선생께서 너에 대한 이야기를 하셨어. 공부에 대한 열정이 뛰어난 아이라고 하시더라. 마음만 있으면 된 거야. 선생의 말씀을 평생의 좌표로 삼아 한없이 부지런하게 공부하고 배워나가렴. 지금 공부를 하고 있는 것은 후에 반드시 어떤 형태로든 빛을 발하게 될 거야."

"아, 시 쓰는 공부를 절대 게을리 하지 말고."

방금 한 내 말이 인물의 삶에 어떻게든 영향을 미칠 것이라는 생각에 뿌듯한 웃음을 짓다가,

'현실에서도 내 사소한 말이 아이들에게 큰 영향을 미쳤겠구나'

여기에까지 생각이 미치면서 마음이 복잡해졌다. 삶을 살아가는데 지쳐 아이들의 이야기에 귀 기울이지 않은 지 꽤 오래된 듯했다. 초심을 잃었달까. 듣는다는 것이 이렇게 서로의 마음을 여는데 중요한 일인지 미리 알지

못했던 것이 후회스러웠다.

"선생님 이리 와서 좀 도와주세요! 놀이판이 다 망가져 버렸습니다!"

모여 있는 무리 속에서 누군가 나를 불렀다. 가을은 독서의 계절이라고 하지 않았던가. 모든 아이들이 경전을 뚫어져라 쳐다보며 공부하는 중에 한 아이가 유독 멍하니 앉아 있는 것이 눈에 띄었다. 무슨 일이 있는가 싶어 계속해서 그 아이를 보고 있었는데, 한참을 그리 앉아 있는 것이었다. 갑자기 다산 선생이 일어났다. 의아하게 바라보는 나를 뒤로한 채 휘적휘적 걸어간 다산 선생이 그 아이 앞에서 멈춰 섰다. 다산 선생은 아이의 눈을 바라보며 얘기를 시작했다.

"공부하기가 싫으냐?"

"그건 아닙니다. 한데…… 의욕이 생기질 않습니다."

"누구나 그런 때가 올 수 있다. 하지만 공부라 함은 네가 더 큰 사람으로 도약할 수 있는 계기를 만들어 주는 것이란다. 더 큰 세상과의 연결고리지. 네가 지금 공부를 한다는 것은 그 세상을 맛볼 수 있게 된다는 게 아니겠니?"

고개를 숙인 채 선생이 하는 말을 듣고 있던 아이는 천천히 고개를 들었다. 다산 선생은 그 아이와 눈을 맞추며 눈빛만으로 결연한 의지와 같은, 그 무엇을 말하는 듯하였다. 순간 아이는 뭔가 결심한 듯 책을 폈고, 천천히 책장을 넘기기 시작했다. 곧 다른 아이들과 함께 소리내어 책을 읽기 시작하였다. 다산 선생을 보는 눈에는 빛이 가득했다. 그날 이후 아이의 변화는 놀라웠다. 모두 다산 선생의 격려 한마디가 이끌어 낸 일이었다. 선생의 말 한마디의 힘이 이 정도로 놀라울 줄이야, 내 말 한마디 한마디가 아이들의 삶에 큰 영향을 미쳤을 것이라 생각하니 부끄러워졌다. 아이들을 타이르기보다는 규칙과 의무만을 강요했으니까. 그동안 좋은 교육자가 되기 위해 얼마나 많은 노력을 했는가. 다산 선생은 자신조차 귀양을 와 갈 곳이 없어 주막에 거처를 마련할 수밖에 없는 열악한 환경에 있음에도, 공부하고자 하는 아이들에게 꿈을 심어 주려 끊임없이 노력하는 모습이었다. 그를 보고만 있어도 절로 스스로를 돌아보게 되었다. 나는 하루도 빠짐없이 스스로를 그에게 비추어보았고, 그렇게 그를 닮아가고 있었다.

선생의 서당에서 일한 지도 어느덧 한 달 남짓이 지났다. 가끔은 옆에 있는 사람이 다산 정약용이란 위대한 실학자라는 사실이 믿기지 않을 때가 많았다. 방금 전의 순간도 그러했다. 갑작스레 다산 선생에 대해 궁금증이 생겨 뚫어져라 선생의 얼굴을 쳐다보고 있었다.

"얼굴이 뚫어지겠습니다."

시선을 느꼈는지 다산 선생이 말했다.

"아닙니다. 하시던 일 하십시오."

"하하— 굉장히 할 말이 많은 눈빛인데요. 물어보고 싶은 것이 있거든 물어보세요. 도움을 받고 싶다고 하지 않았습니까."

어떻게 그렇게 내 마음을 잘 아는 것인지 정곡을 찌르는 선생의 말에 나는 '이때다' 하고 입을 열었다.

"요즘에는 연구하고 계시는 것이 없으십니까? 이전에는 많은 것을 연구하시고, 성과를 내셨다 들었습니다."

"흠…… 하나 분석하고 있는 것이 있긴 하지요. 아이들이 제대로 책을 읽을 수 있는 날은 300일 정도밖에 안 된다고 한다면 믿겠습니까?"

"1년에 말입니까?"

"아니오, 아이들이 자라나는 기간 동안에요."

의아해하는 내 표정을 읽으셨는지 선생이 말을 이어나가셨다.

"글을 읽는 기간은 대개 8~16세인데 이 중 8~11세는 철이 안 들어 글을 읽어도 의미를 모르고 15~16세는 음양의 기호(嗜好)가 생겨 물욕이 마음을 분산시키니, 독서는 주로 12~14세에 이뤄지는 것이지요. 또 여름은 몹시 덥고 봄, 가을은 놀기에 좋아 실제 독서기간은 9월에서 이듬해 2월까지 180일, 3년을 합치면 모두 540일인데 명절과 질병, 우환을 겪는 날을 빼면 300일쯤밖에 안 되더이다. 독서란 마음에 양식을 쌓는 일입니다. 올곧은 지성인으로 자라나게 해주는 것이지요. 내가 가르치는 아이들에게 많은 글을 읽히는 것도 이 때문입니다. 대부분의 아이들이 이 시기에 놓여 있기 때문이지요."

다산 선생은 무한한 존경의 눈빛을 보내는 나를 보고는 입가에 미소를 띠며 말했다.

"나는 환경이 좋지 않더라도 잘만 교육시키면 성인도 되고 뛰어난 문장가도 되며 세상을 경륜할 경세가도 만들 수 있다고 생각합니다. 이 아이들이 올곧은 사회인으로 더 큰 세상으로 나아갈 수 있도록 도와주는 것이 내가, 교육자가 해야 할 일이라고 생각합니다. 그리하여 나는 이곳에 머무르는 동안에는 이곳의 아이들에게 내가 할 수 있는 최대한으로 배움의 기회를 주고자 합니다."

蛙之將躍 亦蹙而跼
와 지 장 약   역 축 이 국

개구리도 뛰려고 할 때에는 몸을 잔뜩 움츠린다.

－다산 정약용

다산 선생으로부터 많은 것을 배워가며 하루하루 변화하는 내 모습에 감탄하고 있을 때쯤, 또 하나의 이상한 일을 겪었다.

여느 때와 다름없는 고요한 새벽녘이었다. 이곳의 생활에 익숙해져 평소

라면 꿈도 꾸지 못할 시간에 일어났다. 잠깐 마루에 앉아 새벽공기를 쐬고 있었다. 얼굴을 스쳐가는 바람에 기분이 좋아져 잠깐 눈을 감은 찰나였다. 순간 밀려오는 어지러움을 참지 못하고 정신을 잃었다.

"윽."

눈을 떴다. 차가운 아스팔트 바닥이었다. 다시 현실로 돌아온 것인가 했지만 아무리 주변을 둘러봐도 낯선 환경이었다. 또 한 번 시간여행을 한 것일까. 그렇다면 이번엔 누굴 만나려고 이곳에 떨어진 것일까. 하필 휑한 창고와 같은 곳에 떨어져 궁금증을 풀어줄 만한 물건조차 거의 보이지 않았다. 한 가지 짐작할 수 있는 것은 다산선생이 살던 시대보다는 훨씬 많은 시간이 지난 후라는 것이었다.

"작별 인사도 못했는데……."

다산선생과 아이들에게 내가 그저 짧은 순간 스쳐가는 사람이었으리라 생각하니 갑작스레 우울해졌다. 언제까지나 그곳에 살 것이라 생각한 것은 아니지만…… 벽에 기대어 몸을 웅크렸다. 등으로 느껴지는 차가운 감촉이 척추를 타고 올라왔다.

바깥에서 희미하게 발자국 소리가 들려왔다. 누군가 여기로 다가오는, 더 정확하게 말하자면 달려오는 듯했다. 발자국 소리가 점점 더 가까워졌다. 알 수 없는 공포감이 밀려왔다. 문고리가 돌아가는 소리가 들리는 찰나 무언가 차가운 것이 내 손목을 잡았다. 소리를 지를 새도 없이 손의 근원으로 추정되는 곳으로 잡아당겨졌다. 낯선 남자가 있었다. 나를 잡아당긴 차가운 무언가는 그 남자의 손인 듯했다. 다른 쪽 손으로 내 입을 막은 사내가 무언가 말하고 싶은 듯한 눈빛으로 조용하라는 손짓을 했다. 고개를 끄덕였다. 무엇인지 모르지만 위험한 상황인 것만은 확실했다.

순간 문이 벌컥 열렸다. 누군가 안으로 들어왔다. 저벅저벅…… 숨소리조차 들리지 않는 적막함 속에서 구두 굽 소리만이 고요함을 깼다. 시야로 구두 하나가 눈에 들어왔다. 들이마신 숨을 차마 내뱉지 못하고 누군가가 다시 나가기만을 기다렸다. 그 누군가는 잠시 그 자리에 멈춰 주변을 둘러보는 듯했다.

"無い, 行こう!(없다, 가자!)"

"はい!(네!)"

누군가가 다시 밖으로 나갔다. 끼이익- 철문이 닫히는 소리가 나자 참았던 숨을 몰아쉬었다.

"괜찮습니까?"

잠시 상황을 정리할 시간이 필요했다. 이 남자는 쫓기고 있고, 일본인이 이 남자를 쫓는다. 아니 한 사람이라기보다는 하나의 무리인 듯했다. 일본 군인 것일까, 그렇다면 이곳은 일제강점기 한국, 대한제국일 가능성이 높았다. 그렇다면 이 남자는…….

"이름이 어떻게 되십니까?"

날 의아하다는 듯이 바라보던 남자가 대답했다.

"안창호라 합니다."

안창호를 만나다
—
主人精神

대성학교

머리를 한 대 얻어맞은 듯했다. 멍하니 그의 얼굴을 뜯어보았다. 맞다, 내가 아는 안창호가, 신민회를 조직한 독립운동가. 그러나 내가 아는 것은 그것이 전부였다. 안창호가 교육과 깊은 관련이 있었던가? 묻고 싶은 것이 수도 없이 많지만 이런 상황에서 계속해서 물어보기가 뭣한 탓에 잠시 접어두었다. 우선 내가 어떤 상황인지 알아보는 것이 급선무였다.

"저 사람들이 왜 그쪽을 쫓는 거죠?"

"뜻을 함께하는 사람들과 의견을 나누던 중에 일본군이 들이닥쳤습니다. 이런 상황에 처하게 해 미안합니다. 그런데 언제부터 이곳에 있었습니까?"

아, 여기 이 사람에게는 갑자기 나타난 내가 적지 않게 당황스러웠을 것이다. 그의 편이 아닐지도 모르는 사람에게 베풀어준 친절이 여간 감동적인 것이 아니었다. 그러나 우선 변명거리부터 찾아야 했다. 시간여행을 하고 있다는 이야기를 어찌 믿겠는가.

"이곳은 처음인지라 길을 잃어 헤매던 중에 밤이 깊어서 말입니다. 잘 곳이 마땅치 않아 이곳에서 밤을 샐 참이었습니다."

안창호 선생은 의심을 거둔 듯 고개를 끄덕였다.

"잘 곳이 없으시다면 저와 함께 가시겠습니까? 이곳은 위험합니다."

뜻밖의 호의였다. 감사한 마음으로 선뜻 그를 따라나섰다. 그를 따라다니다 보면 내가 이곳에 온 목적 또한 알 수 있겠지, 한참을 걸어 한 건물에 도착했다. 들어서는 입구에 세워진 간판이 시선을 사로잡았다.

'대성학교'

학교라니, 그것도 규모가 꽤 큰 듯했다. 분명 내가 이곳에 온 이유와 관련이 있으리라. 이 학교와 안창호가 무슨 관련이 있는 것인가. 재워주는 것만으로도 감사해야 하지만 염치불구하고 그에게 물었다.

"이 학교에서 일하세요?"

"네, 정확히 말하자면 이 학교를 세웠습니다."

혁, 나도 모르게 튀어나온 감탄사에 그가 작게 웃음을 터뜨렸다. 상상치도 못했던 답변이었다. 그렇다면 그는 아마 일제강점기의 사설교육을 주도했던 인물일 것이다.

"어떻게 이 학교를 세우게 되셨어요?"

"제가 속한 조직이 있습니다. 그곳의 동지들은 나라의 실력을 기르는 가장 좋은 방법이 인재를 기르는 것이라고 생각합니다. 실력 있는 인재가 많아야 위기에 빠진 나라를 구할 수 있다고 믿기 때문이죠. 저 또한 그렇게 생각하고요. 그리하여 대대적으로 학교를 세우는 일을 추진하고 있습니다. 이 대성학교가 그 첫 번째이지요. 이곳 평양에 사는 많은 분들이 후원금을 보태주셨습니다. 참 감사한 일이죠."

조직이라 함은 신민회를 말하는 것이겠지. 그러나 이곳이 평양이라는 사실은 날 놀라게 하기에 충분했다. 북한 땅은 처음 밟아보는 걸, 가슴이 두근거렸다.

"이 학교에 대해서 조금 더 설명해 주실 수 있으십니까?"

너무 꼬치꼬치 캐물었던 것일까, 갑자기 튀어나온 궁금증 많은 어떤 여자가 조금은 부담스러웠던 것인지 아니면 호기심이 생겼던 것인지 안창호 선생이 웃으며 말했다.

"궁금한 것이 참 많군요. 교육에 관심이 많으신가봅니다. 혹시 교육계에 몸담고 계십니까?"

"네. 저는 교사에요. 저 또한 그쪽의 생각에 동의합니다. 그래서 대성학교란 곳에 더 관심이 가네요."

"교사시군요, 미처 몰랐습니다. 그저 교육에 관심이 많은 대학생인 줄로

만 알았는데, 아니었군요. 하하⋯⋯."

　대학생으로 보였다니, 참 달달한 칭찬으로 들렸다. 기분이 좋아서 입가에 미소를 띠고 웃고 있으니 안창호 선생이 말을 이었다. 꽤 결연한 말투였다.

　"건전한 인격과 실력을 갖추고, 체력 훈련을 통해 건강한 몸을 만들며, 나라를 깊이 사랑하는 민족 운동가를 기르는 것. 이것이 이 대성학교 교육의 방향입니다. 처음 학교 문을 열었을 때 입학생은 90여 명이었고, 4년가량이 지난 지금은 500명이 넘는 학생들이 입학을 요청합니다. 그들을 다 받아줄 수 없는 것이 그저 미안할 뿐이지요. 갈수록 일본이 더 엄격하게 사립학교를 억제합니다. 더 강력하게 탄압하죠."

　"일본이 탄압을 한다고요? 왜죠?"

　"사람들이 우둔해야 통치하기가 더 쉽기 때문입니다. 배우면 배울수록 잘못된 점을 바로잡으려 하니 자기들에게 큰 골치거리가 되는 것이겠죠. 나쁜 놈들⋯⋯."

　화가 났다. 일본의 탄압 때문에 교육의 기회조차 통제 당하는 이 나라의 학생들이 가여웠다. 그들을 도와주고 싶었다. 내가 교사가 되고 싶었던 이유가 여기에 있지 않은가, 교육의 기회는 모든 사람에게 균등하게 주어져야 한다는 것, 그것이 이들의 생각이자 나의 생각이었다.

　"이곳에서 일하고 싶습니다. 가르칠 수 있게 해주세요."

변화

대화가 끝나고 빈 교실에 들어가 잠을 청했다. 쉬이 잠이 오지 않을 듯했지만 잠이 오지 않기는……, 눕자마자 정신을 잃었다. 어김없이 아침은 밝았고, 창으로 들어오는 옅은 햇빛에 눈을 떴다. 어젯밤의 고요함과는 다른 분위기였다. 바깥이 시끌시끌했다.

창밖을 내다보자 아이들 무리가 교문을 통과하고 있었다.

그제야 이곳이 학교라는 사실이 실감났다. 그러고 보니 오늘이 첫 출근날이다. 급히 머리를 정돈하고 밖으로 나갔다. 학교 건물 안으로 들어온 몇몇 아이들이 인사를 했다. 그때 안창호 선생이 교문을 통과하는 것이 보였다.

반가운 마음에 단걸음에 그에게로 달려갔다.

"신세 많이 졌어요, 선생님. 이제 나오시는 거예요?"

"이 사람은 누구에요?"

안창호 선생의 옆에서 앳된 목소리가 들려왔다. 목소리의 주인은 열댓 살로 보이는 소녀였다.

"새로 오신 선생님이시다. 인사드려."

대화를 끊은 내가 못마땅했던지 대충 고개만 숙이고 학교로 달려가는 소녀였다.

"하하…… 저 녀석이 왜 저럴꼬. 고생하시겠습니다."

"뭘요, 귀엽기만 한데요. 열심히 가르치고 오겠습니다."

"오전에 아침 조례가 있습니다. 운동장에서 계속 머물러 있으면 제가 아이들을 데리고 나오지요."

안창호 선생의 배려에 다시 한 번 감동하는 순간이었다. 위인은 괜히 위인이 아니다.

"높고 푸르른 가을하늘 아래 서 있는 여러분들은 이 대성학교의 자랑스런 학생으로서……."

예나 지금이나 교장선생님의 연설이 지루한 것은 불변의 진리임이 분명했다. 끝나지 않는 연설에 슬슬 눈꺼풀이 무거워질 때쯤, 조그마한 손이 내 다리를 꼬집었다. 아까 본 그 소녀였다.

"선생님이 조례시간에 주무시면 어떡해요!"

"미안, 미안. 너무 피곤했나 봐, 깜빡 졸 뻔했네."

꽤나 날카로운 말투가 가슴에 꽂혔지만 눈빛에서 악의가 묻어나진 않았다. 다행히 교장 선생님께서 말씀을 마무리하고 계셨다.

"이번 한 주도 최선을 다해주길 바랍니다. 이상!"

박수가 쏟아져 나왔다. 드디어 길고긴 연설이 끝났다는 기쁨에서부터 나온 듯했다.

그런데 웬걸, 이번에는 안창호 선생이 앞으로 나왔다. 그리고 교탁 앞에 서서 입을 열었다.

"제가 조례시간에 이렇게 나온 이유는 특별한 손님이 왔기 때문이기도 하고, 여러분에게 특별히 할 이야기가 있어서이기도 합니다. 가장 필요한 말이지만 여태 여러분에게 이야기해 주지 못했지요."

특별한 손님이라 함은 날 칭하는 것일까, 아니면 또 다른 이를 칭하는 것일까. 잠시 궁금증을 접어두고 그의 이야기에 집중했다.

"나라가 없고서 일가와 일신이 있을 수 없고, 민족이 천대를 받을 때에 나 혼자만 영광을 누릴 수 없는 법입니다. 이 나라는 우리 민족의 나라이며, 우리 가족의 나라이고, 나의 나라입니다. 우리는 이 나라를 지켜내야 합니다. 지켜내려면 배워야 합니다. 실력을 양성해야 합니다. 지식을 쌓아야 합니다. 그렇게 하기 위해 우리가 믿고 의지해야 할 진리의 등불이 무엇일까요, 나는 '성실'이라고 믿습니다."

성실, 이전에 만났던 다산 선생에게서도 그런 말을 들은 적이 있었다. 안창호 선생도 '성실'이란 덕목을 매우 중요하게 여기는 듯했다.

"여러분이 우리나라의 미래요, 희망이요, 등불입니다. 매사에 성실히 임하며 마음껏 자신의 기량을 넓히십시오. 손닿는 데까지 지원해 드릴 것입니다."

그의 말은 모두의 마음을 뭉클하게 하는데 충분했다. 말이 끝나자 잠시 정적이 흘렀다. 그러다가 우레와 같은 박수가 터져 나왔다. 눈물이 날 듯했다. 이렇게 어려운 상황에서 교육에 힘쓰는 안창호 선생을 비롯한 이곳의 교육자들과 배우고자 힘쓰는 학생들이 너무나도 빛났다.

나는 안창호 선생이 지도하는 학급의 보조교사로 일하게 되었다.

매일 아침마다 그는 아이들과 어제 있었던 일을 얘기하며 수업의 문을 열었다. 또한 음악을 수시로 틀어 아이들에게 감상하게 했다. 다시 말하면 그의 주된 교육법은 자주 대화하는 소통의 교육과 음악을 활용한 정서교육이었다. 그의 가르침을 보는 것만으로 내가 앞으로 나아가야 할 방향을 찾는 느낌이었다.

"선생님, 멍하게 보지만 말고 이것 좀 가르쳐 달라니까요."

이 꼬맹이 소녀는 여전히 날카로웠다.

일을 하며 알아낸 것 또 하나는 안창호 선생은 아이들에게 지켜야 할 규칙이나 규범을 엄격하게 내세우는 사람이 아니라는 점이다. 그러나 아이들은 바르고, 또 발랐다. 사춘기의 아이들이 그럴 리가 없는데, 라고 생각한 나는 그를 유심히 관찰하기 시작했다. 관찰을 통해 알아낸 사실은 이러했다. 그는 직접적으로 말하지 않았을 뿐이지 행동으로 충분히 말을 하고 있었다. 자신이 스스로 아이들의 본보기가 되었던 것이다. 즉 그의 교육은 본보기를 통해 가르치는 교육이었다. 또한 그는 소통을 중시하였다. 소통을 중시하다 보니 그는 모든 사람을 대할 때 정성을 다했다. 나에게 처음부터 그렇게 친절을 베푼 것도 그런 이유에서였을 것이다. 나아가 그는 일생을 '깨끗한 마음'으로 살고자 했다. 누군가를 가르친다는 자각으로 가장 먼저 자신을 엄하고 공명정대하게 다잡은 도산의 모습에서 나는 진정한 교육자의 태도를 볼 수 있었다.

시간이 흐르고 흘러 어느덧 겨울방학식 날이 되었다. 그동안은 하도 바빠 안창호 선생과 단 둘이 이야기할 기회가 적어 질문을 할 수 없었다. 방학식이 끝나고 신난 아이들의 웃음소리로 소란스럽던 교정이 고요해지자 비로소 궁금증을 풀 수 있게 된 것이다.

"선생께서는 교육이 무엇이라고 생각하십니까?"

선생은 갑작스러운 질문에 잠시 고민하는 듯했다.

"어려운 질문입니다. 나는 이렇게 생각하죠. 교육이란 인간을 계획적으로 변화시키는 것이라고. 어떤 계획을 세우느냐에 따라 어떤 사람이 되는가가 달라집니다. 그런 면에서 나는 교육은 삶에서 가장 중요한 요소가 아닐까 생각합니다."

"그렇다면 선생께서는 스승이란 무엇이라고 생각하십니까?"

"스승이란 무엇일까라…… 흔히들 교사란 학생들에게 지식을 전달하는 사람이라고 하죠. 하지만 제 생각은 다릅니다. 교사는 일방적인 지식 전달이 아니라, 학생들이 능동적으로 잠재력을 꽃피울 수 있도록 돕는 사람이죠. 이 점에서 스승은 어떤 형태로든 삶의 동반자가 아니겠습니까?

선생의 말 마디마디가 내 마음을 울려댔다. 방금 전 나는 그동안 고민해 왔던 것들에 대해 명쾌한 답을 들었다. 그토록 기분이 상쾌할 수가 없었다. 식상하게 표현하자면 10년 묵은 체증이 한꺼번에 내려가는 기분이랄까. 고민이 완전히 해결된 것은 아니었다. 그럼에도 그런 기분이 든 이유는 실마리를 얻은 듯했기 때문이었다. 용기가 생겼다. 얘기를 나누며 밤은 점점 깊어갔다. 귀뚜라미 소리, 솔부엉이 소리, 바람이 풀에 스치는 소리— 마음이 편안해졌다.

'이제 돌아갈 시간이야.'

"감사했어요, 행복했습니다."

눈을 감았다.

主人精神
주 인 정 신

우리가 믿고 바랄 것은 우리 스스로의 힘밖에 없다.

—안창호